王兆胜/著

情之一字

SPM
南方出版传媒
广东人民出版社
·广州·

图书在版编目（CIP）数据

情之一字 / 王兆胜著．—广州：广东人民出版社，2019.7
ISBN 978-7-218-13588-5

Ⅰ.①情… Ⅱ.①王… Ⅲ.①散文集—中国—当代 Ⅳ.①I267

中国版本图书馆CIP数据核字（2019）第099326号

Qing Zhi Yi Zi
情之一字

版权所有 翻印必究

出 版 人：肖风华

责任编辑：梁　茵　廖志芬
责任技编：周　杰　周星奎

出版发行：广东人民出版社
地　　址：广州市新港西路204号2号楼（邮政编码：510300）
电　　话：（020）85716809（总编室）
传　　真：（020）85716872
网　　址：http://www.gdpph.com
印　　刷：广州市浩诚印刷有限公司
开　　本：787mm×1092mm　1/16
印　　张：16.25　字　数：210千
版　　次：2019年7月第1版　2019年7月第1次印刷
定　　价：42.00元

如发现印装质量问题，影响阅读，请与出版社（020-85716849）联系调换。
售书热线：（020）85716826

目 录

自序 …………………………… 001

第一辑 亲情之重

与姐姐永别…………………… 002
春蚕蜡炬似二哥……………… 010
三哥的铅色人生……………… 016
父爱如山……………………… 022
母亲的遗物…………………… 027
我的姥爷赵国记……………… 034
愧对父亲……………………… 039
儿时过年滋味长……………… 053

情
Qing zhi yi zi
之一字

第二辑
人间大爱

大爱无边	058
天高地厚筑我庐	065
师德若水	074
良师益友刘同光	082
第一位恩师	091
爱心花开	094
风力丹彩两相益	097
高风玉骨真君子	100
清洁工小王	104
童年友伴两茫茫	107
与潘旭澜教授的交情	112
我眼中的臧克家	118
剑胆琴心傅青主	121

第三辑 万物有情

阳光……………………… 130
老村与老屋……………… 132
童年的草莓……………… 140
步行一生………………… 144
藏书防老………………… 147
第一块藏石……………… 151
傅天虹的雨花石………… 154
古县牡丹………………… 157
快意读书………………… 160
诸葛八卦村得石记……… 163
木龟……………………… 166
鱼的祭奠………………… 169
"弃石"偶得……………… 172
猪友……………………… 178
"沐石斋"记……………… 183

第四辑 真情所寄

美梦成真……………… 190
沉荷中的人生漂遥……… 197
健康的生活方式………… 200
健身,我的日课………… 207
忙碌:现代人生"流行病"…… 212
"睡"与"梦"…………… 216
凤凰城寻梦……………… 219
"孝"的现代困境………… 223
阅读与健康……………… 231
做个"好人"…………… 234
济南的性格……………… 238
寻"根"海门…………… 243

后记……………… 251

自序

古人张潮有言:"情之一字,所以维持世界。"

常言道:"人非草木,孰能无情。"其实,"草木"亦有情,只是"人"非"草木",难知其"情"罢了。

人有亲情,它重若千钧;人亦有爱情、师生情、友情、故乡情;人还有世间博大的仁慈与悲悯情怀,与弱小者甚至一草一木都可沟通和对语,实现情感的交流。

每个人都有自己的记忆,而人到中年甚至老年更是如此。像秋天的果实压弯了枝头,一个经历了人间风雨的人,一定有说不尽的快乐与忧伤。在我不太平凡的阅历中,有着许多难忘的记忆,尤其是童年和青年时代,不少记忆经久弥新,它们像花瓣一样,不时地自树上向大地纷纷飘落,即使在无风和少雨的日子。

作为一个农民之子,我从大山里走出来,走向都市,最可靠和最受用的仍是天地自然给我的启示。尤其在经过了"读万卷书"和"行万里路"之后,世界像大海一样,以扇面的方式向我这条"河流"展开,而我人生的航船还没有迷失方向，不能不说得助于天地之道。也许，我对于天地之道的领悟还远远不够，但即使是肤浅的，也了胜于无吧？就像钱塘江中的弄潮儿，如果他不了解水性，那几乎是不可想象的。身处繁花的北京，我常有"万人海中一身藏"的感受，这都离不开有大道祐护。

  人生必有梦，亦必须有痴。否则一个人就不可爱，也是靠不住的。国家、民族也是如此，有理想甚至梦幻的生活，才能超越世俗和局限，达到一种自由和创造的境界！虽然，我的童年和青年甚至壮年时代都非常艰苦，用身在泥淖和困局来形容亦无不可。但是，我却有一个丰富、饱满、快乐、自由、美好、幸福的内心，说到底，那就是天真与烂漫、痴迷与梦幻、审美与诗化的精神追求。这是一种破壳而出、羽化登仙的艺术感受和逍遥状态。

  我希望我的"追梦之旅"能对读者有益，也愿我的翅膀能支撑更多人的翅膀。于是，我们这些受过苦的人能一同苦心甘来，不断丰富心灵与提升境界，也获得对这个世界人生的"大美"感受。

2016年10月8日 于北京

第一辑 亲情之重

情之一字

与姐姐永别

  姐姐今年四十四岁,本来身体康健,气色红润,精力充沛,可癌症在转眼间就夺去了她的生命,像春花的凋零,像气球的破碎,像晨露的蒸发,像难收的覆水,像成灰的蜡烛。对此,我毫无心理准备,仿佛五脏六腑一下子被掏空了,在悲伤、痛苦和绝望中,我甚至有随姐姐同去的念头。以往,与姐姐同在尘世,生活再难也充实饱满,光芒闪烁;而今,姐姐不在了,人生的意义突然黯淡无光。

  姐姐只长我三岁,但因母亲早逝,所以,对我和弟弟,她身兼姐姐与母亲的双重使命。母亲生病时姐姐仅有十岁,六年后母亲弃她的六个孩子而去,于是一副沉重的生活重担就落在还未成人的姐姐肩上。记得母亲临终前交给姐姐一件事:大哥二哥虽未结婚但都已成人,她最放心不下的是伤残的三哥、年幼的我和弟弟。母亲让姐姐无论如何照顾好我们仨。当年我十三岁,弟弟十岁,我们拉着母亲的手,直到姐姐发誓母亲才合上眼睛。此后,在姐姐心里,三哥和两个弟弟就成了她最珍爱的亲人。

  一年秋天,我与弟弟将菜园的护围收拾回家,当我将一根木桩扔给弟弟时,他没能接住,尖锐一端竟向他双眼飞去,弟弟大哭起来,双手捂住脸,血从他指缝里涌流而出。闻声赶来的姐姐见此情景，立即背起弟弟跑去找医生。万幸的是木尖不偏不倚扎在双眼间的鼻梁上，没有伤着眼睛。直到今天，想起此事，我还后怕得周身发抖，而姐姐的惊恐万状与果敢有力，以及背着弟弟疯跑的身影仍在眼前。我感谢天地厚我，也庇护着弟弟。

这件事发生后，姐姐对我和弟弟处处小心，生怕有任何闪失，就像大鸟看护着巢中的小鸟。她不许我到村边的池塘洗澡，也不准我夜里到邻村看电影，更不让我晚上在村中乱跑，甚至放学后或星期天我找同学玩，她都不同意。当时我怎能理解姐姐，只当她不近人情，太过专横武断。因此我常与姐姐作对，有时与弟弟联手对付她。姐姐恨极了就动手打我们，我们也还手打她，最后每每是姐姐让步，一个人伤心地跑到自己房间哭个不停。听到姐姐伤心的哭泣，我与弟弟只好跑去求她原谅，于是姐姐就与我和弟弟抱头痛哭，那伤心的样子让我终生难忘。

因年幼无知我还无法理解姐姐，随着年岁的增长，我才明白姐姐多不容易！而成心与她作对的我，如何能体会她心中的苦和无边的孤立无依？

后来成家立业，我与妻子孩子一起从北京回到老家，夜里别人都睡着了，我与姐姐对坐炕头闲聊，她总提起这些往事，并反复向我道歉，说她那时对不住我，没有让我像别的孩子一样，吃好、穿好、玩好，而总是让我干活、学习，有时还动手打我。说着说着，姐姐就会流下热泪，我也跟着流泪。这样的谈话常进行到深夜，我们姐弟俩不停地回忆往事，心中既忧伤又甜蜜。每当此时，我都会感到乡村的夜晚宁静安详，经过艰难后的人生无比幸福！

少年时光因为姐姐不让我随便乱跑，闲来无事就专心读书，久而久之我就爱上了书，学习成绩一直很好。尽管家里条件相当差，但姐姐却一直鼓励我读书上学，她曾这样对我说："力强（我的乳名），我想念书但条件不许，所以小学四年级就不上学了,其实我书念得不错。你喜欢念书,一定要刻苦努力,姐姐再累再苦也供你,一个识字的人才明理,才受人敬重。"从姐姐的话和眼神里,我受到了鼓舞,于是暗下决心,好好读书学习。

  高考制度恢复后,我的愿望有望变成现实,因为我以名列前茅的成绩考入镇唯一的中学,高二时又考入县重点班。那时,县里只有一中、二中两所重点中学,能考上也就意味着离大学只有一步之遥。当时姐姐多么高兴!她圆满、红润、美丽的脸如花朵一样绽放,她甚至为我上大学做着准备。可是,1979年高考我名落孙山,接着,1980年和1981年我又连考不中。当春去秋来,花开花落,别的同学一个个都像中彩般考中,然后远走高飞,我却总像被抛入天空的小球,一颗心忽起忽落,那是多么无味的人生! 那些年家里穷得不可想象,学费都是东挪西借。在学校里,每天只吃三个玉米面窝头,喝三碗玉米面粥,外加姐姐为我炒的咸菜,所以常常饿得头昏眼花,而每天又要学习十几小时。今天想来,农民的孩子要考上大学真不容易! 而每当周末回家,姐姐总千方百计为我改善生活,做我爱吃的饺子。她这样为我忙碌了多少次已无从计算! 每当想起姐姐为我读书吃的苦受的累,怀揣了那么多期望与梦想,而我又连考不中,真是羞愧得无地自容。可是,每年落榜她不仅不责备反而总安慰我。看我愁眉不展、伤心苦恼的样子,姐姐总这样说:"力强啊,考不上就考不上,难道人家不上大学就没法活?"姐姐又为我宽心道:"我也矛盾,既希望你考上又不希望。如果你真考上就得离开,姐姐还真不放心,在身边姐姐还能护着你;不在身边,饿了、冷了、受人欺负,谁管?"姐姐还说:"力强,你现在瘦得只剩下两只眼睛了,高考是不是特难? 不行就算了,好不好?"看着我不服输的样子,她只好叹气。不过,姐姐怜惜地嘱咐我:"考不上不打紧,姐姐决不怪你,但千万不能做傻事,听见没有?"姐姐这话是担心我"自杀",因为每年农村都有高考落榜后的自杀者。

1982年高考，因发挥不佳回家后我仍郁郁不乐。姐姐看在眼里，以为我又像往年一样没了希望，于是，她一边让我吃饭一边说："力强，相信命吧，考不上就算了，咱尽力了不后悔。好了，从今往后，咱姐弟都在农村，永不分开，也挺好。"当听我说考得还可以，只是不理想，但上大学没问题时，姐姐嫣然一笑。她立即身体轻盈起来，眉开眼笑，嘴里流水似的说："那就行，那就行，能考上就行。"以后，我考上硕士、博士，姐姐更是心花怒放。在她眼里，这真是苦尽甘来，时来运转，鸡窝里飞出了金凤凰，但在村里姐姐却从不张扬。

我读大学后这二十多年，姐姐虽不像以前那样挂记我，但还是放心不下，我出差在外她不放心，直到返回北京为止；一有机会她就嘱咐我晚上不要出门，平心静气待人，工作不能太累，要舍得吃，不要挂念家里，尤其不要担心老父亲，一切她都会照顾好。还有，手上没钱就跟她说，毕竟城里花钱如流水……对于姐姐，弟弟已深入她的内心和灵魂。听外甥女讲，晚上她看书到深夜，隔壁她妈妈常一觉醒来就情不自禁地喊："力强，怎么还不睡，天快亮了。"当外甥女告诉妈妈她不是"力强"，姐姐就会说："哎，我做梦梦见你舅舅还在看书呢！"这是以前常发生的事：隔壁的姐姐睡了一觉，见我还没睡，灯还亮着，就这样喊过来。

有一次回家，姐姐又与我夜谈，她坦然说已不为我操心了，因为我各方面越来越好，她一颗心落实了。但却说起自己的烦恼：家里兄弟的大小事，难解决的都找她，她管也不是不管又不行；看着哪个兄弟没钱她都心痛，但又无能为力。还有三哥家的事更让她焦心，因为残疾的三哥与一个曾患小儿麻痹症的矮小女子结婚，生了一个什么都不懂的"傻儿子"，这个儿子至今快十八岁了，还不会说话，个子像儿童一样长不高。说着说着姐姐就一脸愁容。我知道姐姐心理压力大，长期以来管惯了，弟弟哥哥她都担心。

　　姐姐待我如母，只"给"不"取"，她以美好的言行与聪慧影响我启示我。姐姐为我做得太多太多，但我为姐姐做得却很少，因为忙平时信也写得很少。比如，姐姐向我诉苦，我当时劝她，她心里松快一点，很快我就离开家里这个"麻烦之地"，沉如泰山的担子又要她自己去挑。记得上大学时，姐姐生孩子，我寄去几十块钱，后来就不记得给姐姐买过什么。以往没有想过此事，现在想来唯一的解释是：或许觉得她还年轻，以后的日子像树叶一样多，等我手头宽裕了再报她的恩情。

　　可如今，我想给她买点什么已不可能。另外，因为兄弟多，我每次回家都长途跋涉，所以带东西极为不便，加之自己的经济一直紧张，所以回家时带点礼物往往打点不过来。每及此时，姐姐总说："给他们就行了，我们不要，难道姐姐还会挑你？你回来姐姐就高兴。"这是真心话，母爱就是这样：它只付出不求回报。还有时，我走得匆忙，空手回家，姐姐就让姐夫自己花钱去买些东西，以便让我去哥哥家带上，我给姐夫钱，姐姐总是说："我们条件比你好些，别争了。"前几年我买房需要几万元，姐姐就将自己的钱全寄来给我用，因为不够她与姐夫还贷了款。

　　正当姐姐与我的日子渐好起来，灾难也随之降临。先是去年两个哥哥突然故去，他们都不满五十岁，其中就有残疾的三哥。这一下可苦了姐姐，她先是成日成夜地哭，后来病倒了。一检查是胃癌，已是晚期。听到这个消息，我的脚直往下陷，身体软软地站不住。当我从数千里外赶回老家医院见到姐姐，她刚做完手术，此时她还像以前那样胖胖的，红光满面。当看到我，姐姐吃惊地问："你怎么来了？"我告诉她出差顺路回家看看。姐姐知道我说了谎，但显然很高兴，我看到从姐姐那双会说话的大眼睛里涌出泪水，像两条小溪。我在姐姐床边陪她几天几夜，直到过了危险期。姐姐逼我回京，一说怕耽误了工作；二说我老在身边,她着急上火,不得已我只好离开。临走那天,姐姐的眼泪又流了出来。

医生说姐姐的病少则数月,多则几年,我那时指望姐姐是误诊,希望奇迹出现,所以每次打电话心里都惴惴的。去年春节前,姐姐感到不好,后来也猜出了病因,就打电话让我回去看她。这一次见到姐姐,大出我的所料,原来光彩照人的姐姐突然失了神采:病前一百五十斤的体重只剩下九十五斤;病前红苹果似的大脸如今布满皱纹;病前白净有力的脖颈现已黄而皱;病前充满自信与聪慧的眼睛而今透出悲凄与绝望;还有,肿瘤的扩散使姐姐坐立卧都很难受,包括吃饭喝水都相当困难。看着姐姐难受的样子,我心如刀绞。母亲去世时我痛苦过,但那时年幼无知,对人生的滋味没有品尝;而这一次,不惑之年的我,心知姐姐在我生命中的分量,而我又不能将姐姐救回。姐姐似乎看懂了我的心思,她让我坐在她身边,拉着我的手宽慰我。姐姐一边流泪一边说:"力强,我轻易不会叫你回来,因为你工作忙路又远,可我知道不行了,如果不叫你回来,我担心再见不到你了,有些话就没法当面跟你讲。趁我还清醒,我把该说的话说出来,就可以安心了。"姐姐除了让我照顾她的儿女,还说:"力强你记住,我不在了,你千万不要哭坏了身子,我的身体就是哭三哥哭坏的,人死了哭有什么用?你自己千万保重!"姐姐还自言自语道:"如果能让我再活一次多好,我一定好好珍惜,哪怕没有钱都行。"当天晚上,姐姐吃得不少,有半碗饭。姐姐要吃排骨,我说那不好下咽,也不好消化。姐姐笑着说,她有点馋,就是吃不下。又说,身体好时,她能吃好几碗饭,怎么现在就吃不下了呢?此时,我看见姐姐眼里光亮一闪,那是对生命怀有的无限渴求。

嘱咐完了,姐姐就催我早些回京,她说自己还不知道能拖多久,看我一眼就心满意足了。由于我再三坚持,她同意我在家里再待三天,这是我上大学以来少有的——靠着她那么近,对她的一举一动都看在眼中,为她理理难受的腰部,将自己带来的水果一点点送到她的嘴里,与她轻声细语说话,还有能感到她生命的呼吸……我掏出钱放在姐姐手里,姐姐坚决不要,她还在为我着想,担心我入不敷出。看我坚决的样子,姐姐就留下了。不过我知道,现在钱对姐姐又有何用?返京那天早晨,姐姐拉住我的手,又抱着我的头怎么也不舍得放开,于是我们姐弟俩痛哭起来。姐姐和我都知道这是永别,所以哭得伤心极了。回来的路上,我一直泡在泪水里,怎么都抑制不住;又像飘浮在空中,身体绵软无力。我不知道前面还有什么奔头。作为弟弟,我不能在姐姐身边伴她走到生命的尽头,因为作为公家人我是不自由的。此时,我想起英国作家吉辛与姐姐相依相伴的人生,如果当时我能陪姐姐度过一生,她会不会有这样的结局? 二十年前,我离开生我养我的农村,离开母亲样的姐姐,以一个农民之子的一无所有开始新的人生探求,其间的艰难困苦与孤独寂寞不能为外人道。每当此时,想起姐姐,暗冷的心中就会充满光明和温暖。如今,姐姐已离我而去,剩下的人生道路我会很寂寞的。

跟我在北京读书的外甥女寒假回到她妈妈身边,这样我姐姐得女儿伺候月余,回来时,姐姐让女儿给我带来她年轻时的一张照片,我以前从未见过。这张照片上姐姐年轻漂亮,充满青春活力,我明白这是姐姐将她短暂的人生与生命行程浓缩在这张照片上,留给我。是的,姐姐像一阵风如一股烟似的从这个世界上消失了,只留下我对她的记忆,还有这张照片。

每当悲痛欲绝,我就想起姐姐的临别嘱咐:不要过于悲痛,更不要整日哭泣,要坚强地活下去。姐姐虽是农村妇女,识字有限,但她明理聪慧,有胆有识,而我读了几十年书,难道还不能参透生死? 天地以"气"化形生人,当"气"消尽,形神俱亡,再度化为"气",任何人都逃不脱此循环之理。所以,姐姐只是过早烟消云散罢了！但是，姐姐虽去，可她给我的呵护、温暖和智慧，将永留我的心间。我会更好地活下去，以报答她的恩情。

  姐姐属猪，叫王淑梅，生于1959年一月七日（阴历），于2003年3月29日（阳历）去世，我将永远记住这两个日子。每年这两个时间，我都会焚起心香，遥祝姐姐的在天之灵，平静安息。

2003年6月15日于北京皂君庙

情之一字

春蚕蜡炬似二哥

又到了一年一度的清明节,许多人都为失去的亲人扫墓,因为在四月时节,阳光温柔地洒落于大地,草木复苏,松柏开始变得青翠,花儿竞相开放,鸟儿凄清地鸣叫,这怎能不让人在欢快中思痛,为来之不易的幸福生活歌吟,也为曾赐福给我们而今已然离世的人悲悼。生命的流水了无痕迹,心灵的记忆却永志难忘。

二哥长眠于故土转眼间已经四载,作为游子的我身处数千里之外,一直没能为他扫墓,只是前年秋天回家到坟上看他。在贫瘠荒凉的山坡上,原来身边有母亲做伴,后来母亲被迁葬到别处,二哥孤身一人一定很是寂寞的,倒塌的坟头和周围长长的败草更衬托着秋日的荒凉。这与二哥生前像春蚕吐丝和蜡烛照明一样,一心为着他人形成了鲜明的对照。不过,二哥如果地下有知,一定不会认为亲人都忘了他,尤其是曾深受他呵护长大的我,即使远在天涯,每年的清明我都会在心中为二哥祭奠的。我想,人已逝,灵已远,外在的形式都是次要的,最重要的是让他的精神长存不灭。

在我们兄弟姐姐六人中,二哥的心地最软,也最有孝心。虽然老二的位置往往容易被父母忽视,但他对父母反哺尽孝从小就出了名。二哥初中毕业后没能再继续读书,而是弃学种地帮贴家用，因为下面有好几个弟妹需要钱吃穿花用，虽然二哥酷爱读书，但这也是没办法的事情！他春夏秋三季忙农田里的活计，到了冬季则继续参加人民公社兴修水利的劳动。然而，每当工地上改善生活，十几岁的二哥都舍不得吃，留下来好趁夜里送回家给父母吃，因为他知道父母辛苦操劳，有一点好吃的都到了子女嘴里。有一次，晚饭吃的是白面包子，二哥一口都没舍得吃，十几里路一口气跑回家，打开饭盒包子还热着呢！二哥一边催父母趁热吃，一边叙说着外面下雪路滑还摔了几跤。看着儿子带来的包子，再看看儿子头上和身上的雪花，母亲将儿子搂在怀里大哭起来。那时我还小，但眼前这一幕却永远不能从心底抹掉。母亲逼着二哥吃了一个，剩下的分给我和弟弟。我和弟弟毕竟是贪吃的年龄，二哥捎回的包子里有大块的肉，嚼在嘴里都不舍得咽下去，香美极了。后来，我到全国各地吃过各式各样的包子，都没有二哥那天晚上带回家的好吃，而多少年过去了，每次吃到包子，我都会想起二哥"雪夜孝敬母亲"这件事。

  二哥在世时，曾给我说过这样一件事："老四（我在家男孩中排行第四），你知道吗？咱妈生病时，多亏了我给她弄的苹果，一个冬天那一小缸苹果，咱妈吃了还真是管事儿。"至今，二哥的表情和自豪感仍然历历在目。当时，我没问他是怎么弄来的苹果。后来想想，是借钱买的，是卖掉破烂或衣服买的，还是偷来的？我不得而知。但有一点可以肯定，妈妈在他心中的分量很重很重，他是一个了不起的孝子。今天，这样的孝子越来越少，而多是不肖子孙，有的甚至虐待和打骂亲生父母。每当读到《红楼梦》里"痴心父母古来多，孝顺子孙谁见了"这句话，我就想起二哥。有一次，看赵本山演出的电视剧《刘老根》，其中有一段"哭坟"，因为常遭儿子打骂，老母无奈地跑到丈夫坟上哭诉，其凄惨悲凉令人心肺欲碎。人都说生儿育女为防老，一旦老了，无用无能无力了，有几个儿女能念及父母天高地厚的恩情？我想，二哥今天如果还活着，一定比任何一个兄弟对老父亲都孝顺。

二哥对弟妹最好，像大鸟呵护小鸟，谁都不能染指。一旦听到谁欺负了我们，二哥总是第一个出场，有时几乎到了不要命的程度。结婚前是这样，结婚（弟妹们都结了婚）后也是这样，仿佛一只老鸡看护小鸡，随时警惕外敌的进攻。记得有一次，姐姐受了气，躲在家里号啕大哭，二哥知道事情原委，他竟然疯了似的跑到那家门口，一边踢门一边破口大骂，对方吓得不敢吱声更不敢出门。也许在二哥看来，失了母亲的孩子本来已经够可怜了，再遭受欺负是万万不可的。也可以这样说，自母亲去世后，我们兄弟能够平安度过，不受欺负，与二哥的呵护直接相关，所以二哥是我们的保护神。二哥还是我们家的"万金油"，后来兄弟姐姐都成家立业了，但谁家需要帮助，二哥总是随叫随到，有时宁肯自己的活计先放着，也先去帮助别人。二哥的奉献精神似乎比别人都强烈。

考大学之前，我几次需要帮助都是二哥亲自出马。一是上高中时眼近视需要配镜子，因为到蓬莱城的交通极不方便，是二哥骑自行车和我一起去的。单程八十多里崎岖不平的山路，我俩骑着自行车走了很久很久。多少年过去了，他在前我在后，他一步一回头的关爱，直到今日那亲情与温暖仍留在心间。二是我到八十里外的另一个乡镇中学读书，因为交通不便，还需要自带行李，又是二哥送我，同样是我俩骑着自行车同行。这次的道路比到城里更难走，加之我们从未走过，所以一边走一边打听，费尽周折。来时自行车是借别人的，所以二哥返回时还需要将我骑的自行车捎回去，无奈二哥只有将另一辆车用绳子捆在自己骑的车后。当我看到二哥用很长的助跑骑上自行车，一摇二晃地上了路，又想到二哥饭也没吃，水也没喝，何时能走完这漫漫长途，我的眼泪一下子流出来，一颗心也悬起来，因为带自行车远比带人和行李困难。后来，放假回来向二哥问起此事，他淡然一笑说："那一次确实大吃了苦头，好不容易才将两辆自行车弄回来。"三是我考取了大学，二哥到百多里外的烟台送我，因为替弟弟自豪，这一次，排队买票、自上午一直等到晚上，二哥的辛苦奔波都为喜悦冲淡了。由于上火车没有座位，二哥一直为我千里路上的辛苦担忧，所以分手时眼里满是担心，在其中我看出了父亲对儿子般的关爱。现在，我已人到中年，天南海北走过不少地方，但最初迈出的步伐，跨越的有限道路，是二哥与我一同走过的，因为有二哥的深爱与保护。后来，不论走在哪里，走多元的路程，遇上多少歧路，我都充满信心，也无所畏惧，因为我坚信一直有二哥与我同行。

有一次，大学假期回家，姐姐告诉我：二哥手中没钱，因为听说我读书急用，实在无奈，他顶着风雪用自行车带了几片豆饼到十几里外的集上，将卖下的几十块钱全部寄给我。见到二哥，我向他致谢，没想到二哥轻描淡写地说："没什么，你真要感谢，就去感谢你二嫂。"年轻时我不解其意，当成家立业，我方明白此话的深意，那就是："二哥怎么都好说，对自己的亲人还有什么可说的；关键是你二嫂心肠好用，她不同意，我再想帮你，也就难了。"二哥没向我解释，但后来我妻子全力以赴帮助我姐姐的女儿，我明白了此理。还有，自从离开家乡，每次回家，二哥都是关切的目光和幸福的笑容，仿佛见了我，他的身体和脚步一下子轻灵了许多。每次见面，我都问二哥怎么那么瘦，他总说胃有点不对头，还握紧拳头使劲表示，自己的身体没事，是强壮有力的。

二哥与其他兄弟的另一不同是酷爱读书。虽然上学不多，但在我的印象里，他是家中唯一的爱书人，他不知从哪里借来一些小说，像《渔岛怒潮》《高玉宝》《烈火金刚》《桐柏英雄》等，他废寝忘食地阅读，竟然到了着迷的程度。有时，他一边吃饭一边看书,为此常遭父亲训斥,但却置若罔闻。手上没书可看时,他就讲故事给我和弟弟听,尤其在夜里剥花生犯困,二哥所讲的故事功莫大焉!后来,我能成为文学博士和学者,对文学充满炽热的感情,包括我性格中钢铁般的意志,最早的源头应归功于二哥,是他最早用这些小说点燃了我的希望之灯。我读大学后,也曾给二哥寄过书,有一本命相学二哥就非常喜欢,曾下过工夫研究,我回家时他还与我探讨。我曾读过莫言关于童年读书的散文,感触颇深。莫言的二哥过于专制霸道,甚至有些凶恶,这一方面强化了莫言的嗜书如命,但对莫言内心的伤害却是强烈的。我的二哥则不同,他是一道温暖的阳光,最早用美好的讲叙和爱意透进我孤寂的童心,今天想起往事,心中的那种幸福感仍会油然升起。

但好景不长,姐姐告诉我:二哥身患重病住进县医院。我立即回去看他。看到钟爱的四弟来了,二哥两眼饱含泪花,是伤感还是幸福,是心痛还是留恋,恐怕都有。我离开时,二哥说什么也要送我,站在路边等车,二哥的眼睛一直没离开我,拉住我的双手也一直没有放下,我看到此时的二哥仿佛老了十岁,以往精干结实的他不知哪去了。曾伴我走过那么多道路的二哥怎么一下子脚步踉跄了呢?车来了,二哥最后请求似的向我说:"老四,如果二哥不在了,你千万帮我照看两个孩子,别不管他们。"我泣不成声,使劲地点头,说不出一个字。

没想到,这是我与二哥最后的一别,后来我又与二哥通过几次电话,尽管我在电话这头劝二哥不要灰心,但听得出来电话那头他的声音平静中有无数的记挂和思念。听姐姐说,二哥后来又去了一次医院,但没住下就又回来的。当时二哥问我姐:"小梅(姐姐的小名),怎么这么快就回去,我的病是不是没办法治了?"姐姐只能说:"二哥,不是,医生说了,这种病回去养养就好了。"姐姐接着对我说:"力强,你知道吗?二哥听到这话，眼里的光亮马上不见了，他一切都明白了。"2002年正月初七，二哥离开了人世，和家母一样享年49岁。在随后的一年时间里，三哥和姐姐也先后离世，他们分别是47岁和44岁。哥姐的英年早逝带走了我多少美好的记忆，也留给我多少寂寞与回忆。

作为农民之子，能够从大山里走出来，能够有点成绩，我深知我的道路是父母兄弟姐姐一砖一瓦为我铺成的，也可以说是他们用人梯让我"登机"，来到大山之外的世界展翅飞翔。然而，我又能为他们做什么呢？对于二哥、三哥和姐姐的死我无能为力，甚至我都没能为他们送别，至今连一个清明节也没为他们扫墓，我是何等的薄情寡义啊！但是，我又心知，自己是多么爱他们，有时心中苦闷时常突发奇想：在生命的弥留之际，最希望伴在身边的一定有兄弟姐姐的。而哥姐最后没能见上我一面，心中是否不甘？这是我常常后悔的。但我又想，真正为他们送行，我将用什么去面对哥姐的爱与生死离别？我不知道，也没有勇气去想。

好在我已尽我所能为二哥子女着想和努力，现在他的女儿有了很好的归宿，儿子也进步很大。二哥的在天之灵可以放心了。清明时节，二哥的女儿、儿子和女婿一起自烟台回家给爸爸扫墓，并来电话告诉我具体情况，我心稍安。书上曾有言："春蚕到死丝方尽，蜡炬成灰泪始干。"我觉得用这句话来概括我的二哥最恰当不过。二哥没有活过半百，但他给父母、兄弟和妹妹的爱最多。对自己的妻子儿女，二哥一直视为掌上明珠，从不打骂，倾注了全部的爱。据说，即使在病中，二哥仍然下地劳作，自己能做的活从不让妻子儿女受累。不过，春蚕和蜡烛用尽了自己，却给更多的人带来温暖和光明。

如果人的生命应有百年，二哥在人世还不足半百，而这些年他心中只有别人，没有自己。我希望剩下的五十年，二哥能身在天堂，好好地休息，充分地享受。同时，保佑全家人安康幸福，一切顺利！

三哥的铅色人生

大千世界，人各不同，人生亦复如是。大凡说来，有四条主要的人生道路：一是一生风顺和美，如有神助；二是先甜后苦，少年"十五二十时"，人到中年开始走下坡路，晚景更为荒凉落寞；三是苦尽甘来，自小吃尽苦头，但"柳暗花明又一村"，人生之路越走越开阔光明；四是铅色的一生，如身陷泥淖，似泰山压顶，若心在暗夜，永无光亮可言。

三哥王兆财的人生属于第四种。他生于1955年，属羊，经历了大跃进，三年自然灾害，"文革"，加之身在农村，兄弟姐妹多达六人，他童年与少年的条件可想而知，初中没毕业就不得不下田干活，支持家用。16岁那年，他参加了人民公社兴修水库的劳动，在一个阴雨连绵的休息日，因玩耍雷管被炸掉左手和右眼，从此他的铅色人生似乎就已注定了。

那时，我村是有名的穷村，外面的女孩子不愿嫁进来，村里的女孩子都纷纷外嫁，所以，娶不上媳妇的光棍儿特别多，这其中还包括不少俊美的小伙子。三哥早到了婚龄，但有谁愿嫁给一个残疾人？不得已，30多岁的三哥只得与本村一残疾姑娘结了婚。这姑娘小时候得过癫痫病，长得也不好看，个子又特别矮小，大概不过一米，这与1.73米的三哥有天壤之别！因为母亲早逝，家人都劝三哥不要跟这姑娘结婚，担心影响后代。三哥却寄望于未来，他说："如果生个女儿像我，老了，就有的福享了。"姐姐问三哥："如果孩子像他妈呢？"三哥长久没吭声，最后说："真那样，我也认了！"这话像从地底下扔出的，沉闷而深重！

　　三哥的头胎是个男孩，果然一如其母，个子矮小，年年不见长高。更有甚者，这孩子远不如他的妈妈，不会说话，不知道吃饭，出去也不认得家门，他甚至不如小动物，因为一只小狗对主人还有依恋之情，而他却没有。满怀希望的三哥心中苦涩，他仿佛掉进一口深深的古井，井口窄小，井的边缘布满滑滑的青苔，而以往所能见到的几颗微弱的星星，此时也被漆黑的暗夜笼罩吞噬！关于这些，我从三哥那只抑郁的眼里可以看到，从三哥的沉默无言可以领略——本来木讷少语的三哥此时更是很少张口。我常看到他在兄弟和姐姐家的门槛上闷闷坐着，头低垂着，用那仅存的右手，借助左腿和残废的左臂，卷纸烟。烟卷成了，放在嘴唇上用唾沫润一下尖端，然后用牙咬下粗一端的余纸，吐掉。经过好一阵子摸索，三哥从衣兜里掏出火柴，仍然借助左腿和残废的手臂，很费力地抽出火柴，划火，点烟。于是，三哥很快被埋在烟雾里，先是一阵强烈的咳嗽，接着是更深重的沉默。有时在夜间，我只能看到从三哥那里有红光炽发，一闪一灭。

　　对于儿子，三哥并没有放弃希望，他曾与我商量："老四，我想带孩子去济南，你帮我找医生，看有没有的治？"那时，我一人在济南工作，尽管知道一切努力都不会有用，但还是答应了。这是三哥第一次出远门，一千多里的路程几经转折，因走得匆忙买不上座位，一路上他们父子站站坐坐！其辛苦屈辱可想而知！试想，两个残疾人——儿子更加不堪——在缺乏同情心的世人眼里将会怎样？这一点我心知肚明。经医生诊断，三哥之子是先天性痴呆。听到这个消息，三哥虽早有心理准备，但还是更加绝望了。晚上，在家里我劝慰三哥，他一声不响，一只残疾的胳膊搂着儿子,另一只粗大的手掌不停地抹泪。自小到大,这是我第一次看到三哥流泪,因为他将所有的人间苦都默默地咽下肚子,从不向人提起。后来,三哥的儿子不明所以,抡起胳膊打他爸爸。开始,三哥还用手挡挡;后来,索性任其自然,儿子的手一下一下打在三哥脸上,啪啪有声!此时,三哥再也忍不住了,他放声大哭,声如猿啼,泪如泉涌,情如翻江倒海。我知道,一向自尊、倔强、知趣的三哥,那天实在控制不住,他要将多年心里的委屈和苦水倒出来,因为没了母亲的残疾人,有谁会真正理解他的苦难、无助、辛酸和血泪?

我实在没办法使三哥解脱,一会儿跟他讲阿炳的故事,一会儿又说:"三哥,你别伤心,将来我挣了钱,一定帮你。你放心,有我吃的,就不会让三哥饿着、冻着。再将来,我有了孩子,也让他照顾好你!三哥,你千万要想得开,你可知道,天底下还有比咱命苦的呢!"我知道这话说得心虚,自上大学以来,三哥经常将钱塞到我手里,那是一点一滴省吃俭用从指缝漏下来的,我知道上面渗着他的汗水和泪水。然而,我却没能为三哥做什么。至于以后吗,那又是鸡年马月的事?

也可能我的安慰起了作用,也可能三哥将苦水倒出来心里松快了一点,这时,三哥握着我的手说:"老四,妈去世早,咱都是苦命人。我知道,遇到苦处难处,咬咬牙就过去了。别为我操心,我身边有兄弟和你姐,你一人在外,可要照顾好自己。"三哥还苦笑一下,描述着自己的前景:"现在孩子定局了,一块石头落了地,也不指望什么了。我打算回去买头牛,做辆木头大车,上山拉粪,回家拉庄稼,车屁股上再拴几只羊,过日子没问题的。你放心好了。自杀我是不会的,怎么都是一辈子。我没上多少学,读多少书,但人不能孬弱,这个理儿我懂。"

第二天,三哥说什么也要回家,我去车站送他,他拉着儿子的手坐在座位上,周围满是都好奇和粗暴的眼光,我虽然愤怒但也无奈。而三哥却视若不见，如入无人之境。为表达对三哥的深情厚谊，我尽量买来各种吃的、喝的、用的，还恋恋不舍坐在他身边，我知道这也是在向人示意——让他们不要欺负残疾人。三哥用那块脏手帕不停地擦眼睛，不知道是因为假眼有阴翳，还是不想让我看到离别的泪水。当火车缓缓开动，我泪眼模糊，但仍能看到三哥不住地向我挥手，久久没有放下。

我姐姐在世时曾跟我讲："三哥（姐姐比三哥小三岁）的命真苦，从井里打水、锄地、割麦子，甚至做针线活，都是靠一只手做的。到了麦子掉头，三哥急得团团转，眼睛都急红了。"我问姐姐："那你和哥哥、弟弟怎么不帮他一把？"姐姐一脸无奈，叹气道："老四啊，你在外面不知道，收麦子如救火，各家都忙不过来，谁顾得上三哥？再说了，三嫂不知好歹，帮三哥干活，让三哥来家吃饭，她不但不感激，还破口大骂呢！"我说："实在不行，大家凑点钱给三哥，让他雇人帮忙也行。"姐姐说："一则三哥俭省，舍不得雇人；二则麦收时节，村里哪有闲人？"所以，姐姐不顾一切，帮三哥麦收，除了累得筋疲力尽，耳里还塞满三嫂的骂声！三哥也实在无奈。姐姐还告诉我："人家上山干活都赶个好点儿（即夏天早出早归，避开炽热的太阳），三哥则早出晚归，夏天不到中午一两点不回来，因为三哥的活总是干不完，一只手做事可慢哩。每当又渴又饿回到家里，三嫂和孩子在坑上睡觉，做的面条放在锅台上结在一块儿，也不盖一下，上面苍蝇嗡嗡乱飞。三哥吃的就是这个。谁心疼他？"说着，姐姐泪水涟涟。姐姐又说："三哥后来又想要孩子，希望生个女儿。后来三嫂又怀上了，但大家死活不让三哥要。你想，再是个残疾怎么办？三哥最后没敢要。流产时发现又是男孩，三哥吓得头都大了。"我想，此后，三哥一定放弃了再要孩子的想法。

前几年，三哥的妻子不辞而别，跑了。这样，家中只有三哥与儿子一起度日，他又做父亲又当娘，苦不堪言。一天，姐姐告诉我:"三哥得了一种怪病,舌头不好使,腿肿得粗了一倍,饭吃不下,觉睡不好。"我回去看三哥,他搂着儿子躺在床上,眼中闪过一点光芒,很快又趋于暗淡。他紧紧握住我的手,久久没有放开。我给三哥钱,他说什么也不要,我坚持,三哥才收下。我让姐姐带三哥到青岛医学院找我的好友姜世安,后来姐姐告诉我:"三哥得的是风湿性心脏病,无药可救!"又据侄子(大哥的长子)说:我三哥在数十里远的镇医院住了一段时间后去世的,临走时有近八十岁的老父陪伴。侄子还这样描述:"三叔死时穿戴齐整,像个大官儿,不痛苦,不伤心,只是眼睛一直睁着。还是爷爷给他合上的。"听到这话,我不知道三哥在挂念什么?是他的儿子,是他年迈的父亲,还是远在数千里外没有道别的四弟?还是他所爱的这个尘世所有的人与事?三哥生活的人世给他更多的是痛苦绝望;但我知道,他不愿离开,他非常留恋这个世界!

三哥死后,姐姐哭了月余,因身体不适,经检查确诊为胃癌,三哥去世不到一年,她也弃世。三哥去了,我未给他送行;姐姐去世,我也不在她身边。在姐姐饱受癌症折磨时,我两次回家陪她一周有余,其间,姐姐对我说:三哥去世时,拿出几千块钱给她女儿读书。说着说着,姐姐泣不成声。姐姐又说:"三哥从不求人,心里却老装着别人。"

三哥享年47岁,如今已去世三载,如果现在活着,正好50岁。我不知道他离世时是伤悲还是轻松?三哥的人生之路注定了没有光亮。活着,他必须不断地承受苦难;死了,则意味着解脱自由。三哥去世时没留下任何遗言,他是一口痰没上来离去的,也许他自己还希望能够活下去,因为这么多年,无论生活多么艰难,三哥却从无厌世之念。

去年我从北京回到家乡,原本亲切可爱、触手可及的二哥、三哥和姐姐,转眼三年间都已长眠于地下,归于九泉。我都没有亲自为他们送别,所能见到的只有高出地面的坟堆,上面长满郁郁葱葱的野草。抓住这些高高的青草,仿佛握住哥哥姐姐的双手，一如我每次回家他们张开的双臂，其中满是爱意、担忧和希望。我能从一个农民之子，在母亲去世后，考上大学，读到博士，有点成绩，离不开哥哥姐姐的一饭一食和一元一角的帮助，离不开他们慈爱的目光、粗糙温暖的手掌。我虽然再也见不到、摸不到、听不到哥哥姐姐了，但他们的音容笑貌、美德和对我的好处，却永藏于我的心间！

母亲去世时，最不放心的是我、弟弟和三哥，因为我与弟弟年纪尚幼，三哥残疾，所以，妈妈让比我大三岁，只有16岁的姐姐照顾好我们仨。而今，我与弟弟都已长大成人，三哥和姐姐都已离世，到了妈妈的世界，母亲再也不必操心了吧？如今，三哥之子由老父看护，由我寄钱养育，大哥和五弟照看。三哥被埋在母亲身边，这样，他们母子相互照应，想来再也不会孤单寂寞了。

三哥匆匆走过了卑微、苦难、屈辱而又短暂的一生，他很少求人，即使在弥留之际也没有将儿子托付给任何人，但我能感到三哥最大的心愿——他最放不下的是自己的傻儿子。我不信人死有灵，倘若有，我希望三哥的在天之灵能听到我的话："三哥，假如你的儿子正常，我会努力将他培养成人，让他接受最好的教育；而今，这一切都无从谈起了。但有一点你放心，我会尽我所能照顾他，你在九泉之下可以瞑目。"

三哥的一生如草木一春，很快由绿变黄，枯死；但在我心中，三哥每年都会长出新绿，为我报来春晖。如今三哥虽然不在了，但他的音容笑貌、一举一动，他的勤劳节俭、达观从容，他的自尊自爱、仁慈静默，还有他的无声之声、无为而为，将永留在我心灵的底片上。

2005年4月20日写于北京
2005年5月28日再修改

父爱如山

家父与我都属虎，我们颇有缘分。我今年43岁，父亲36岁生了我，至今他也算八旬老人了。常言道："人过七十古来稀。"从这方面看，家父也是人中寿星了。父亲只读过三年小学，自小就下地干活，风里雨里一辈子，可以说是个地道的农民。父亲颇似大地上的一粒沙土，谁也不会从人堆里认出他。就是在农民中间，父亲也是出了名的忠厚老实人，只知道拼命干活，别的几乎一无所长！父亲的名字王德忠，即是对他性格的最好注解。

按理说，母亲无论如何也不会嫁给父亲，因为母亲生于富户，父亲出身寒门；母亲美丽如花（据说"方圆百里无以右者"），父亲长相平常；母亲1.69米的个子，比父亲还高三厘米；母亲心灵手巧、颇有见识，父亲木讷憨厚、目光短浅。因此，谈起父母的结合，人们都说："一朵鲜花插在牛粪上。"而事实上，母亲拒绝了多少条件优越者的追求，偏偏看中了父亲，也是事出有因。一天早晨，母亲赶着骡子赶集路过我村，因为路不好，骡子驮的东西又多，无论如何也上不去一个斜坡，结果骡子倒地再也起不来了。正当母亲无计可施、心急如焚时，父亲下地路过。不由分说，父亲帮母亲将货物抬上斜坡，让骡子重新上路。父亲的热心、厚道和无言给母亲留下很深的印象。后来，媒婆介绍他们见面，二人相视以笑，一锤子定音，这令不抱希望的媒婆都惊诧不已！这仿佛是前世注定的一段因缘。

母亲赵美云，在49岁那年去世，撇下还没长成的6个儿女，在天地间突然烟消云散了！父亲当时只有51岁。在以后近30年的光阴里，父亲全力养育子女，当子女长大成家立业，他仍独自一人，没有再婚！因为我考上大学，后来又读了硕士、博士，于是，父亲在当地声誉鹊起，令人刮目相看！有人问："王德忠，你儿子考上硕士，硕士是个啥么？"父亲就会在嗫嚅中告诉他："不知道，估计硕士相当于省长吧？"有人问及博士算什么，父亲就说："怕和总理也差不多少！"当然，在这种无知的自豪中，父亲的一个个长夜如何度过，我无从知晓！只记得一次回家，我们父子闲谈，父亲一边说着生活的细枝末节，一边坦诚道："夜里常梦见你妈，要是她现在活着该有多好！"此时，我见到父亲老泪纵横，以襟拭泪。夜深人静，我和父亲都无睡意，我发现父亲的收音机早已没了节目，却一直开着，发出"嗞——嗞"之声。我让父亲关掉，以免影响说话，没想到，父亲竟然说："别！多年下来都习惯了。你想，一人夜里睡不着，心里七上八下，没个着落，有个响儿陪着，心里熨帖多了。"这话令我震惊！从此，我深深地理解了父亲的孤独寂寞和钢铁一样的意志。

父亲脾气暴躁，小时候多次打过我，有时还用绳子抽打。还有一次，母亲将刚做好的大盆面条端上餐桌，暴怒的父亲竟将之推在地上，盆裂面迸，一地狼藉。但是，另一面，父亲又有别人难以企及的一腔柔情和无私的奉献精神。

童年发生的一件小事今天还如在昨日。我们当地有一种风俗，每当有人结婚，参加婚礼的女人们不能像男子一样大吃大喝，而是每人带一个大盆和小盆。当喜菜上桌，主持的妇女就开始分菜，她将菜平均分到每个妇女面前的小盆里，这些妇女再将分到的菜倒进身边自己的大盆里，整个过程妇女们只看不吃。直到最后，米饭和菜汤上来，她们才饱食携菜而归！回到家中，妇女们将分得的菜再分送友好的邻居，于是，大家一同分享婚礼的欢乐喜悦。

每当邻居来我家送菜，父亲总是笑逐颜开，大声喊过来："老四，拿筷子；老五，快过来。""老四"是我，"老五"是我弟弟，因为我们俩都小，别的哥哥姐姐是没有份的。这时，父亲将点着红点的小饽饽给弟弟，将炸的小面团给我。接着，他一筷子、一筷子地分菜给我们俩吃，像大鸟哺育小鸟，而他自己半口也不品尝。那时，我发现父亲往我和弟弟嘴里送菜时，自己的嘴随着动作和节奏变出不同的形状，好像被一种无形的力控制着。末了，父亲会如释重负、欢快无限地猛吸盛菜的玉米壳上留下的菜汁。之后，他会说："好了，老四把玉米壳放进锅底下去。"当我将被父亲用嘴唇吮吸过的玉米壳扔进锅底的火中，开始玉米壳冒着青烟，随后卷曲着火，最后化为灰烬，不见了。我童年好友的父亲每当有好吃的，总是嬉皮笑脸地对儿子说："这个还是我吃了，你们吃别的吧！"而家父则不然，他心中最先想到的往往是孩子，而不是他自己！

过年是农村孩子最盛大的节日，尤其对于贫苦的家庭来说更是如此！放年假、穿新衣、走亲戚，固然是春节的重要项目，但对于我们更重要的还是吃！因为除了过年过节，穷苦的农家不要说鸡蛋鱼肉，就连白面都吃不上的。大年三十，干部家庭、有钱人家和烈军属之家都可分到猪头肉，而家父只能割几斤普通猪肉以代之。当猪肉拌了白菜上桌，父亲总是让我和弟弟随意吃，他自己则一边抽烟一边看我们吃。开始，我们肥瘦都吃；后来只吃瘦肉不吃肥肉，父亲就挑拣好的给我们。直到我们吃得不能再吃了。我注意到，此时的父亲才拿起筷子狼吞虎咽吃着白菜，偶尔吃一两块肥肉。那时，自己还小，不知道体谅父亲，大学毕业后，有一次，我问父亲有没有一次把肉吃足了？家父摇摇头。我又问："最多一次你吃了多少肉？"父亲说："半斤。"他解释说："有一次赶集，有卖死猪肉的，四毛钱一斤。我买了二毛钱的。真好吃！吃完了不过瘾，想再买半斤，钱已拿出来了，不舍得，又装进了布袋。"父亲当时叙述这话的神态，现在还历历在目！现在，我经常寄钱给父亲，总在信中这样劝他："我给您足够的钱，想吃什么就买，别不舍得，尤其你爱吃猪肉就吃个够！"然而，如今父亲并没剩下几颗牙，想来他已吃不动肉了。不过，父亲告诉我："村里有卖肉的，我就多买一点，咬不动，就使劲儿烟，直到烂熟为止。"

大学三年级暑假回家，我一进门，父亲就笑容可掬从破衣柜里掏出三个已皱巴的苹果让我吃。他说这是当饲养员时一果农给他的，一直舍不得吃，放了三个月！虽不中看但一定很甜的。我当时不以为然，因为在省城读书，再艰苦吃个苹果还是容易的。我说："在外面我常吃，您自己吃吧！"父亲听了这话，沉默不语！此时，弟弟从外面回来，见到苹果，边扑边嚷："我吃我吃，哪来的，我怎么没看到？"父亲像老母鸡护小鸡似地护着苹果，一边像赶贼似地对弟弟说："去！没你的事。你哥在外面可比你亏嘴！"看着父亲的神情，听到父亲的话语，一股热血涌遍全身，我说："好，咱们一块儿吃。"在我的坚持下，我们三人一人一个吃起来。苹果的确很甜。随着年岁日长，老父渐老，尤其我自己有了孩子，这种甜蜜在心中不断弥漫，并成为我快乐和幸福的源泉。每当此时，我总想起《红楼梦》里那句话："痴心父母古来多，孝顺子孙谁见了？"

正当我家里的情况逐渐好转，可怕的灾难自天而降！先是二哥49岁去世；第二年是三哥，他只活了47岁；随后是姐姐，她只有44岁！转眼间三个孩子突然离去，白发人送黑发人，我不知道我的父亲是怎样渡过难关，走过这刀山火海？而且，三个儿女都是父亲亲自送走的。侄子告诉我："三叔死在几十里外的乡镇医院，病中一直是爷爷陪伴。姑姑病中爷爷一天好几趟过来看，问这问那的，一颗心都要碎了。姑姑咽气后，爷爷回到自己房中，插上门栓，谁也叫不开门了。"不过，令我佩服的是父亲很快超越了苦难,见到我时,眼中已没有悲伤,而是充满希望的样子!他虽然什么也不说,但对我、对我儿子的依恋与前大为不同了!

如今,父亲住在三哥的房里(也是我家的老屋),一人带着他的傻孙子(三哥之子)度日,因为在三哥去世前三嫂已弃家出走,不知行踪!我心知父亲的生活状态,但也实在无奈,因为至今我一家三口还囚居在五十多平方米的房里,其中的书籍又堆积如山。月前,父亲身体小恙做了手术,我想回家看他,父亲竟对弟弟说:"别让你小哥回来,几千里地容易吗?告诉他我很好!"还有,父亲从来不向我伸手要钱,一次都没有过。而每次我给他钱,他都不要,实在无法推辞,就只取其半——给他六百,他要三百;给他四百,他留二百。

父亲就是这样的人,这让我想起白居易《燕诗示刘叟》中的诗句:

> 梁上有双燕,翩翩雄与雌;衔泥两椽间,一巢生四儿。四儿日夜长,索食声孜孜。青虫不易捕,黄口无饱期。嘴爪虽欲弊,心力不知疲。须臾十来往,犹恐巢中饥。辛勤三十日,母瘦雏渐肥。喃喃教言语,一一刷毛衣。一旦羽翼成,引上庭树枝。举翅不回顾,随风四散飞。雌雄空中鸣,声尽呼不归。却入空巢里,啁啾终夜悲。燕燕尔勿悲,尔当返自思:思尔为雏日,高飞背母时;当时父母念,今日尔应知。

每当读到这首诗,我都会想起远在家乡的老父亲,想起他对子女那纯朴无言的爱。

2005年5月25日于北京皂君庙

母亲的遗物

天底下最让我羡慕的是这样的人：他们的父母健康长寿，即使人到中年甚至老年，仍有老父老母相伴！就像晚秋的树林，哪怕只有一两只柿子挂在枝头，也还不失其昔日的辉煌，更没有浸入萧瑟悲凉的气氛之中。

我没有这样的福气，因为早在十三岁时，母亲就撒手人寰，至今已过去三十四个春秋了。在与母亲共同生活的短暂岁月里，除去不懂事的蒙童时光，在记忆中就是母亲的病，母亲是在病了六年之后去世的。记得母亲生病时，家中总被一种阴霾所笼罩，很少有晴天之日，加上父亲一向脾气暴躁，常发雷霆之威，所以身为孩子的我不愿在家中多呆，一有空就往外跑，因为外面有明媚的阳光、新鲜的空气、小朋友的欢笑。可以说，即使从记事开始，我与病中的母亲待在一起的时间也并不多！

最遗憾的是，母亲去世后，给我留下了更大的一片空白，我完全处于孤立无援的状态。就像一个溺水者，原本渡我过海的"母亲"之船突然失了踪影，就连与母亲相关的一根救命稻草也找不到。因为身为农妇，处于社会之最底层，又是六个孩子的母亲，家中一贫如洗，母亲竟然没照过一张照片，至今我只有靠记忆去想象母亲的音容笑貌。还有，母亲去世后，为了避免睹物思人，父亲竟将母亲的所有遗物都付之一炬，而这其中就包括别人为母亲画的一幅肖像。说起这幅肖像，还有点传奇色彩：一次，有人路过我村，他又饿又渴又累，又赶上天已黑透，他请求我父亲给点儿吃的，当时身为饲养员的父亲二话没说就答应了，还主动让他留宿。父亲问那人是干什么的，他说是画画的。父亲就说："你会画像吗？"那人说可以，于是，父亲就请他为我们兄弟姐姐画像，画家满口答应。后来，他还分别为我的父母画了肖像。当时，许多邻居都说画得像，跟真人似的！可惜，母亲的肖像早已灰飞烟灭，没能留下来！另有一事值得一记：母亲去世前，曾将我和弟弟叫到身边，拉住我俩的手说："孩子，妈死了，你俩一定不要怕，天底下没有孩子害怕妈的。再说，我也不会让你们梦见我的。"当时，弟弟只有九岁。有趣的是，从此之后的二十多年，我竟然真的没梦见过母亲，她的形象仿佛一下子消失了，像河水将颜色突然冲淡、冲走似的。母亲爱子如命，有时近于溺爱的程度，即使在重病中我也能感到她不时投来的关爱目光，到了弥留之际也还放心不下两个最小的孩子，而且是千嘱咐万叮咛。可是她万没想到，当我十八岁考上大学，像风筝一样在外面的世界漂泊，我失去的不只是母亲这根牵线，手上竟无一件可与母亲联结的遗物，甚至在寂寞的长夜连母亲的影子也从未入我梦中！

在孤独寂寞时，我尤其想念母亲，那是一种上不着天、下不落地的漂浮感，一如断了线的风筝飘荡无归，也像无重的柳絮找不到定所。对此，我常常困惑不解：母亲当年何以没留给我一件纪念物？何以在去世后，断了我的念想，不让她入儿梦来？后来，读到胡适的日记，才略有所悟！当年，还是少年的胡适，在出国留学前本望回家看看母亲，但没想到遭到母亲拒绝，她让他直接从上海出国可矣。而且，母亲也未曾亲自到上海与儿子告别。后来，胡适之母病重，她竟然没告诉远在美国的儿子，只让别人写下书信，嘱咐按时给胡适寄去，以免影响儿子的学业！从常理看，这真有点不近人情，但却反映了胡适母亲非同寻常的爱——她希望儿子能放开手脚自由地飞翔，不要为儿女情长羁绊。我的母亲也许远不如胡适的母亲，我与胡适更不可同日而语；但母子情深和远见卓识却并无二致！我的母亲当年没留给我信物，并暗示不会让我梦见她，是否也是一种深谋远虑呢？第一，她不想让我害怕。第二，将病和死亡的阴影从儿子心中抹去。第三，希望儿子能有一双不受负累、自由飞翔的翅膀。

我曾惋惜甚至有些恨自己缺乏远见，没能早于父亲留下母亲的肖像，包括母亲的遗物。记得母亲有个黑而大的簪子，它曾挽过母亲浓密如云的黑发；记得母亲有把小小的剪刀，它曾剪过如霞光一般美好的窗花；还记得母亲有个织花边用的案子，上面的木梆锤、大头针、洁白的线和图案曾牵扯了病中母亲多少不眠之夜！所有这些，我都没能留作纪念。后来我想，哪怕当时能留下母亲穿过的一双绣花鞋、做针线活用过的一个针顶、干农活留下的一只篮子、蒙头用的一块手巾，也会成为我与母亲联系的通道、思念的桥梁，然而这都成了永无可能的奢望。不过，当理解了母亲对我"抽刀断水"的一番决心后，所有的惋惜和遗憾也就化为乌有。当我成家立业，又有了自己的孩子；当风卷云舒，我也慢慢变老，由不惑向知天命之年迈进，一种顿悟的豁然开朗便油然而生：其实，母亲留不留下实物并不重要，最重要的是有无思念之情在母子间长久相牵，有无美好的精神之光永照儿子的心灵！如果没有，即使有再多实物甚至有一相册照片放在眼前，又有何益？我的母亲虽是个普通农妇，且在我的印象中一直是疾病缠身，但她长得美丽、心地纯良、热爱生活、意志坚强、勤劳俭朴，尤其是极富爱心和智慧，这是她留给我最最宝贵的财富！今天，我对女性充满敬意、热爱和感恩，并对生活和人生充满阳光般的感觉、期望与信念，最早的源头当然是母亲。母亲只活了49

岁，我真正能感受她的慈爱也只有七八年时间，但她却是我心中永远不落的太阳！

说来也怪，当我由渴念母亲一变而为心态超然后，一件奇事发生了，那就是近些年我开始梦见了母亲！梦中的母亲是那样美丽，又是那样和蔼可亲，关键是与生病前的母亲毫无二致！有一个梦竟清晰得如在眼前，每每回味起来，都有一种难言的幸福感在心中久久回荡。那是在曾与母亲生活的老屋里，我躺在土炕上，透过纸糊窗户的洞隙，看到母亲一身素裹，自高天姗姗飘落在我家院子里，于是我起来迎接母亲。母亲进屋后，我激动地扑进她的怀里，一边着急地问她这些年到哪里去了，一边感到母亲的服装光滑晶莹，仿佛是由鱼肚白做成的。虽看不清母亲的面容和五官，母亲也一直沉默不语，但我能感到她的年轻美貌、温情似水、思子心切。后来，我发现一黑衣人来催促母亲离去，于是我拿起炕上的东西从壁中放油灯的洞中打去，希望赶走黑衣人，可总是打不中。最后，无言的母亲匆匆离去，跟着黑衣人走了。我一边高喊一边追赶出去，此时的母亲一步一回头，但仍看不清她的面目，只是一个优雅如仙的形象。后来，到了一个偌大的广场，我远远看到母亲衣带当风，已袅袅升起，前面是黑衣人，母亲跟在后面，最后母亲由一个小点变得没了踪影。此时，我从梦中惊醒，没有遗憾，更无害怕，是一种难以言喻的满足感，因为这是母亲去世二十多年后给我的第一个梦！说实话，我不相信人死后有灵，更不相信在人世之外还有另一世界，父母也常跟我说："人死如灯灭，什么都没有。"但有时，我又宁可相信，在天地间有人类智慧达不到的一个灵明之境，有一种至亲至爱的母子与父子之情存在着！它可以自由穿越一切封闭而得以沟通。

前年底，家父去世，享年83岁。母亲去世时，父亲只有51岁，在这之后长达三十多年的光阴里，父亲没有再娶。究其因：一是家母去世后，我大哥尚未成婚，父亲用了很多年才使六个子女都成家立业，像泰山担夫，他步履蹒跚将泰山一样的重担挑上山，自己也就老了；二是家父一直念念不忘家母，每次自外地回家，在夜深人静之时，父亲总是直言不讳说他非常想念我的母亲，此时，我看到他的脸上老泪纵横。当我抱着父亲的骨灰盒准备下葬时，大嫂塞过一样东西，让我将它一起埋葬。我问大嫂是什么，她说："这是咱妈留下的一件衣裳。妈临死前，让你姐保留着，说等着爹走那天一起埋了，作为与妈合葬后的见面凭据。你姐去世后，将衣裳托我代管。"听到这话，我停下手说："这件衣裳就别埋了，这么多年，我手上没一件妈的东西，留下做个念想吧！"没想到，三十多年前母亲留给父亲的衣服，在几经转折后到了我手上，我真是如获至宝。还有，本想将父亲光滑如玉的拐杖留在身边为伴，但考虑父亲患有肺气肿，腰背弯得厉害，如真有所谓阴间，他一定还有长长的路要走，那是决离不开拐杖的，这样，我又将拿出的拐杖放进墓中，将它紧靠在父亲骨灰盒旁，以便他随手可及！后来，我带上了父亲的两件物品：一是挠背的抓手，二是父亲曾穿过的一双布鞋。每当想念父亲，就拿来看看，因为睹物可以思人。

回京后仔细看母亲的衣裳，我有种时光倒流的感觉，因为它既新、又亮、还美、更亲，仿佛让我看到了母亲的面容。所谓新，是指三十多年的时光，竟没在这件衣裳上留下岁月的沧桑，就像是母亲刚做的一般。所谓亮，是指这件衣裳并不陈旧，更不晦暗，而是蓝底红点，像群星在蓝天上闪烁。蓝底是由无数个深蓝的十字组成，每个十字中有横三行、竖三列的浅蓝色小点64个组成，在十字中间有一大红圈，圈内有一较大的白点，这给人以恒星的感觉。在四个十字的中间，是无点的小一号的十字，上面是一个红色的图案，这个图案呈细红边菱形，内为上白下红的小菱形，外为左右两个红点，仿佛像天体中的太阳系。所谓美，不仅是布料的图案美，而且衣裳的样式也美。这是一件完全由手工做成的大衿衣裳，即不是从中间分开的现代式样，而是自左而右的一个大衿，是在右边系扣的。衣扣是由黑布条打扣制作而成，正扣的头端像麻花，上下两面都是六瓣梅花，极其精致！这让我想到蜻蜓饱满、结实、灵气的头部。全身共有五个布扣，脖子、右肩、腋下各一个，右下腰摆有两个。所谓亲，是指从衣服的用料、针线上，我能感觉母亲的心情，还能体会母亲的体温与鼻息！如衣裳的小衿即内衿的下半块是不加点缀的深蓝色，它显得既干净又内敛；脖子内领用了一小块内衿的深蓝，大部分用的则是浅灰色，这既反映了母亲的节俭，又表明她有较高的审美趣味；整个内衬用的是清一色的浅青布，从而显得净洁雅致，给人以青瓷的光润感。另外，衣裳的针工总体而言细致精巧，而唯独布扣缝在衣服上的针线显得粗率，不知是因母亲太忙碌，还是另有原因？比如，如果衣裳是以前做的，布扣是临终前缝的，那是否因为母亲已精疲力竭了也未可知！衣服内还留有断线，这让我更觉得母亲好像还没穿过它。曾听父亲说，母亲身高1.69米，几乎和我一样高。这件衣裳身长71厘米，两袖加肩长147厘米，领高5.5厘米，由此可见，这件衣裳即使是外套夹袄，母亲的个子也够高的了！我用手抚摸着这件衣服，它坚挺而柔软；我将头埋进衣服，一股温煦和爱意沁我心脾，这知道这是母亲多年前留下的。这让我想起慈母的怀抱与目光，那里永远有我童年的梦境。

只是我一直担心，如果迷信可信，那么，作为情信物的衣裳被我拦截下来，父亲将以何种方式与母亲相见？尤其在父母经过数十年的等待之后，因为我的原因，他们一直不能见面。父亲临终前，希望我寄两匹工艺马给他，并表示："等我死了，我和你妈一人骑一匹马去周游世界。"活着时，父亲为子女累死累活，一切都无暇顾及，死后他们也有自己的愿景和美梦，这是令我心酸的。后来工艺马是寄去了，不知道父母骑上了没有？不过，不管信不信，我一定找时间将母亲的衣裳拍个照，在父母坟上烧一下，以免误了父母相会之期。

但有一点我坚信：即便没有衣裳，只要有恒久的爱，再加上我对他们的爱，父母大人也会顺利相认、重新聚首，作他们活着时不可能做到的"天下游"的。

2009年11月16日写于母亲节后一周末

情之一字

我的姥爷赵国记

  我们每个人身上都有两条根,一是父系,另一个是母系。所不同的是,有人与父系的联结紧一些,还有人与母系的关系密一些。我的爷爷、奶奶在我记事前就已去世,加上爷爷的口碑不是太好,所以我对他们没什么太深的感情;我的姥姥死得更早,根本谈不上印象,而姥爷却得永年,活了84岁,他是在我上大学后辞世的。在艰难的岁月,姥爷像一根坚韧的丝线牵扯着我家这只在风雨中飘摇的风筝,他又像一条温暖的河不时地注入我那个曾被冰冻的家庭。

  对于姥爷的家史我不甚了然,据说,以前它曾是个富康之家,但到姥爷这一辈却是地地道道的农民了。不过,打小时候起,在我的眼里,姥爷就不像个农民,尤其不像父亲那样一身土气,而更像个教书先生。他高而白,像一棵高耸入云的白杨树,直到晚年,背驼了、腰弯了,他仍然给我高而直、脸面丰颐的感觉。与爷爷(从照片上看)、家父和我们兄弟的一脸严峻相比,姥爷则很有佛相,他总是慈眉善目、一脸的平和从容之气。在我的记忆中,姥爷从没发过脾气,就像春天的杨柳一样,春来了,绿到了,他就柔顺地在春风中飘拂和摇动;即使进入严冬,在狂风怒吼中,叶可落,枝可断,但身心却仍在飘扬,姥爷也还像那柳树，很少发出刺耳怪异的尖叫。

其实，姥爷的一生并不顺随。姥爷和姥姥生有三男三女，小女儿八岁就夭折了；长女即我的大姨30多岁就去世了，她治家有方，富甲一村，对我家的帮助甚大，母亲的许多衣服据说都出自她手，可惜的是，在我生前她早已不在世间了；长子早逝，身后留下一个儿子，姥爷这个长孙与我小舅的年龄相仿佛；随后是姥姥的离世，从此之后，姥爷就没有再娶。可以说，姥爷经历了切肤之痛，也可以说一定经受了肝肠寸断的人生，只是作为孩童的我对他无从理解，也很难从他脸上看出来。相反，在朦胧的年月，我和我的兄弟、姐姐却总是将姥爷家作为乐园，那是一个多么温馨和快乐的所在啊！

姥爷与我家相去不远，只有三里路，但平时妈妈不让我们孩子去，怕惊扰了姥爷。可是，每年的大年初二，我们都要到姥姥家拜年，那是一年中最快乐的时光。记得，我和弟弟跟着哥哥、姐姐步行到姥爷家，有时赶上下大雪，路滑雪白，一路的风光无限！当看到姥爷在门外等我们时，我们的一颗心激动得都快要跳出来了。姥爷的家门口常拴着一头高大的骡子，极其壮观而俊美，它棕色的皮毛光滑得赛过丝绸，它的眼睛温柔而美丽，看到我们时，它总是用鼻子喷出热气、肌肉也在不停地颤动，这是在致欢迎词吧？到了姥爷房间，他总是将点心、糖果和压岁钱拿出来给我们，而此时的姥爷笑得也格外开心，那是一个充满幸福和甜蜜的宽阔的海洋。听妈妈说，她和我父亲刚结婚时，我家一贫如洗，而每当逢年过节，姥爷总是肩挑驴驮，将锅碗瓢盆、柴米油盐送过来。母亲还说，我家南屋就是姥爷和小舅用小毛驴一砖一瓦驮出来的，并叮嘱我们长大后可不能忘了姥爷和小舅。也许，在那个年月，妈妈在姥爷的心中很重很重，那是他生命之希望与寄托，是迷顿与苦难人生中的定海神针。今天想来，我甚至觉得，或许在姥爷心中，在通向女儿家的道路上才有光亮与美好在闪现。

但这一光亮很快又熄灭了,妈妈英年早逝,在她49虚岁的美好年华就匆匆离开了人世。那时我还小,不知道年近八十的姥爷的心中有何感受,是漆黑一片,是天旋地转,还是彻底的绝望?不过,在妈妈去世后,姥爷并未放弃通往我家的道路,他仍然一如既往地在三里远的道路上不间断地来去。当甜瓜李枣、柿子桃子、核桃栗子、苹果樱桃上市,姥爷总是趁着新鲜用篮子亲自送来。我看过姥爷的用具,那是用一根光滑如玉的木棍,上面的一端刻有深痕,以绳绕而系之,再将绳子拴在篮子的提手上,然后用肩头背来。我不知道,这一路上,姥爷背驮着满满一篮子水果,是不是停下来歇息过,换过几次肩,喘过几口气,是什么力量让他不断的往返来去?作为嘴馋的孩子,那时的我并不懂得,但后来,我常想起姥爷,回味着姥爷以古稀之年背驮水果在路上跋涉的身影,感动于姥爷在失去女儿后仍未间断将目光与心思投向外孙和外孙女,直到他过世为止。

母亲去世时,姐姐只有16岁,她仿佛代替了母亲的位置,一心向着姥爷。姥爷是个干净得有些洁癖的人,他虽是农民,但却一尘不染,他裹着绑腿,从不上炕,即使姐姐将姥爷的鞋脱下来,他也不脱袜子、不解裹腿,这与父亲的打赤脚和从不裹腿形成了鲜明对照!姥爷还带着白白的手绢,咳嗽和吃饭时还会拿出来用,他唯恐将东西弄脏或担心别人嫌弃似的,从中也可见出老人的明理和知趣。姥爷每次来,姐姐都给他做荷包蛋,一般是八个,要不就是六个,具体做法如下:先用葱姜在油中爆锅,然后加水煮沸,将鸡蛋打进去,熟了加韭菜和香菜出锅。其香气扑鼻,令人馋涎欲滴!在那个贫穷的年月,这是我家最美好、最诱人的吃食了。记得,当年我家有只母鸡,下的蛋从不卖掉,我们自己也从不吃它,而总是给姥爷留着。那时,我家盛放鸡蛋的篮子精致而漂亮,鸡每下一个蛋,姐姐就赶紧从鸡窝里捡回,用软草和布条擦干净，将它放进篮子，再用一块粉红的手帕盖好！我曾趁姐姐不在，伸手到篮子里摸过，鸡蛋光滑、温热、圆润；我也曾打开盖巾，鸡蛋一个个饱满、红润、透亮，仿佛商量好了聚集在一起似的。我家可能缺米、少盐，但却一直不缺鸡蛋，因为姥爷随时会来的。当姥爷吃蛋时，我和弟弟就喝锅里剩下的少许菜汤，那样虽不能与鸡蛋媲美，但也聊胜于无了。不过，每次鸡蛋上桌，姥爷总是让姐姐再拿一个空碗，非要拨出两个不可，他从不吃独食，因为他或许心下明白，厨房里还有我和弟弟的两双眼睛呢！姥爷另一个知趣的表现是，他从不在我家留宿，母亲不在了是这样，母亲活着时也是这样，他总是这样推说："金窝银窝不如自己的狗窝。"不管天多晚、夜多黑，路多崎岖，他一定坚持要回自己的家中。

　　后来听人说，姥爷在自己村里是出了名的"愚人"，因为不管别人问什么，他总是说好！饭后，村口的老人常问："国记，你今天吃的什么？"姥爷就说："馒头。"由于不假思索，久而久之，自然就露了馅，因为一个人不可能总是吃"馒头"。再有人问："国纪，儿子儿媳对你怎样？"姥爷也总是说："好，跟亲生的没啥两样。"人们就会笑起来！小时候和小舅母接触较多，她美而善，眼睛和心里都不嫌弃我们，如果没有她的支持，母亲去世这许多年，姥爷断断不能一直接济我们，即使有心也无力啊！因此，某种程度上说，姥爷的话一定不错！但站在外人的角度看，儿媳妇如何能跟女儿相提并论？更何况，姥爷的话中有误，难道"儿子"不是亲生的，怎么能与"儿媳妇"一样，和亲生的没啥两样呢？也许人们笑姥爷的"文过饰非"，也许在笑他的"语法"错误。事情往往就是这样，智愚、贤不肖往往不能一言以蔽之，表面看来，姥爷是有点愚笨，但我知道他的心里跟明镜似的，他是真正的聪明人。

　　我们家乡有句古语说得好："外孙狗，吃了就走。"意思是说，外孙永远没法和孙子比，因为他是外姓人，既不能给姥爷送终，更不能尽到孝养义务！我就是如此，在考大学那几年疲于应付，没时间去看他；考上大学后，姥爷又去世了，我没能为他送行，更没有给他守灵，不知道姥爷临终前心下有何想法，也不知道他记不记得，远在天边他还有我这个外孙？更遗憾的是，至今二十多年过去了，我再没踏上姥爷的村庄，更没到他老人家坟上去过，那当然也没能为他压过一张纸，上过一捧土，点过一盏灯。基于此，我常觉得自己无情无义，也自认"外孙狗"这个称谓。姐姐于八年前去世，父亲亦于三年前离世，不知道他们生前是否去过姥爷的坟头，是否提起过我？

  事实往往又不尽然，作为一个长年在外的漂泊者，他可能并不迷信，也不在乎所谓的那些形式，但有一点是肯定的，那就是：我的心里一直装着姥爷的，没有忘记他。姥爷虽然没能留下一张照片，但我的心灵是底片，它清晰地珍藏着姥爷慈祥的音容和整个的人生图景。而这篇小文也似一张小照，当人们闲着无事时，它或许能让你想起自己的姥爷，也会给喜欢、感恩与思念姥爷的人一个小小的念想。

2011年1月4日晚初稿
2011年7月7日定稿于北京沐石斋

愧对父亲

如果说人世间有所谓"大福大贵"的幸运者，一定也有孤独无奈的苦命人，我的父亲和侄子都属于后者。父亲如同枯藤，侄子就像留在上面的苦瓜，他们的生命充满苦涩与无望。作为人之子，作为一个现代的知识分子，作为一个游子，我既怀着深深的自责与忏悔，又只能仰天长叹。父亲于2007年11月14日与世长辞，享年83岁。在一般人看来，家父也是高寿了，但我却觉得他还没有真正地活过，没有享受我的孝敬和赡养，这是令我抱憾终生的。

父亲生来不幸，因为他的父亲我的爷爷是个吃喝嫖赌的浪荡子。虽然家境一贫如洗，但爷爷根本不放在心上，只图自己痛快，而从八岁起父亲就在奶奶的带领下如牛似马地做农活，所以只是断断续续读了三年小学。据说，爷爷身高一米九以上，人高马大，又是身怀绝技的武林高手，也是木工、瓦工等无所不能的能工巧匠，然而，他就是不务正业！在外他行的是强盗逻辑，在家里他则是一位暴君，老婆和孩子几乎成为他发泄不满的工具。父亲小时候到底挨了爷爷多少打骂，恐怕无从计算。即使后来父亲结婚生子，爷爷还是对之张口就骂、伸手便打！在吃的方面也是如此：有一口好吃的也像法定般属于爷爷，家父自小到大看都不能看，想也不要想，更不要说是吃了！

后来，爷爷上吊自杀，父亲才从爷爷的阴影里摆脱出来。不过，另一条更粗、更壮、更韧的枷锁套在了父亲的肩上，那就是多子的劳顿和妻子的病。父母共生下六个儿女，在那困顿的年月，又身在社会之最底层——贫穷的农村，他们的辛苦操劳可想而知。我那时还小，但记得父母一早就上山干活，回来时总是很晚，可谓披星戴月，一身霜雪。晚上回来，母亲又在忙着缝缝补补，为多挣几个钱做手工，父亲则侍候他的粮食和农具，通常也是睡得很晚。记得，我半夜醒来，常常看着父母还在幽暗的灯光下忙碌，一个在剥玉米或花生，一个在织花边，他们的眼睛总是红红的，双手仿佛在赛跑似的，让我眼花缭乱。后来，我读到白居易的《燕诗示刘叟》，自己的父母一下子就变成了那双燕子："嘴爪虽欲弊，心力不知疲，须臾十来往，犹恐巢中饥。辛勤三十日，母瘦雏渐肥。"而白居易笔下的燕子也只是"一巢生四儿"，我的父母却有五男一女，其辛苦是远甚于双燕的！

父母的日夜辛劳使得他们精疲力竭，而一场灾难又突然降临，从而将这个本就挣扎在生存线上的家庭推进了泥淖，那就是三哥的受伤致残。当时三哥只有16岁，还是个孩子的他，在参加人民公社兴修水利的劳动中，雨天因玩弄雷管爆炸而受重伤。听到这个消息，母亲从我村一口气跑了13里路，到公社时见到儿子被打掉一只手、一只眼睛，而且满脸、满身血肉模糊，她一下子就晕过去了。在我的人生中，母亲这一个疯跑的身姿一直烙在我的脑海里，当我后来在镇上读书反复走过那段道路，当我从异乡回家路过那段路，当我乘坐飞机风驰电掣地远走天涯，我总想起母亲和她的那次疯跑。三哥的残疾是我家命运的转折点，从此之后母亲就病倒了，在经过六年的病痛折磨后，她以49岁的美好年华永远离开了我们。母亲生病时，我还是个8岁的孩子，但已经感到我家的上空总是阴云密布，在外和小朋友玩耍将一切都抛到脑后，一回到家中全家人都愁眉不展。最明显的是父亲，在我的记忆里，他总是在厢房给母亲煎药：在由三块石头支起的黑黑的药罐下面，父亲先将几个玉米棒子叉起来，再抓一把小草或一团揉搓的纸放入其中，再划火引燃。有时火点不着，尤其是草湿或风大之时，父亲就趴在地上用嘴吹火，浓烟滚滚，父亲的整个身子都被淹没了，当火苗燃起，像牛舌舔物般包围着泥罐，我看见父亲泪水模糊，眼睛赤红，长吁短叹！在母亲生病的六年时间里，父亲常远走山东昌邑给母亲买药，在我幼小的心灵中，"昌邑"是个神秘的地方。从家乡蓬莱到昌邑，现在走南闯北的我已不觉得它有多远，但在父亲的年代，对于很少出远门的父亲来说，对于为了省钱多用脚力代替坐车的父亲来说，那无疑是一段遥远坎坷的旅程，那上面一定留下了父亲的汗水、泪水和血水。

小时候我是有名的又馋又懒。因为没有好吃的，一家八口人主要以地瓜为食，而同时只在锅边上贴两个薄如纸的玉米面饼子。这样，除了吃地瓜，每人可得四分之一块玉米面饼子。我一吃地瓜心中就火烧火燎，胃酸像潮水般涌起，难受至极！这样，每当家人在大口吃地瓜时，我就将属于我的四分之一块玉米面饼狼吞虎咽，然后目不转睛看妈妈那一块，妈妈不由分说将她的给我，吃完后我又看父亲那块，父亲看我一眼也将他的塞给我。虽然吃下去的三块饼子如一滴水掉进大海，更不要说吃饱，但是哥哥和姐姐的没有指望，于是我就跑出去玩耍了！随着年岁的增长，尤其在母亲身体不好后，我问心有愧，仿佛是我夺走了她的健康，而父母的爱也被我深深地埋在心底。父亲的脾气有点像他父亲，但一颗心却善良仁慈，且充满一腔柔情蜜意，这在对六个孩子和妻子上表现出来。还记得小时候，我一个同学的父亲喜欢吃独食，有好吃的很少想到妻子儿女，都是自己尽情享受，一如我的爷爷所做的那样。我的父亲却不是这样，有一口好吃的是先给孩子，尤其是我和弟弟，因为我俩年岁最小。每当邻居送来好吃的，父亲总是不由分说，将我和弟弟叫来，用筷子一口、一口地分给我们吃，仿佛是大鸟在哺育小鸟，而他自己则一点也不吃，只是最后将器皿或玉米壳上的汤汁快速地用嘴吸净，其声响至今还萦绕在耳！后来，我自己有了孩子，才真正理解家父的奉献精神和爱子之情。我读大学时暑假回家，曾问过父亲："爹，到现在为止，你吃够过肉吗？最多一次吃了多少？"他看我一眼，摇了摇头，想了一会儿说："最多一次吃了半斤。将近一小平碗儿那么多。"接着，他又说："不过，吃的是死猪肉。"父亲抿了抿嘴，仿佛刚吃过肉的感觉，然后回忆说："那次是到镇上赶集，正好遇到卖死猪肉的，四毛钱一斤，我咬咬牙就买了两毛钱的。吃完了还不过瘾，想再吃半斤，掏出钱后又装进了口袋。"父亲的话令我震动，我也暗下定决心，等大学毕业，有了本事，一定让父亲美美地吃上一顿肉，而且不是死猪肉，是新鲜的好肉。

1975年母亲去世，当时父亲只有51岁，那时大哥只有22岁，尚未成婚，于是父亲开始了马拉松式的人生赛跑。六个孩子，从盖房、结婚、生子，这对于一个低微得不能再低微的农民来说，那将意味着什么？仿佛是一头老牛拖着沉如大山的犁耙，低着头默默前行，他再苦再累也不说一个字，只是将所有的人间苦都吞咽下肚子，他唯一的希望就是担起自己的责任，实现妻子的临终遗言："把六个孩子都养大成人。"对于父亲来说，我让他操的心可能最多，因为我一心要考上大学，结果连续三次名落孙山，到第四次才如愿以偿！每次失败后，父亲都没有怨言，只用关切的目光看我，这令我既感到温暖又有些无地自容！而每次花钱，我都能感到它的重量，那都是父亲东拼西凑向人家借来的！因为家里穷，没有偿还能力，当然也就没有多少人愿意借钱给父亲，所以他常常为了十块钱，不知要跑多少家，忍受多少冷眼和屈辱。父亲最了不起的是，在母亲去世后的32年中，为了孩子一直没有再娶,而是一人承受着孤独寂寞!有儿女在身边时,父亲也可能不那么孤单,当最小的弟弟也成家立业,父亲就开始了一人独居的生活苦旅。有一次,我从北京回家,与父亲闲聊一直到深夜,收音机已经没有节目了,但父亲还开着,让它发出咝咝之声。我要关掉收音机,父亲却慌忙拦住说:"别,多少年了,我就和这个'响'做伴。你妈死了这么多年,晚上我总睡不着,有了它就可以打发一个个长夜了。"这一次,我心灵受到了更大的震动:从考上大学,到读硕士、博士,再到工作、生子、写书,再到晋升职称、买房、出差,这一切的一切都如流水作业一般,爬坡后再爬坡,作为一个农民之子,其间自我奋斗的艰辛与痛苦,难以为外人道;但却很少为老父亲着想,他一人孤单地生活,一个个漫漫长夜他是怎样打发的?这让我想到白居易《燕诗示刘叟》中的另外几句话:"一旦羽翼成,引上庭树枝。举翅不回顾,随风四散飞。"难道我不是这只羽翼丰满,忘了父母养育之恩的燕子吗?

我如一叶扁舟在山东济南漂泊了11年,在结束了长达六年的夫妻两地分居生活后,于1993年终于在北京与妻子团聚。随后,一直住在一间14平方米的平房里,直到1999年才分到一套二居室五十多平方米的楼房。有一次岳父打电话对我说:"你无论多忙都将手上的活儿放一放,我想带你父亲去北京看看,毕竟他年岁大了。"听到这话我恍然大悟,心下暗暗感激岳父母处处为我着想,也想得周到。父亲来京经过一天一夜的长途跋涉,先是从老家一早到烟台,在烟台一直等到晚上十点发车,到第二天下午才到北京。我去接父亲,他晕车晕得厉害,我是扶着他坐地铁、转公交车回家的。到家后父亲一直躺在床上,直到两三天后才缓过来,才开始观看儿子生活的北京。先是到天安门照相,父亲像孩子一样快乐!接着,我带他到医院看病,因为此时父亲已患上严重的肺气肿。去医院是打的去的,父亲头晕得厉害,回来时说什么也不打的了,他说想试着步行回家。半路上,我担心父亲饿了,提议和他到饭店吃饭,父亲没有反对。于是,我们到了一个小店,因为父亲最爱吃饺子,我就简单地要了两盘饺子,一瓶啤酒,一个小菜。父亲吃得非常高兴,回家的路上,父亲悄悄地问我:"老四,今天花了多少钱?"我告诉他36块钱。没想到父亲脸色骤变,一声不吭地低着头快速地向前走。我不知何故,追上去问个究竟,连续三次父亲都不理我。当我几乎以哀求的口气说:"爹,儿哪件事做错了,你可以批评,打我都行,不要让我摸不着头脑。"此时,父亲满脸恼怒对我训斥道:"想不到你在外面这么花钱,一顿饭就吃掉三十六块!你不是我的儿。"听父亲这么说,我一块石头落了地,于是向他老人家解释说:"我还认为你生什么气呢!原来是为这个。爹呀,你不知道,咱俩今天这顿饭简单得不能再简单了,你知道平时与同学朋友相聚吃饭花多少钱?你知道有钱人吃一顿饭花多少钱?"还没等父亲回答,在父亲探问的眼神里,我告诉他:"平日与同学朋友吃饭,一顿饭三五百元是常有的事,人家请我吃饭,我也必须请人家,否则怎么交朋友,如何礼尚往来?"我又补充说:"而参加有钱人的宴请,一顿饭超过千元也不奇怪;而当官的花几千甚上万吃一顿饭也是有的。"在父亲惊愕甚至茫然的目光中,我进一步解释说:"平时在家里,我们不是说'穷家富路'吗,不是说'城里花钱如流水'吗?就是这个道理。"父亲听了我的解释,怒气已消,但却说了两个字"造孽",就再也没说一句话,只是一步一步挪回家,显然他的脚步非常沉重。

直到今天,我也不知道当时父亲的心情。是理解了儿子的难处,还是羞愧于自己泥土一样卑微的人生,抑或是对儿子的人生选择不以为然,或者是对有钱人的狂浪充满厌恶?如果往小处说,是不是对自己曾做过的一件事感到不安也未可知。这件小事是这样的:家父到京后一从眩晕中恢复过来,就从密缝的内衣口袋里掏出一个皱折的手绢,并从中拿出四毛钱给我儿子——他最疼爱的最小的孙子。当时,儿子不以为然,过后我曾对他这样说:"孩子,这四毛钱虽然不多,但它有你爷爷的体温,更有爷爷对你的爱和希望,你可别小看这四毛钱的意义。"当父亲听到我说,城里人的花钱方式和出手大方时,是否也包含了对自己给孙子出手"小气"的愧心?是否自尊心也受到了伤害?这件事之后,每次我给父亲钱,他都推来让去,总是说:"你在外面花钱多,我不花什么钱。不要老惦记我。"我就说:"爹,我不在你身边,照顾不上你,多给你点钱,你想吃什么就买什么,别让自己亏嘴。再说了,我也不差这点钱。"可是,我给父亲六百,他要三百;给他四百,他要二百。在我的再三坚持下,他也就全部留下了。其实,我也知道,老迈的父亲这些年一颗牙也没有了,他还能吃什么呢,吃什么嘴里还会有味呢?所谓的"给钱"也只是做儿的一点心里安慰罢了!不过,每次参加宴请,看到满桌的山珍海味,我总禁不住想起远方的老父,鼻子发酸,泪水蓄满眼眶,心中充满说不出的愧意:有父亲这样的农民养活、供奉和培育,我们这些农民之子才能进入都市,成为一个知识分子;然而,我们又为他们做了什么?我们吃的可能父亲看都没看过,他甚至做梦也想不到自己的儿子吃的是什么吧?

听姐姐说,父亲来北京时,高兴得像孩子一样,他多少天前就做着周密的准备,仿佛要进京赶考一样急不可耐!为此,他还彻底洗了个澡,因为多年没洗澡了,身上的灰尘足可灌溉两亩好地!到我家里,我给父亲洗澡,他有些不好意思,开始一直不脱内裤,我劝道:"爹,我是你儿,你还有什么不好意思的?"父亲羞怯地脱光了,但仍自觉不自觉用身子护住阴部,从这里我看到了父亲的内心是多么纯洁。当搓着父亲的身体,我有一种莫名其妙的感觉,因为孩童时代父亲强壮的身板,不知不觉已经消损,代之而为弯曲、松弛、皱折。而在父亲生命的转换中,其实都是为了儿女一点点失去的。这是我第一次为父亲洗澡，父亲显然心中充满欣慰和满足，这是让我心安的一件事！因为平时除了给父亲寄钱，我和他在一起待的时间十分有限，往往都是匆匆回家，又匆忙离开。还听姐姐说过，父亲从北京回家后非常高兴，他告诉邻居说他看到了天安门，还把照片拿给人看，那是一份强烈的自豪感。不过，父亲在我家没有住够，有些不愿回去，这是他感到遗憾的！当时，由于我的房间非常拥挤，五十多平方米的房子到处充塞了书籍；也由于岳父在外面住不惯，急着回家；还因为我的工作实在太忙，无暇顾及；又因为正值夏天，家中没有空调等冷气设备，其热难耐，所以父亲住了半月就不得不回家了。不知道父亲能不能理解这些，他心里是否对儿子和儿媳怀有怨言？

如果说，父亲一生能够享点清福，那就是有姐姐照顾的那些年月。虽然一个人孤单，但姐姐嫁在同村，姐夫又是个善良人，他和父亲的关系一直很好，所以父亲吃得好，心情也有所寄托！只身在外的我也少了些牵挂。姐姐也总是这样对我说："你不要老惦着咱爹，在外面好好工作就是了，家中有我呢！"有女儿的照顾和爱，父亲就像冬天的树，他希望着来年的春天，所以风霜雨雪都不能将他击垮。然而，父亲的福分很快就结束了！因为自2002年开始，我的二哥、三哥和姐姐先后离开了人世，他们一个个都是父亲亲自送走的，这种白发人送黑发人的情景和悲惨，我不知道父亲是怎样支撑和承受的？

二哥去世时只有49岁，与家母同龄。这是一个令父亲伤心的年龄，我想，它一定牵动了父亲对妻子深深的怀念。半年多后，三哥又突然去世，他只有47岁。临死时，三哥有老父亲在身边，是在离家数十里远的乡镇医院里，父子做了最后的永别。后来，侄子来信告诉我："三叔死时穿戴整齐，像个大官儿，不痛苦，不伤心，只是眼睛一直睁着，他的眼睛还是爷爷给他合上的。"

因为三哥残疾，母亲临死时就有交代，要全家人善待他。三哥住得离父亲比其他兄弟近，他与父亲又是相依为命，所以一个个夜晚都是三哥陪伴父亲到很晚，所以多少年来三哥减少了父亲不少孤独寂寞。可以设想，三哥去世后，父亲在夜里一定无限怀念他。姐姐在三哥去世后，伤心地哭了一个月，于是身体落下了病，44岁就撒手人寰。我想，两个哥哥的死抽走了父亲的欢乐，而姐姐之死对父亲的打击则是致命的。姐姐病重的那些日子，年迈的父亲每天三番五次过来问这问那，还不时地去集市买姐姐爱吃的东西。当姐姐咽气后，父亲回到自己的住处，插上门闩，谁也叫不开门了。我不知道，父亲这几年是怎样度过的，三个儿女转眼间灰飞烟灭，阴阳两界，他一个个不眠之夜是如何熬过的。只记得我和我的儿子回家时，父亲的眼神才稍有光彩，才有希望之光在闪动！夜深人静，父亲总是跟我说："老四，你看我现在活着还有啥滋味儿？"我就说："爹不要那么说，还有我、大哥和弟弟呢！你要坚强些。"但我心里明白，我们兄弟三个能像三哥那样陪伴老父到半夜？能像姐姐那样让父亲感到安心踏实？我远在天涯，忙得像陀螺旋转一样，哪有时间和可能照顾父亲，以至于让他的晚年无忧无虑。古人云："痴心父母古来多，孝顺子孙谁见了？"我身为人子，多少年漂泊在外，心里想的多是工作、写作和人生的奋斗与追求，而为老父又想了多少呢？他吃的是什么，穿得暖不暖和，严寒的冬季没有取暖设备，他如何度过？在孩子一个个成家立业后，老父一人生活，他的孤独寂寞深几许？虽然，我也想到了逢年过节为老人寄钱和添置新衣，但对比父亲为我做的，可是少之又少，真是无地自容啊！

这几年父亲的肺病越来越厉害，他所受的折磨也越来越严重。由于胸膜积水，父亲躺不下，即使晚上也只能趴在炕沿上睡觉，难受至极！所以，我与兄弟给父亲抽过一次水，但没多久胸腔又积满了水。医生说，不能总是抽水，否则老人身体就完了。

情之一字

前年夏天回家，看到父亲吃饭的碗像猪食盆一样脏，而窗户不翼而飞，空空如也，满屋子都是苍蝇蚊子。父亲如一条狗一样偎依在炕上，眯着眼睛，一动不动，苍蝇蚊子群起围攻他。见此情景，我气愤地质问弟弟："怎么搞的吗，你和大哥就不能给爹拾掇拾掇？"弟弟解释说："不是我们不拾掇。爹一向不太讲究你是知道的。窗户和蚊子也实在没办法，一是家里封闭严了爹喘不上气，二是什么东西都被小侄子毁坏了。"弟弟告诉我说：三哥之子是个傻子，可能与他已成人有关，近来他的脾气开始变得暴躁，遇到东西不是砸就是踩。家里已经没有像样的东西了，窗户生生地全给拆下来，在家中是如此，一不小心跑到外面更是麻烦，他常常毁掉邻居的家居器皿，有飞檐走壁之能。给他穿的衣服和盖的被子，他撕成条条片片，他自己就生活在布条棉絮之中。说起这个侄子，弟弟一脸愁容和无奈。

这个侄子确实令人头痛，但也是人生的一颗苦果。我村一向穷困，平时很好的小伙子都是光棍，身为残疾的三哥能有怎样的婚姻，就可想而知了！三哥曾与一个自小得过癫痫病的女人结婚，婚后就生下现在这个侄子。这个侄子小的时候，常成为三嫂要挟三哥的砝码，她稍有不满，就痛打孩子的头部，以便让三哥屈服。当侄子八岁时，三哥带他来到我所在的济南，让我带着到医院检查，医生说孩子是先天性痴呆，无药可救！后来，三嫂抛弃了三哥和孩子远走他乡，就留下三哥和儿子相依为命，三哥是又当爹来又当娘。后来，三哥去世，这个侄子一直跟着家父。在爷爷手上，再傻也是自己的孙子，所以家父对他关爱备至。别人说这孩子痴傻，家父却说："傻什么傻？有一次，他靠近我，将我头上的一根草小心翼翼捏了下来。你能说孩子什么都不懂吗？"所以，父亲身体好时，常将孙子带在身边，即使到村头散步也领着他。像一条小狗，孙子跟着爷爷前前后后地跑，虽然自己的父母他不知所终，但有爷爷在，他也不是无家可归的流浪儿。可是，当父亲身体渐渐变得虚弱，这个侄子的脾气也变了，不得已家人只能将他与家父分开：爷孙俩各占一间房子，将孙子的门窗封好，这样他不至于危及别人。开始家父不同意，后来看到这个孙子仍能突破防线，出来或出门"作恶"，他也就同意了。这样，侄子就不得不被用一条铁链锁住。

父亲一直想来北京与我同住，尤其是天寒地冻时节，因为我家的暖气可以消除他肺病的痛苦。但我没有满足父亲的心愿，从客观上说有以下原因：一是我住的两间房子全被书籍堆满，几乎插脚的地方都没有；二是老父年岁已高，八十岁的高龄不易远行，不要说两千多里的路他要遭受痛苦，要是来北京生活不习惯怎么办？三是我们夫妻工作的性质不同，我们不是每天上完八小时班就没事了，而是从事科研工作，需要时间和心静，一旦老人在身边，恐怕什么事也做不成了；四是家父多年一人生活，其习惯与众不同，他往往是下午六点开始睡觉，早晨又起得很早，这两年几乎没睡一个好觉，总是趴着打盹，如果和我们在一起，我们夫妻一定无法安眠，孩子读书也会受到影响。五是家父是农民，没有公费医疗，来北京一旦生病，我们夫妻每月挣这点钱，能对付几日？六是父亲多年一人独居，性格变得说一不二，我也担心与我们尤其与妻子合不来，那样就更不好收场了！后来，父亲听说我买了新房，来北京的心情更加迫切，但由于忙碌和还贷，所以一直无钱装修，新房一直空着，这令父亲有些不解！今年春夏，我把房子装修好，父亲又来电话，希望冬天来北京过冬。我就对他说，房子刚刚装好，所以味道很大，最好你明年再来。当时我想：一是刚装修好的房子，需要跑跑味儿，有肺病的父亲更不能马上住进来。二是由于我忙，这两个房子都是妻子一手装的，几个月来她太辛苦，应该让她休息调整一下。三是旧房和新房相去一小时的车程，妻子和儿子仍要住在旧房，因为那里离儿子的学校近，新房只有我一人住着。如果父亲在新房，我上班或出差时,谁来照顾他?四是父亲年岁大了,他来北京总是不便,在老家冬天属于农闲季节,有大哥和弟弟照顾更合适些。总之,我找出了一大堆客观理由,就是不希望父亲来北京与我同住,唯独没考虑父子情深,没从孝敬父亲之天职方面着眼。试想,如果反过来,父亲处于我的位置,面对儿子的艰辛他会找出这么多理由吗?在父亲的幸福与儿子的事业这个天平上,我为父亲想到和做到多少呢?尤其是家父将一生都献给了我们(尤其在培养我成才上用心最多),而我却"高高在上",置父亲的冷暖和幸福于"事"外,我真是愧为人子,也枉为所谓的知识分子啊!

在父亲去世前一年,他在电话里告诉我,他喜欢我们家那两匹工艺马,最后说:"你给我寄来,等我死后,我一匹你妈一匹,我们俩骑着周游世界。"我一听父亲说到"死"就急了,不高兴地说:"爹你说到哪里去了?"看到我没答应,父亲竟然说:"老四,千万别忘了这件事,要不我就白养了你一顿。"由于心里忌讳"死"字,我一直没把马寄给父亲。后来,弟弟来电话催我,说实在不行你就拍张照片寄来也行,我知道弟弟和父亲一样误解了我。这时,我告诉弟弟我的忌讳,并让他转告父亲。听了我的话,弟弟是理解了,但不知道父亲是否能够理解。前几天,我将两匹马寄回去,算是了却了父亲的心愿,父亲在九泉之下也该理解儿子的。同时,我所到之处,只要遇到漂亮的马都留下照片,并将之奉献给父亲灵前,让他知道,其实儿子对他是一片爱心。

弟弟为父亲守灵那一夜,他撕心裂肺地说:"爹,做儿的不孝,平时体会不到你的苦处,让你一人多少年孤单单守着夜晚。你为儿女辛苦了一辈子,养了这么多儿女,可算是白养了!"于是,弟弟给我讲述了这样一件事:一天晚上,他给父亲送饭,放下饭就想回家,因为干了一天农活,浑身散了架子似的,困得眼都睁不开,就想倒下睡一觉。可是父亲让他坐一会儿,说说话。

弟弟推说有事儿，抬脚就走。走到院子，父亲又将他叫回去，希望他别走了，晚上陪陪他。弟弟说："那怎么行，我能将老婆撂在家里，在这儿陪你睡觉？"父亲又让弟弟少坐一会儿，弟弟有些不耐烦，说："你在家闲着没事儿，俺干一天活都累死了。"当弟弟走出大门，又被父亲叫回去，弟弟更不耐烦："爹，你到底有啥事吗？"父亲说："老五（弟弟在兄弟中排行第五），你把啤酒打开一瓶，你喝半瓶，我喝半瓶，喝完了你就回家睡觉去。"弟弟对我说："那时，我哪能体会爹的孤单啊！"弟弟还告诉我，平时中午都是十一点半给父亲送饭，父亲去世这天晚了半小时，是十二点到的，结果发现父亲倒在门口。很可能是自觉不妙，等不到儿子，父亲就到门口迎接。见到儿子时，父亲只说了一个字："痛。"然后就闭上了眼睛，他的手脚开始变凉，但几个小时心脏一直没有停止跳动。弟弟在电话里声嘶力竭地向我喊道："小哥，你快回来吧，爹可能是在等你。"是的，父亲感觉不好，身边没人，那时他一定是希望儿子快快到来，当终于等到弟弟和大哥，他一定又开始等远在天边的我——他曾引以为荣的第四子，然而北京和老家毕竟太遥远了！我后来想，如果我能将父亲接在自己身边，由我给他老人家送终，那该多好！在守灵时，弟弟还对着死去的父亲伤心地说："爹，你知足吧，不管怎么说，你临死时还有两个儿子在身边，而我只有一个孩子，将来还不如你呢，死了，恐怕身边一个人都没有。"

我是父亲去世的第二天乘飞机赶回去的。见到父亲时，他老人家已穿戴整齐，安详地躺在门板上，永远地闭上眼睛。我知道我再也不能像以前那样，每逢回家拉着父亲的手，看到父亲慈祥的眼神，与父亲离别时依依不舍了。我给父亲脱下鞋子重穿一次，算是父亲死后为他做点什么，我用手抚摸着父亲那张熟悉的脸，没有了以前的温暖，而只余下冰凉，我反复地哭喊着："我再也没有爹了，没有了，再也没有了。"我们常用"肝肠寸断"

来形容一个人的伤怀，父亲的死就是这样，它将我的五脏六腑连根拔起，扯碎后随风飘散了。父亲去世前三个月，我与儿子一起回老家看他，临别时，父亲说："子罕（我儿子的名字）啊，下次再来恐怕就见不到爷爷了。"于是，他们爷孙俩紧紧地抱在一起，真可谓难分难舍。回来的路上，十三岁的儿子一直哭个不停，我问他怎么了，儿子说："爸爸，爷爷真可怜！"父亲去世前后，我儿子似有感应，不停地问他爷爷怎么样？后来他知道再也见不到爷爷了，哭得极为伤心，且彻夜未眠。

父亲的遗体是被我亲手推进焚化炉的，那一刻，我想到了我的出生。四十五年前，父亲抱着我一定是面带笑容迎接我的降生；而今，却是我——父亲的儿子——将他送入焚烧炉。四十分钟后，父亲的骨灰被放进骨灰盒，我抱着它，一股温热从我的手上传至全身，我知道这是父亲最后的温暖、体贴、呵护和希望，在这严寒的冬日里。于是，我紧紧抱着父亲的骨灰，轻声地说道："爹，我们回家吧！"

父亲入土为安后，我心中一直在想：如果当年我考不上大学在家务农，是否能对父亲照顾得好一些？如果我不顾一切，将父亲接到北京——我的身边，让他安度晚年，哪怕一年、一月、一天，会有怎样的结果？与父亲对我海水般的深情比，多年来我为什么对他多有忽视？对比孝心，我的事业真的有那么重要吗？

办完父亲的丧事，离开父亲的老屋时，我发现侄子——三哥之子——赤身裸体蹲在窗台上望着我，仿佛在说："四叔，爷爷不在了，从今往后，我是真正的孤身一人了！"他也仿佛在向我道别："四叔，我的亲人，再见！"因为我相信父亲的话，他的孙子虽然傻，但并不像人们说的那样一无所知。

儿时过年滋味长

屈指算来，我已年近五十，真有"时光如流水"和"人生若梦"之叹！四十七个春秋不知不觉过了四十七个年，但能留下印象和美好回忆的，却只有童年的过年。

那时，身为农家子，兄弟姐姐多达六人，家中又一贫如洗，平日里的肚子中除了地瓜，就是空空如也，所以常常有酸水上涌。其实，说是盼着过年，也就是为了吃饱肚子，多吃点好的，再就是增些喜庆，冲淡一年的繁忙与悲愁。

盼年几乎是我童年最大的乐事！每到下半年，我就月月盼、天天盼，盼到腊月也就离过年不远了。腊月二十三过小年，它似大年之弟，因为这天必吃饺子。腊月二十六是蒸"祈留"的日子，即用上好的细玉米面发酵后，摊在大锅中的玉米箅子上约十厘米厚，上下都铺上玉米壳，然后用擦布堵住锅盖四周的缝隙，再在锅盖上压上菜墩、大盆之类，以求坚实和气不外漏。接着开始用玉米秸秆烧火，锅烧开之后，烟气弥漫了整个房间，如在大雾之中，再后来即是浓郁的甜香丝丝而出，沁人心脾，仿佛让人有身在仙境之感！我不知道玉米蒸糕是不是"祈留"二字，只记得乡间这样发音，我用它是觉得其中颇有深意。试想，一年将尽，还有数日即过年，那就用金黄甜香的玉米糕"祈福留年"

吧!何况这一天中有个"六",六即"留"也,留住美好,留住过往的岁月,留住长长的念想。

真正进入年关,或者说开始"吃"好吃的是腊月二十七。别人家开始吃"白面"包子,我家只能吃黑面的。记得母亲说,黑面只是比白面"黑",里面一样包着希望和幸福!所谓黑面,即用一小半粗白面加一大半地瓜面合拌而成,吃来难吃,做来费事!因黑面缺乏筋道,母亲包完八人的包子要用去大半天时间,常因疏松干脆而捏不住。二十八日是"发"日,我家开始做白面包子,此时我眼中闪亮,除了因为面"白",更因为其中有肉——一小片的肥肉。为了不让孩子轻易吃到肉而多吃包子,母亲将肉放在中间。我为了多吃一片肉,就多吃一个包子,因此而撑得肚子滚圆。二十九日是炸面鱼,也就是今天所谓的炸油饼。那是极其辛苦的工作!当大半锅油烧得滚开,母亲就将摊好的面放入其中,炸熟了父亲就用筷子挑起,否则很快就会焦糊,所以掌握火候至为重要!记得父母总是被油烟、柴烟熏得双眼通红,吃这顿饭可真不易啊!当孩子风卷残云地吃面鱼时,母亲总是说:"她自己早被油烟熏饱了!"其实,何尝是如此,她是想先让孩子吃足后自己再吃。大年三十是吃米饭和凉拌猪头肉。国家干部、烈军属和有钱人都要分或买一只或半只猪头肉,父亲只能割几斤肥瘦兼备的猪肉以代之!即使如此,它也是我家尤其是我和弟弟的盛宴!猪肉上来,别人还没动筷,父亲总是让我和弟弟先吃,我们先是肥瘦兼吃,然后只吃瘦的,直吃到往上打嗝儿、满嘴流油为至!在整个过程中,父亲总是用筷子不断地将瘦肉拣到我和弟弟面前,他却只顾抽烟!等到孩子吃得差不多了,他和母亲才吃剩下的几块肥肉。

除夕夜和年初一吃的都是清一色的白面饺子!而且里面是白菜心,它细腻、润滑、清香,真是难得的美味佳肴!平时,母亲总是让家人吃白菜帮子,留下菜心以备过年,所以她是个精打细算的人，是那个先吃酸苦葡萄最后吃甜美葡萄的人。大年初一的饺子中包有一两枚硬币，吃到的有好运，我从没吃过，弟弟则常能吃到。当弟弟把钱从嘴里小心翼翼地抽出，白牙与满脸都是好看的灿烂的笑容！当时的弟弟还只是个几岁的孩子。

初一的早晨是过年的高潮，父亲不让我们高声说话，尤其在硕大的红烛在高桌上闪烁之时！鞭炮声在山村响起，不时有鞭炮齐鸣，我家买不起更多鞭炮，一两挂小鞭也就不能一下子放完，因为那样太奢侈了！我与弟弟各分一挂，我们就将捆绳打开，拆下一个个小鞭，并将它们放在热炕头的竹席底下，这样燃放时可发出更清脆的响声。为了发出一挂鞭的声音，我与弟弟还用麦秸代之，站在猪圈的高台上，将点燃的一把把麦秸高高举起，虽不能响彻云霄，但也有噼噼啪啪的连绵之声。

乡村的拜年隆重而神圣，走亲串友，踏着夜色，裹着晨曦，有时还冒着风雪，一句"过年好！"包含着多少友善和祝福。虽然那时年幼，但每到一家，大人总是先递一支烟，再给一块糖，于是人们的脸上笑容可掬，旧年的所有艰辛也都烟消云散了。有一次，因为烟抽得实在太多，可谓来者不拒，结果最后醉了。醉烟的滋味可真难受，至今我还记得当时的情景：卧伏于地，天旋地转，恶心难耐，生不如死。不过，坏事变好事，自此以后，我对烟毫无兴趣，再也不抽烟了。去姥姥家拜年是大年初二，姥姥离我家三里路，因为姥姥早逝，所以姥爷、大舅、小舅、小舅妈还有表兄弟姐妹和表嫂们营造了热烈的气氛，尤其是小舅妈人好、长得也美，给我留下了深刻的印象！在童年的记忆中，小舅妈是爱和美的象征。

不过，我一家八人至今已有五人离世，先是1975年的母亲，后是2002年的二哥和三哥，2003年的姐姐，再就是2007年的父亲。而姥爷和小舅也已不在人间，我很久没去姥姥家了，不知道亲戚们现在如何。童年的过年越来越远，但一家人团圆和高高兴兴去姥姥家拜年的光景却如在昨日。现在虽然物非人也非,但童年过年的滋味却仍在心头,那是如云似雾一样的甜蜜、忧伤,是江河一样的长长的怀想。

第二辑 人间大爱

情之一字
Qing zhi yi zi

大爱无边

每个人的生命都像一株草、一棵树，都离不开高天厚土的滋养。漫漫人生路，不论你是高高在上的权贵，还是地位卑下的农人，恐怕都曾得过他人之助。其差别可能只在于：助力有大小，助人有远近；而对于受惠者来说，有的感恩，有的薄情，还有的则是以怨报德。

我有幸得到过无数人的帮助，它们有的如日月之辉，有的似闪亮的星星，有的只能比作烛光篝火，然而都在我心中长明不灭。有一对陌生夫妇在我最困苦、最低沉、最无望时曾给我以援手，擦亮过我的心灯，并且时至今日还一直佑护着我，他们是我生命中的贵人。

那是二十五年前一个夏日，我到离家七十里远的乡镇中学领取高考通知书，令我大失所望的是自己又落榜了，这是我第三次名落孙山！怀着郁郁寡欢的心情，我在校门口踯躅彷徨，不知前途何在，路在何方？一是家中一贫如洗，哪有力量继续复读？二是连考不中简直是无地自容！三是家母早亡，本来无爱的人生又被撒上了一把盐。四是怀疑自己的能力，难道真如村里人所言"命高一尺，难求一丈"？像落水的鸭子，我耷拉着脑袋、紧锁着眉头、一脸愁容地坐在角落的一块石头上。

这时，一个中年男子走来问我："同学，你是参加考试的吧？"我茫然地点头，没抬头也没回答。对方又说："考上了？"我摇头。他接着问："能看看你的成绩单吗？"我把成绩单递给他。看过后他问："有什么打算？"我说想放弃。当了解了我的家况，他就鼓励我说："如果成绩差得太远也就算了。但我觉得几分之差，再使把劲儿，明年就很有希望。""如果就此罢休，一肚子学问几年下来，也就忘得差不多了。"陌生人还补充说："今年我女儿的成绩也不理想，只高出分数线20多分。但她决心再考，一定要考上理想的大学。"原本霜打似的我，不知从哪里升起一股雄心壮志，立即抖擞精神说："好！那我就再考一年。"因为我仿佛受了挑战："一个女孩子尚且如此！考不上理想的大学还要再考，我一个男子汉怎么能这样自暴自弃？"

半年后的一天，我又与陌生人邂逅相遇，这次是在离我家二十里路的一所中学门口。在吃惊之余，他告诉我他女儿也在此复习，后来才知道我与他女儿还在同班。更令人吃惊的是，他女儿曾与我同过学，学习成绩一直名列前茅，在学校可是大名鼎鼎。临别时，他除了给我鼓励，还拿出20元钱给我。这次见面，我们的距离一下子拉近了，仿佛成了朋友。这也是一次巧合，冥冥中仿佛有天地安排，毫不相识的陌路人，只因曾有一面之缘，彼此方能有缘再见，于是我们长久的友谊就此开始了。

一天，我突然接到陌生人的来信，打开后才知道是女同学的妈妈写给我的。信中，她以一个母亲的身份表示对我的问候、鼓励和关心。她说：听丈夫说，女儿的同学又瘦又小，打小就失去母亲，面如菜色，满面愁容，于是非常难过。她又说，我们都是草木之人，不能为你做什么，但如果有困难一定跟他们言语一声，千万不要客气。她还说，穷人的孩子早当家，只有受过苦而又有志气的孩子才会更有出息。看完这封信，我忍不住泪水长流，仿佛妈妈去世后所有的委曲、悲伤、孤独和寂寞一下子涌上心头。因为多少年了，我没有体会到母爱的滋味，更多的是别人的冷眼、嘲弄甚至侮辱。而今，一个素不相识的母亲竟然给我这样的理解、宽慰和关爱，我的感动真是难以言喻！长久封闭甚至固闭的感情闸门一下子被打开，经过泪水冲洗的心灵，仿佛一下子柔软和明亮了，身体也变得轻盈起来。

下次再来学校看女儿，是他们夫妇同行。出乎我的意料，他们夫妇将我从教室里叫出来，问寒问暖，同时还将钱和自做的点心塞给我。我发现女同学妈妈的眼睛湿润，目光满是关爱和怜悯之情。后来她来信说："回到家里我彻夜未眠，虽然之前听丈夫说过你的情况，但亲眼见了，却觉得你比想象的还要瘦小体弱。"接着她又说："怎么能这样呢？可怜的孩子。"我姐姐曾形容说，我瘦得只剩下两只眼睛了！那一年到女同学的乡镇中学读书，路程遥遥七十余里，只靠步行来去，走累了坐下来歇一会儿再走，又渴、又饿、又累，仿佛万里长征一样艰难！有一次刚开学，因为要自带行李，所以不得不借别人的自行车，这比步行舒服快捷多了！那次，有同学开我的玩笑："你骑在车上，两条腿仿佛是两根筷子！"是的，一天十几个小时的紧张学习，每顿饭只能吃一个玉米面窝窝、一碗稀饭，外加一点儿咸菜！正当长身体的时候，极度地缺乏营养，形销骨立是必然的。今天看到城市的孩子偏食、厌食和浪费粮食，看到自助餐者或领导干部暴殄天物，我的心中一阵酸楚，仿佛打翻了一瓶醋！他们可能做梦也想象不到，贫穷的农家子弟吃的是什么？

高考结束后因发挥不佳，我的心情非常沮丧。这时，女同学的父母来信邀我去他们家散散心。此次我受到热情的款待，可以说是平生第一次受到重视、被当成贵宾！这对一个长期以来被弃如敝屣的"失败者"来说，是怎样的安慰和满足！这次的另一收获是认识了女同学的弟弟，他当时十三岁，但我们亲如兄弟的感情由此开始。如果有什么不足，那就是女同学几乎不理睬我，她好像对我的"来访"既吃惊又尴尬。这也难免,因为在此之前她父母没跟她说起与我的友情,二是同校一年又同班一年,我们很少说话。当我返回家中,接到女同学寄来的信,信中说她父母在我走后严厉地批评了她,批评她不该对同学那么冷淡,希望我能谅解她。多少年过去了,我才听说我那次"访问"给女同学一家惹了不少的麻烦,因为村里人尤其是亲戚朋友都以为,我是女同学的父母为女儿"包办"的女婿,于是,我一离开众怒骤至,人们大有师兴师问罪之意!在村里人看来,一个银行职员的女儿长得花朵似的,怎么能找这么一个拿不上台面的"女婿"?要家庭没家庭,要才分没才分,要人样没人样。有人甚至质问女同学的父母:"你们是不是昏了头,这么个打蔫的黄瓜有什么好?"

女同学的父母解释说:"你们都想到哪儿去了?王兆胜和我闺女除了是同学,没有任何关系。我们只是觉得这孩子可怜。"

亲戚还是不依不饶:"可怜的人天底下有的是,你们管得了那么多吗?"接着又说:"这种人甩还甩不掉,你们还把他请到家里来,就不怕对你们的女儿不利?"

这次女同学的母亲有点火了:"你们这是哪儿跟哪儿?王兆胜的家里条件是很差,长得也确实不像样儿,但怎么能一下子将一个人看扁?更何况他心地善良,又有志气,说不上将来还是个人才呢!""再说了,这样一个无依无靠的孩子,我们关心关心他,有什么不是?"她又补充说,"至于他和女儿的事,我们想都没想,那是年轻人自己的事。不过,假如将来有一天,他们自己看好了,做父母的也决不反对!"

看着话不投机,人们也只有怏怏不乐地散去。

高考成绩下来了,我比女同学少了近三十分,她以全校第一、全县第二的成绩考进中国人民大学,我则到了山东师范大学读书。一天,女同学的母亲给我寄来一个包裹,里面是一条毛裤。信中说:"秋风凉了,我们一直惦记着你。记得上次来家时，你穿的裤子短得盖不住腿，想是没有毛裤吧？这个月她爸的工资下来了，就买了毛线家中每人织了一条毛裤，顺便也给你织了，天冷时穿上去挡些风寒。"手里捧着毛裤，我不知说什么好！只知道哭个不停，一颗心都在颤抖，长到二十岁，还从未见过更没穿过毛裤，这是我穿的第一条毛裤。看着密密麻麻的针脚，捏着厚厚沉沉的毛裤，我想起那首动人的诗："慈母手中线，游子身上衣，临行密密缝，意恐迟迟归，谁言寸草心，报得三春晖。"这是真正的母子之情，而我手上的毛裤却是一个非亲非故，没有任何寄望的母亲为我缝制的，这是唯爱为大的普天之下的"母爱"的光辉。

在四年大学期间，女同学的父母每年都给我寄钱，而信中又总是对我关心备至！关于我的学习、生活、身体和心情，就像父母热爱着自己的孩子一样，我仿佛成了他们家中的一员，也是知心朋友。每次假期回去，我也必去他们家里看看，住上两日，于是相谈甚欢，这是我少有的快乐之时！不过，与女同学却一直停留在说几句客套话的同学情分上。因为我们都用心学习，后来都各自考上了本校的硕士研究生。

随着接触增多，彼此都有好感，读研究生时我与女同学结成了连理，成为伉俪。这样，我多年的夫妇朋友竟成了我的岳父母大人。当我和妻子一起去看她的姥姥，双目失明的老人握住我的手，竟说出这样的话："谁说兆胜不好？我的眼睛看不见，但摸着他的手，听他说话的声音，俺就觉得他好！多好的孩子呀！"至今老人已逝，但对她的感激、敬服和思念仍在心间！因为我们是心气相通的。

当翻开新的一页，我们开始了长达六年的夫妻两地生活：一个在北京，一个在山东济南，即使如此，我的生活也充满快乐、知足和希望，因为岳父母对我的关爱更多更切了；夫妻间的相知、相爱、相慕更深更厚了；因为阳光每日都灿烂地将我照耀，即使在夜晚和严寒也是如此；因为我相信缘分和福祉就在眼前和内心，就在长长的感念与德行的修养中。1993年我考入中国社会科学院研究生院攻读博士学位，夫妻团聚后才真正成家生子，这是天地厚我的结果。而所有这些，我都将之追溯到最早的那个"因"，即一个陌生人对一个穷学生的一念之顾！一对宅府仁厚者对一个毫不相干、如草芥一样卑微的农民之子的同情。

多少年过去了，我与岳父母大人的感情历久弥新，多日不听他们的声音就感到寂寞和挂念，他们对我也是如此！从出差之日起，他们一颗心就悬浮着，直到听到我回到北京才安心！作为朋友、儿子和女婿，我已深入了他们的灵魂，是心心相印、血脉相通的那种！前几年，岳父打电话给我说："兆胜近来忙不忙？再忙也要先将手头的活放一下。我准备带你老父去北京看看，毕竟他年岁大了。"家父年已逾七十岁，他还从没来过北京。岳父还补充说："你放心，待一阵子，我再将他带回来，送回去。"结果，岳父真的陪家父来去，其辛苦和操心可以想见。因为那时我的房子狭小，岳父只能住在我家的阳台上，因为窗户不严，他还饱受了蚊子的叮咬。

我每次回家，往往路过岳父母家，他们总给我添加些钱，让我带给家父，这是岳父母处处为我着想的地方。另外，岳父母总是说我的"是"，而嘱咐女儿理解我和我的家人，体谅我自小受到的挫折及其磨难。妻子也真是难得，她除了从事自己的学术研究，家里家外、我和儿子都在她的照顾之内，因为我就是一个大孩子，除了工作和写作几乎一无操心。她还经常劝我：要经得住寂寞，做自己想做而又有意义的事，要做一个真正的书生，不要随波逐流和人云亦云，也不要与别人比那些外在的东西。与妻子在一起，我从未感到生活与人生的重压，尽管我一无豪宅、二无轿车、三无权柄。在她看来，人生最重要的是内心，是一种有品质的生活，而不是身外之物的多寡。

我的岳父母都是普通人，但他们却有着高尚的品质！尤其在我孑然一身、如同乞者之时，他们作为完全的陌生人所给予我的，这让我有了与以往全然不同的人生观和审美观。就如同大地包含着生命，沙粒蕴藏着金质，我的岳父母尽管有着平凡人的外表，甚至他们的名字也鲜为人知，但却有着金不换的美好的心灵。

2006年11月5日于北京

天高地厚筑我庐

在中国人的心目中,最重要的可能莫过于有个家,因为"家"不仅可遮风挡雨,更是风雨飘摇人生中之根系所在。试想,在狂风巨浪的大海上,如无平静的港湾,亦无定海的锚舵,我们的人生之船不知要漂向何方,翻转到哪里?当年,我们这些乳臭未干的农民之子,走出大山,离开父母,漂泊于大都市,开始了新的人生征程,一切都在希望与渺茫之间,倘若没有老师的指点与呵护,一切都是不可想象的。朱德发教授是我的硕士导师,但他是我学术人生的第一个领路人,是他用心为我搭建了一座高枕无忧的天地之屋。

第一次见到朱老师还是在大学课堂上。那是20世纪80年代初,朱老师给我们本科授课,讲的是中国现代文学。当时,许多同学反映,听不太懂朱老师浓重的乡音;而我则觉得声声入耳、句句在心,竟无一句一字模糊和隔膜。听音辨声,我想,朱老师应是我的老乡。朱老师讲课给我的最大冲击还是他炯炯的眼神、飞扬的神采、坦诚炽热的声音、认真严谨的态度,还有新颖独到的观点。那时,朱老师已是国内知名的中青年学者,他的《五四文学初探》就以大胆的探索精神和创见影响甚大,成为其学术研究的开山力作。

情之一字

1986年，我考上朱老师的硕士研究生，并有幸成为他的开门弟子。刚入门的第一课，至今我还记忆犹新。朱老师给我定下远大的奋斗目标："三年时间，第一年打基础，第二年冲出山东，第三年走向全国。"当时全国上下的学术发展甚快，人的精神也如秋后的籽实一样饱满晶莹，而朱老师本人的学术研究也是如火如荼、蒸蒸日上，他的奠基之作《中国五四文学史》震动学界，学术名刊《文学评论》也不断推出他的力作，这对于省级高校的一名中青年学者来说并非易事！令人遗憾的是，我并没按老师的要求去做，更没能实现他的厚望，整整三年时间，我在读书、研究上花的时间并不多，反倒将更多时间用在做小买卖、下围棋和谈情说爱上了，这恐怕是朱老师至今也不甚了然的罢？

做小买卖是因为家贫如洗，也由于对珍贵的学生时光重视不够。那时，我与同学一起卖过暖瓶，做过馄饨，饱受了做买卖的辛酸、艰难甚至屈辱，这段经历今天看来虽不无益处甚至大有益处，但它毕竟导致了读书时的用心不专。沉溺于围棋至今连我自己也不明所以，可能是有根神经与围棋息息相通吧？不要说饭前饭后、午休晚休，就是正常的学习时间我也忍不住与同学厮杀两局，至今想来，我得助于围棋者不可谓不多，但三年研究生耗在围棋上的时间却无以计数！另外，因女友在北京读书，我常跟朱老师请假，尤其是节假日更是如此！从济南到北京，当时坐火车要七个多小时，我也记不清三年中跑了多少个来回？对于别的方面，朱老师可能知之不多，但我老往北京跑一事他是知道的，并且为此还批评过我。他说："兆胜，大好时光不要都虚度了，恋爱固然不能没有，但趁着年轻要多学点东西。"他还对我说："你知道我们是怎么过来的吗？我两地分居二十多年，见小离多，常将大米装进暖瓶泡一夜，第二天倒出来吃！"有趣的是，后来我才知道，朱老师与我同县，我们都是山东蓬莱人，家乡相去只有六七十里。更有趣的是，他与我的女友竟是一个乡镇的，一个是大柳行乡门楼村的,一个是大柳行乡水沟村的,相隔只有五里路。还有,女友的父母(后来成了我的岳父母)说,他们早就知道朱德发的大名,且告诉我说:"他十八岁就当小学校长,后来出去读大学,在当地大名鼎鼎,非常有才,人品也好。"当我将这些告诉朱老师时,他也感到有些神奇,这真是无巧不成书了。

  研究生毕业前,我以搜集材料和找工作为名又来到北京,结果却无功而返。见到朱老师,他急不可待地问我硕士论文写得怎样,我说还没写完。他又问我写了多少,我说还没动笔。他再问我准备写什么题目,我说尚未考虑成熟。朱老师一听就火了:"那你这么长时间在北京干啥了?"我说主要是找工作。当得知我一个工作都没找着,他马上由原来的大动肝火转而变得温和起来,并低声说:"我不是劝你不要到北京找工作吗?"看着我垂头丧气的样子,他心软地拍着我的肩膀安慰道:"这样正好,你就在济南工作吧!我给你联系单位。"朱老师最后强调:"离毕业时间已不多了,下面你就安心做论文吧!"这一次,我充分领教了朱老师的脾气,也深怀愧疚,因为三年的学习生活快要结束了,我的论文和工作还都没着落,甚至可以说"空空如也""前途未卜"。我心想,朱老师恐怕对我这个弟子已大为失望,更无刚入门时对我的厚望了吧?

  那时的研究生不像现在要经过开题报告,只要学生将文章写出后提交老师过关即可。在破釜沉舟和背水一战后,我全力以赴投入论文的思考和写作,凭着一份意志、一点儿小聪明,一股灵气,我很快完成了三万多字的硕士论文,题目是《中国现代家庭文学的文化意蕴》,这是较早从家庭文学与文化角度审视和研究中国现代文学的文章。当我将论文送朱老师审阅时,他有些吃惊,并随口说了句:"这么快?"他用怀疑的神情一边翻阅一边补充道:"不过,光写出来还不行,还要写得好!"几天后,朱老师把我叫到家里,眉开眼笑地说:"论文我看了,不错,比想象得好多了。"随后，他还说："告诉你一个好消息，工作我已给你联系好了，到山东社会科学联合会，一去就有套新房。"这是不可想象的，因为当时是1989年，找工作难，有房子更难，更何况我又是刚结婚，一人在济南。后来，到工作单位才知道，同年进单位的毕业生都有房子。我和刘瑞林是硕士，每人分得一套；赵晓和赵峰是学士，他们还没结婚，合住一套。更可喜的是，再后来，我将硕士论文投给《文学评论》的王信先生，结果很快得到用稿通知，这样，我论文的一部分竟在1989年第6期发表出来。这可有点跳龙门的味道，因为有多少著名教授一生就没能在此刊上发表文章。得到这个消息，朱老师兴高采烈，可用眉飞色舞来形容，他不停地说："不错，真是不错。"

因为要解决夫妻的两地分居，我征求朱老师的意见，想通过考博到北京。朱老师有些不赞成，他希望我将爱人调回济南，并表示："博士太难考了，尤其是进京读博士。"我知道朱老师的心情：一是那时的博士招得太少，要考上确实困难，加之毕业后我一直醉心于书法，对专业基本放弃了，他也许担心我考不中；二是多年在一起，他心下舍不得我离开。不过，后来，我真如所愿考取了中国社会科学院文学研究所林非研究员的博士。当得知这个消息，朱老师有些情不自禁，变得手舞足蹈起来，此时真可用"花的盛开"来描述朱老师不尽的喜悦。或许在朱老师看来，到北京读博士，既可解决我多年的两地分居生活，又是我得以提升和再造的一次良机，由此还可证明我是有一定潜质的。这次考试的成功，对我是个莫大的鼓舞，它可能稍稍改变了我在朱老师心目中的形象，即由原来的平庸无为变得有些希望了吧？

到北京读博士后，我与朱老师的联络和感情并未因天各一方而中断，反而更加紧密和深厚，我们常常通信和通话，也不时地见面聚谈。对我出版的每一本书，他都给予热烈的赞扬和鼓励。前不久看到我在凤凰台上做节目，朱老师特意打来电话，声音中有些亢奋,他说:"兆胜,我看到你在电视上做的节目,太好了!祝贺啊!"前几年,我家里兄弟姐姐多有变故,外甥女找工作难,在经过大半年的奔忙后,我一无所获。实在无奈,只得向朱老师求助。朱老师一听我的困境,二话没说,只说了一句话:"兆胜,这事你就不要操心了,我来想办法。"很快地,外甥女的工作有了着落。后来,听师母说:"兆胜,你朱老师对他教过的学生,现是某单位的领导说,自己儿女的工作都没找过他们,学生的孩子请他们无论如何要帮一下。"师母还说:"这件事你朱老师不让对别人说,他实在担心你被压垮了,才下定决心张口求人。"我之所以将此事公之于众,只想说明朱老师的心地和为人,这种深情是我无法用语言表达的。还有一次,朱老师听我说有"归隐"之意,就对我说:"你的'道'可是'悟'得太早了吧?我这一大把年纪,快八十了,还一直没放弃工作,还在努力,何况你正当盛年,是不是太消极了?"这里的所谓"悟道",是隐含着批评之意的。

是的,与许多教授、学者退休即是"放弃"不同,朱老师一直没放弃他的学术研究,一直像战士一样努力工作与奋斗不息。别的时间取得的成果不论,在六十岁后的十多年里,他竟然出版了近十部学术专著,它们是《中国山水诗论稿》《五四文学新论》《中国新文学六十年》《主体思维与文学史观》《中国现代文学史实用教程》《跨进新世纪的历程:中国文学由古典向现代转换》《评判与建构:现代中国文学史学》《世界化视野中的现代中国文学》等,而且这些著作都是大部头的,其中凝聚了朱老师多少心血由此可见一斑。在这中间,我看到的不只是成果数量,更是一种精神,一种将学术看成事业、有强烈的责任担承、不断超越自我的境界与品质。当今天的学术研究主体年龄不断变小,即由20世纪40年代出生到五六十年代,再到七八十年代出生,而1934年出生的朱德发教授却仍然奋斗在学术第一线,并不断创出力作，这令我感慨良多，一种敬仰之情便会从心底油然而生。尤其是当听到从长途电话那头传来恩师高亢、沉实、快乐、悦耳的声音时，当老师兴致勃勃叙说着他的宏伟计划和研究心得时，我总会获得巨大的鼓舞力量！我常跟朋友说，朱老师快八十岁的人了，还像小伙子似的，脸不显老、体不臃肿、双目炯炯、底气十足、元气充沛、精力过人。我与同门好友张清华甚至颇有同感，即觉得朱老师的身体比我们俩都好，我们还开玩笑地究其因，并得出下面结论：这主要与朱老师很少食肉，而偏爱吃海产品有关吧？不过，后来想想，这可能只是原因之一，更主要的恐怕还要归结为朱老师的人生态度。

以我的理解，朱老师的人生观是成功地化合了儒、道两派的特长，亦即外有儒家的积极进取、仁义良善、刚正不阿护体，内有道家的自由散淡、无争无竞、逍遥自适定心，所以他才能在风云变幻、起伏不定、明灭无常的人生中立于"不败"之地。进而言之，朱老师有天地大道蕴含于心，所以他才能在和光同尘中又超凡脱俗，获得与众不同的人生。比如，在职称评定、分房、评奖等事情上，朱老师一向都是"让"字当先，从不像有些人那样无所不用其极而与人争得"你死我活"；然而，到最后，朱老师却往往所得最多，这可能就是老子所说的"不争，天下莫能与之争"的道理吧？记得，朱老师曾对评职称一事说过这样一段话："当你的水平与别人不分上下甚至还不如人时，你即使争到了也没多大意思。如果你的水平确实高，大家都看着呢！这次上不去，下次就很有希望，下次上不去，再下次希望就更大。否则，评委不评你也会感到不好意思的。"朱老师还补充说："关键是要有实力，有独树一帜的研究成果。"另有一事很能说明朱老师的为人：我的一个师弟在当时的政治风波中受到了冲击，在极端环境下有人不想让他毕业。结果朱老师出来直言："学生犯了错不要紧，改了就好。更何况他还是个孩子。"在他的坚持下，这个师弟毕业了，也拿到了学位，至今他已成为国内外有名的学者和实干家。更为重要的是，朱老师的人生态度不是有意而为之，更不着意用"术"，而是自然而然的"天养"和"天成"，他的积极进取、快乐逍遥、天容地载、与人为善、博爱仁慈、大事认真而小事糊涂、平淡从容以及谦逊、敬天惜物等都可作如是观。如果打个形象的比喻，那就是：表面看来朱老师是块石头，甚至是一块极普通的石头，但石中却有珠玉在。

在执教五十年时，朱老师荣获国家教育部颁布的"中国首届百名高校教学名师"的光荣称号，从言谈举止中可见这个荣誉在朱老师心中的分量！记得，朱老师是来北京受奖的，那天我到宾馆看他，朱老师小心翼翼从盒里拿出奖牌，先是将它挂在我的脖子上，他自己则退后一点进行审视，然后又将它挂在自己脖子上对镜端详，一副心满意足的样子！他还不停地自语道："真是不错，光彩照人啊！"此时，我颇受感动，我当然知道，朱老师所谓的"光彩照人"指的是这枚奖牌，但我却认为"真正不错"和"光彩照人"的应是朱老师本人，因为他执教五十年，用自己的美德与才华到底点亮了多少学生的心灯，恐怕连他自己也说不清！在与朱老师相处的时光中，我从没看到他如此高兴和自豪过，面对"全国名师"这一称号，朱老师一下子变成一个知足、快乐和幸福的孩子了。

曾国藩曾在《冰鉴》中有言：审人用人，最要知人。一个人有好的"面相"不如有一副好的"骨相"，而好的"骨相"又不如有一副好"精神"。朱老师个子不高，中等身材，表面看来并无特异之处；不过，如用相人之法观之，他的"面相"、"骨相"和"精神"均好！那饱满的"天庭"是"天高"，浑圆的"下巴"是"地厚"，而在其中则蕴含着天地自然的"精、气、神"。我就是受其点化，多多少少有所感悟，而我的人生也得益于此者良多。在人生得意之时，一个人往往不容易产生念想；而在遇到困难甚至失意时，一个人往往就离不开亲朋师友，尤其是离不开他们精神的支撑。从这个意义上说，朱德发老师就是我的精神支柱。当一个异乡的漂泊者在夜深人静时，当悲剧感和孤独寂寞像寒夜般袭上心头，我多么像那个在云雾缭绕中不断穿行的夜月，看不到光明也寻不到尽头，而此时能给我希望与力量者就是我的老师和亲朋，这其中就有朱老师关切的目光和音容笑貌，那是我心中喷薄欲出的一轮朝阳。

有一次过节，朱老师没接到我的电话，就亲自打电话来问："兆胜，你怎么没给我打电话？"他还补充了一句："我还真想跟你聊聊！"话说得极普通，但它像一股暖流涌遍我的全身。我的老父健在时，如我久不与他联系，他还常常向我抱怨，因为他怎么也无法理解儿子在外是如何忙碌的；而朱老师对学生对他的忽略甚至怠慢却从无怨言，他有时像个纯真的孩子一样可爱，只记得人家对他的好，而不计较他对别人的恩情，更不"以怨报怨"，却总是"以德报德"甚至是"以德报怨"。因此，与朱老师相处是极为轻松自然的事，我从不担心在他面前做错了事，错了他会批评甚至大发脾气，但很快就烟消云散——忘了。今年夏天我到济南讲学，听说我要到家里去，朱老师很早就在等，我可以想象他坐立不安的样子；但因为车堵得厉害，很晚我们才见面。看到朱老师急切和亲切的目光，我心为所动，这是只有在回老家时从老父亲眼里才能看到的神情。可惜的是，因为赶火车，只与老师和师母聊了十几分钟，就匆匆离开。朱老师有些遗憾地说，他已为我在楼上备了床铺，还打算晚上和我长谈呢！

我很想画这样一幅画：在天高地厚的浩瀚旷野中，有一座坚如磐石的庐舍矗立着。前者是我的恩师朱德发教授，而后者就是我。正是有了朱老师的天地之宽厚，我才能仰望宇宙之大，俯察世间万物，更能在风雨飘摇的人世间立稳脚跟，风霜雨雪都不怕，从而温暖、快乐、宁静而超然地生活着。这让我想起家父的肩背和胳膊,那永远都是孩童时做美梦的摇篮。

这可能并非我一人的感受,而是朱门弟子和许多人的共同心声。因为对于所有的弟子、学生,不论是什么背景,是大是小,是男是女,长相和才分如何,也不论是成是败,是官是民,朱老师都一视同仁,不分彼此和厚薄。当然,即使不是朱老师的弟子和学生,只要与他有一面之缘,我想,大概都会在心中留下关于他的美好印象吧?

情之一字

师德若水

中国自古有尊师的传统，在武林中还直接尊称自己的老师为"师父"。何以故？为师若"父"之谓也！试想，当一个人到了学龄甚至在更小的时候，即踏入师门，于是在老师的培育下，他们开始汲取知识的营养，渐渐明理，有的还能成为国家的栋梁之材，在此老师之功可谓大矣！如果说，亲生父母主要给子女以生命的肉身，而老师给予学生的则是精神和灵魂，从这个意义上说，老师之伟大远胜于天下之父母。

我自1993年师从林非先生攻读博士学位，至今已逾16个春秋。其间，与老师朝夕相处时有之，促膝谈心时亦有之，每隔些日子即通一次电话问安也已成习惯，而师徒聚餐神聊的时光更是无以计数。可以说，这么多年，除了妻儿，我与林老师待在一起的时间最长，从他身上我能感到慈父般的温暖、上善若水一样的师德。

最早与林先生接触是在1993年之前，那是为博士备考的时光。在通常情况下，考试之前，考生首先面临着选择自己导师的问题，当确定下来后，再复习准备参加考试。那时的联系方式主要还是通信，由于目标并不明确，于是我广撒"英雄帖"，给不少博导去信，希望与他们取得联系！可是，许多去信都石沉大海，而林先生却很快复信，并表示热烈欢迎我参加考试！之后，林先生每信必回，信中总是充满鼓励、关心和希望，这让我确定了自己的奋斗目标。有件小事至今令我难忘和感慨，那就是与林先生通电话，对方的声音总是温和、礼貌、谦逊、文雅，这与不少学者接到电话时的粗暴无礼、心存恶意形成了鲜明对照。有时，电话是林先生的家人接的，更让我心悦诚服的是，他们也总是客客气气，一听说找林先生，就会说一句："请你等一下。"一个"请"字，不是谁都能说出和做到的。换言之，在我打电话的阅历中，这是仅有的一家人，他们都能这样心平气和地对待素不相识者！那时，虽然与林先生从未见面，但仿佛有一只温暖之手相牵，这是我从遥远的山东来到北京的前提。

考试前有些不大放心，所以我前往林先生府上求教，希望能得到指点。记得，林先生在家中接待了我。令我吃惊的有三件事：一是林先生个子很高，一表人才；但言谈举止却是温文尔雅、书生气十足，眼中充满平和从容之意。二是林先生住得相当拥挤，一个小书房只有几平方米，这让我对前途产生忧虑，然而林先生却并无怨言，一副从容不迫、悠然自得的神情。三是当我问起如何备考，考试中应注意什么问题时，林先生却缄口不言，只说了一句话，他说："其实，你不必特意准备，把《鲁迅全集》弄通可矣！"从中可见，林先生是多么严谨、正直之人。不过，从这句话中我体悟到：林先生出题很可能不只注重从宏观上探讨鲁迅，而是偏于考察考生对鲁迅的熟悉和理解程度。因为长期以来学术界存在的一个问题是，许多人不读作品，而写起评论和研究文章却往往高谈阔论、纵横驰骋。鲁迅研究也是如此，所谓的鲁迅研究专家可谓多矣，但没通读过《鲁迅全集》的人一定不在少数！更不要说精读甚至熟读《鲁迅全集》了。基于此，我认真阅读《鲁迅全集》，努力做到下"十目一行"的功夫。到了考试，果然如此，林先生题目出得很细，他让考生回答鲁迅某一杂文作品的发表年代、时代背景、核心内容、重大意义等，因为有的作品并不常见，所以非常难以回答！考试结束后，我要回山东，就给林先生去电话辞行，他问我考得怎样，又问其他考生感觉如何？当听说我考得尚可，他说："那就好，那就好！"而听到我说其他考生普遍反映题目出得偏僻时，林先生正色道："题目根本就不偏，如果一个博士生，他要从事鲁迅研究，连《鲁迅全集》都不熟悉，连代表鲁迅思想的重要作品都没读过，那是说不通的。"虽然是在电话里，但我能感到林先生的心情和表情，这是在之前包括我跟他近二十年未曾有过的严肃态度。从中可见林先生"水性"的一面，即在原则问题上的刚直果决。

这一年林先生只招了我一人，并且我也成为他在国内的关门弟子（后来林先生还带了一位韩国的博士生）。对于林先生而言，我只是他众多学生中的一员；但对于我而言，能师从他读书，这是我的福气，也是上天厚我的结果。也是因为这次机会，我与在北京的妻子分居六年后得以团聚，从此结束了相去千里、遥遥无期的夫妻两地生活。后来，林先生每次出书都送给我，有时还写上我们夫妻的名字，比如他有这样的题语："兆胜、秀玲俪正，林非，97、9、27。""秀玲、兆胜俪正，林非，99、10、17。""兆胜、秀玲双正，林非，〇五、〇七、十一。"从中可见他对我们夫妻是多么亲切！林先生不仅仅对学生好，就是对学生的家人也是温暖如春。有一年过春节，林先生给每个学生的孩子800元压岁钱，虽然孩子都没到场，有的已经很大，都读大学了。又有一次，十五岁的儿子回来告诉我说："林爷爷今天来电话了，他问我能不能听出他是谁？我一下子就说出是林爷爷。结果爷爷特别高兴！"这个细节虽小，但它说明林先生的童心与亲切，也反映了在孩子心目中爷爷是多么可亲可敬。

林先生对学生的宽容是无与伦比的。我从没见过他正面批评学生，更多的时候是表扬，比如总是说某某人的文章写得好，进步快！某某人口才好，有见地。以我为例，我跟林先生近二十年，他从未批评和指责过我，更不像有的导师那样对学生大加责罚、大发雷霆之威！最能说明林先生宽容的是，我做博士论文这件事！因为读的是鲁迅研究这个专业，所以做鲁迅研究的博士论文理所当然。当时我选择的是研究鲁迅的潜意识心理，且与林先生已讨论过多次，可谓木已成舟。不过，我一直想做关于林语堂的博士论文，这是发自内心的。由于碍于面子，也觉得可能性不大，直到最后一年我才下定决心改弦更张，改变论文的方向和题目。当我惴惴不安将准备好的林语堂研究论文提纲呈林先生过目时，他虽然表现出惊异，但还是温和地说："你放在这里，我看看再与你联系。"很快地，有一天我接到林先生的电话，他这样说："兆胜，提纲我看过了，很好！我同意你写关于林语堂的博士论文，我觉得你一定能够写好！"记得当时我被惊得目瞪口呆，因为许多同学的论文题目都由导师"钦定"，学生虽然不感兴趣，有的甚至是毫无兴趣，也无可奈何！而林先生能够如此宽容地让我放弃鲁迅研究，选择几乎是鲁迅对立面的林语堂，这是大大出乎我的意料的，也给我留下了长长的思考。当我的博士论文入选"中国社会科学博士论文文库"时，林先生非常高兴，在为本书《林语堂的文化情怀》写的《序言》中，先生开篇这样写道："从昨天清晨开始，重新阅读了一遍王兆胜先生关于林语堂的博士学位论文之后，确实感到是写得相当扎实的一部学术著作。记得是在前年春天举行的答辩会上，担任答辩委员会主席的著名现代文学研究家严家炎教授，十分认真地指出这篇论文'标志着林语堂研究一个新阶段的到来'。他的这番话语在当时听来，就感到是说得有根有据的，经过今天的再次阅读和思考之后，我更感到他的这一判断是多么的准确与敏锐。"对于自己学生的一个习作，林先生给予如此高的评价，并饱含了欣悦与喜爱之情，这是令我感动，也是让我备受鼓舞的。其实，林先生可能那时也没想到,他的宽容与鼓励为我打开了一扇很大的天窗,从此之后我潜身于林语堂研究,至今已出版8部林语堂研究著作,发表50多篇林语堂研究论文。就因为当年林先生种下一个"因",才成全了我后来全力探讨林语堂的这个"果";而每当看到我研究林语堂的一个个果实,又总会让我想起林先生当年播下的这粒种子。

在近于"溺爱"的师生关系中,林先生并不是没有原则,更不是好好先生!一方面他有言教,更多的时候是"身教大于言教",他总是以身作则。比如,每次我们从林先生处拿回自己的作业,都见到上面改得认真仔细,连标点符号都标示出来,可谓一丝不苟!那一次我和林先生到南方某大学讲学,刚下飞机就用餐,饭后院长表示:"今晚我院有文艺演出,你们可去看看。"林先生的回答是:"兆胜年轻可以去,我想早点睡觉休息。"还有一次到越南,我们同住一房间,因窗户坏了关不上,找服务生又太晚,于是我有点紧张,没想到林先生却说:"不要紧,要顺其自然。咱们安心睡觉,保准明早我们都安然无恙!如果真的有事也没什么可怕的!"话刚说完,林先生就睡着了,而我则由于担心很晚才昏昏睡去。在博士毕业找工作时,林先生也是尽其所能,帮助每个学生。有的是他亲自给人家打电话,有的是写介绍信,我记得当年先生给我写了十多封推举信,还为我直接打电话不停地找人。不仅如此,就连学生子女的工作,林先生与肖师母也都十分关心。另外,林先生还是大方之家,他多次为希望工程捐款;他还是一位美食家,总是请学生、朋友吃饭,我们多年来到底被林先生请过多少次饭,已无从计算,即使是在学生工作后也是如此!有时学生想请林先生,他和师母总是不允。林先生退休前后,工资都极其有限,但他却总是每聚必请,这是令学生既高兴又愧疚的。江西高校出版社出版了《林非论散文》一书,在"出版者言"中有这样一段话:"林非先生乃大方之家,当提出编辑出版他的散文论集，以便给广大在校师生、文学爱好者和研究工作者学习参考时，他慨然放弃酬资以相助。人常说，方家难觅。看来不尽然了，方家或许就在你的身边呢。"这话是千真万确的，一个人或许在许多方面都看得开，但可能唯有在"钱"上过不了关。因为钱太重要了，往往有通神惑人之效，所以，晋惠帝时的鲁褒著有《钱神论》，其中有这样的话："钱之为体，有乾坤之象。""钱之为言泉也，无远不往，无幽不至。""无德而尊，无势而热。""危可使安，死可使活，贵可使贱，生可使杀。是故忿争非钱不胜，幽滞非钱不拔，怨仇非钱不解，令问非钱不发。"在我所见的人群中，像林先生这样对钱能看得如此之开者，可谓凤毛麟角！需要说明的是，林先生并非有钱之人，他曾设想卖掉普通的住宅，买个像样点儿的房子，但担心压力太大，也就放弃了！还有一次，当谈到金钱时，我对钱多钱少表现出无所谓的态度，先生立马表示反对，他说："那不一样，有钱和没钱就是不一样。不过，如果不能理智和明智地看待金钱，那就不智慧了。"

当然，林先生有时也通过暗示的方式对学生委婉地进行批评。比如，作为农民之子，我的时间观念不强，往往比别人自由随便得多，所以聚会时常常迟到，对此，林先生就笑着说："我每次参会都是提前五分钟到，这是现代文明人的标志。"从中可见林先生的时间观、人生观和文化观，也可看出他的批评艺术。

自2002年至2005年是我人生的重大关口，我的二哥、三哥和姐姐都相继去世，他们都没过五十岁。这让我陷入极大的悲痛之中，也给我造成极大的心理压力。后来，我写的《与姐姐永别》等怀念亲人的文章发表后，林先生对之赞赏有加，认为文章写得真挚感人，是难得的佳作。一次，林先生还这样安慰我："兆胜，尽管你的母亲和哥姐英年早逝，但你的身体没事儿，一定能长寿。你有点像你父亲，他不是活到八十多岁吗？"这话点在我的穴位上,因为家人多不寿,我一直担心自己的身体。林先生的话令我大感安慰,也让我深受鼓舞,因为我与家父都属虎,在性情上我比父亲更淡定从容,于是自己心中的阴影慢慢散去。从这种心理暗示中,足见林先生的细致入微与高瞻远瞩!不仅如此,林先生和师母还常打电话来嘱咐我:"兆胜,可千万不要累着,更不要熬夜,晚上早睡,白天的时间足够你用的!"我知道这话的潜台词,那就是提醒我,由于家中接二连三出事,所以,要注意休息和好好保养。还有一次,林先生对我说:"兆胜,你的成果已经不少了,工作不要太累,要细水长流!好好体会生活,多出去走走。读书、写作固然重要,但行万里路更为重要!"为了表达自己的人生观,林先生还总结出养生的要诀,那就是:"一动不如一静,站着不如坐着,坐着不如躺着,躺着不如睡觉。"所以,林先生中午总要小憩一会儿,而晚上总是雷打不动、九点多就上床睡觉。对于"生"和"死",林先生也看得很开,从不忌讳,更不赞成浑浑噩噩、一味地追求长寿。在《死亡的永叹》和《再说死亡》中都表达了他的生死观,他说:"对于每一个人都必然抵达的死亡这个终点,有什么可怕的呢,即使是害怕它又有什么用呢?倒不如无愧无恨和从容镇静地去迎接它。""在深邃地思索过死亡之后,必然会更热爱生命,必然会更懂憬生命的伟大涵义,要让它在真诚、善良、挚爱和关怀别人的氛围中度过,要让它为了人类美好的前程而不懈地奋斗,这样的生命才具有崇高和神圣的价值。""光明磊落的生存,追求崇高的生存,却肯定会永远地战胜死亡,因为像这样生存过的人们,尽管在最终也总会走到死亡的终点,他们的精神与业绩却始终镌刻和萦绕在一代接着一代的人们心中,鼓舞和激励大家走向辉煌的前景,这正是超越于死亡之上的一种永生的境界。"这种将"人生"看得远远大于"事业",将"精神""崇高""境界"和"人类"看得高于一切,将"天养"看得胜于"人养"的人生态度,是高屋建瓴，也是富有智慧的，这对我的影响也非常之大。

许多人不愿退休，甚至退下来后简直像换了个人似的，有的还因此大病一场。林先生则不然，退和不退一个样，在家在外一个样，是非得失一个样，他仿佛如水一样平和、恬淡、安然。每当去家中看望林先生时，他常常沉醉于美好的乐曲声中，他的笑声依然爽朗，他的气色依然红润。近八十岁的人，仍然保持着清醒的头脑，仍然能写出美妙的篇章，仍然吃饭和睡眠都香甜，这是林先生之福，也是我们这些学生的福气！

在一个人的一生中，最可宝贵的是有恩爱的父母之家、夫妻之家、孩子之家；但最为难得也更加宝贵的则是有好的老师，因为老师如灯、如镜、如火、如光，他们可以照亮学生，进而学生又可以继续照亮他们的学生，这就是所谓的"薪火相传"。我有幸遇到过不少良师、名师，而林非先生则是最有代表性的，他如水一样包容万有、宁静安详、谦逊自然、快乐自由，而又充满人生的智慧。水也有不平，但最后都会归于平静，将自己变成一面镜子，它可以照人，亦能自照。这就是在我这个学生眼中，林非先生的光辉形象。

良师益友刘同光

至今，我得益于不少名师，也结交了不少好友，然而，于我真正能称得上亦师亦友者，却只有刘同光一人，这是福运机缘毕集的结果。同光长我六岁，与我并无师承关系，但同学故旧却联结起我们的友情；更重要的是，他指点过我的事业选择，激励着我的生命追求，影响了我的审美趣味，支撑起我的人生信念。

刘同光与我是小老乡，我们都是山东省蓬莱县村里集镇人，他村温石汤和我村上王家只隔五里路。在认识同光前，我对他已略知一二，因为他是我的中学老师刘有兴之子。那时，同光是民办教师、喜爱书法和体育运动，我曾在学校操场远远看到他打篮球的身姿——轻灵潇洒如一只飞雁。后来，听说他考上大学、远走高飞了！当我考上大学准备入学时，刘有兴老师高兴地说："兆胜，你和我儿同光考的是同校同系，你去找他。"像两片云彩，我与同光都是生长于家乡的山间，却经由多年的飘荡在异乡相遇。

那是1982年初秋，泉城济南酷暑已过，习习凉风沁人心脾。我到山东师范大学中文系报到，美丽的校园和热闹的人群如同节日一般，在负责新生入学登记的人当中，我一眼就认出了刘同光。听到我的介绍，同光炯炯有神的眼睛洋溢着火样的热情，对同学做了交代后，他立马帮我拿了行李将我送到宿舍。我当时还记得，上一级一级台阶时，同光的脚步轻盈而快活，如在弹奏着生命的琴键，也像在敲打着人生的鼓点，这种情绪深深地感染了我！在以后的年月中，当我懈怠悲观之时，眼前常出现同光上楼的脚步，我就会很快振作起来，心力倍增。到了房间，同光细心专注地为我铺好床垫、被褥，仿佛我是他的亲弟弟，他的扑打、扯拉、按抻、试坐和试躺，其举止至今尚在眼前！这是我第一次远离家乡亲人，到千里外一个陌生的地方，因为没有熟人买不到座位，所以自烟台至济南的火车上一路是站着的，而且人山人海连插脚的地方都没有。在一夜的无眠、困顿之后，同光为我打开了第一扇透光的窗口，从此，远在天涯我有了第一个真正的兄弟朋友。

到校后我渐渐了解到，刘同光在山师大可谓大名鼎鼎。他是班长、中共党员、连续三年的三好学生，而且是校百米、一千五百米比赛的第三名，又是系篮球队员。最值得一提的是，在1981年举行的全国大学生首届书法竞赛中，刘同光获得了三等奖，是全国119名获奖者之一，也是山东高校五名获奖者之一。这是一个很高的荣誉，也是一个非凡的起点，它成为刘同光今后职业选择和成为著名书画家的一个奠基。此次与同光一起的获奖者中，不少人后来都成为书法大家，像鲍贤伦、曹宝麟、陈振濂、华人德、李昌集、李一、刘彦湖等。

因为同住一个宿舍楼，每次饭后我都要经过同光的房间，中午无事常顺便到他房间看看。令我惊奇的是，别的同学或坐或卧、或说或笑、或戏或闹，而唯独同光在全神贯注地练习书法。我们山师大当年每个宿舍有一张七人共用的枣红色长条大桌子，它平整、舒展、典雅而有气势，给人一种身神安宁和回肠荡气之感。就在这样一张桌子上，同光站着悬腕练习书法，身正、笔正、书正、心定、气闲，这与他笔下的颜书格调融为一体。多少年过去了，同光这一形象被我定格于心中，像一张剪影，也似一个雕塑，它时时激励着我，给我一种净化作用。在同光身上，我看到了一种不为外物所动的精神，一种内在的宁定与大静，一种钢铁一样的意志，一种被阳光照耀的生命的执著与激情！近些年，我之所以能坚定不移地从事文学研究和创作，心中了无负累和一任天然，与同光这一形象给我的定力直接相关，这就如同波涛汹涌的大海需要定海神针一样。

在同光的影响下，我也开始喜爱和练习书法。同光让我先从颜真卿的《麻姑仙坛记》开始，因为它代表了书家书风的重大转型，也更为朴素自然和浑然天成。有时，同光也到我房间一坐，指导一下书法的用笔、结体和章法。至今我还保存着他当时给我写的指点字，那是在一页练习簿上用颜体写的"家事国事天下事"。25年过去了，我不知搬过多少次家，但这几个字一直伴随着我，不弃不离，虽然纸张已旧、字迹已淡，但时光与岁月使之更加柔软和温和了，而我与同光的师友情谊也都蕴在其间。在我的人生中，书画艺术一直是我的最爱，买书、读帖、习书，常常令我到了废寝忘食、夜以继日的程度，其幸福感难以为外人道！同时，书法给我带来的启示意义也不可低估。如近些年我的学术理念之一是强调"天地之道"，以此来观照文学人生，而这与书法对我的启迪不无关系，因为书学上常将"天地大道"视为书家参悟之根本。我先后在颜真卿、王羲之、米芾、徐渭、郑板桥、于右任等书家上下过工夫，虽然书艺不高，但却成为地地道道的书法爱好者，如果追根溯源，那显然离不开同光的影响与指点！他可以称得上我的书法启蒙老师。

与同光同校、同学一年后，他就毕业被分到了烟台。虽相去遥远但并未中断联系，我们常有书信往还。每当放假回家和开学返校之时，我都要在烟台中转，所以与同光都能见面。在以后的许多年，"烟台——同光"即成为我心的一个符号，因为接站的是他，为我买票的是他，请我吃饭的是他，送我上车的还是他！有一次，同光半开玩笑地对我说："兆胜啊，你不知道，因为你老弟，我可有点对不住你嫂子和侄子啊！"当时我不明所以，同光就接着说："那一年你放假回来，我去车站接你，你可知道发生了什么事？"看着我更摸不着头脑，同光笑着一字一顿地说："那次正赶上你嫂子在医院生孩子！"原来，因火车到烟台的时间太早，且是数九寒天，同光担心我受苦，就决定去车站接我。可想不到，嫂子临产，非常着急，同光只有先将嫂子送到医院，然后火速赶到车站，当他接了站并将我安顿好，再回到医院时，儿子已经生下。当时的医生都埋怨同光不负责任，但她们哪里知道他是去接自己的同学而误了大事！好在妻子和儿子母子平安，这才让同光松了口气。看着我内疚的样子，同光安慰我说："我是说着玩的，其实你嫂子并没有真生气，只是拿这事儿开我的玩笑。何况你嫂子是个难得的女性，通情达理而又贤惠纯良！"

是的，嫂子孙晓林也是山东师范大学的高材生，父亲是名教授，因为与同光志同道合而结为伉俪。多少年来，她相夫教子，为小家、大家和国家做出了巨大贡献！同光为人有赤子之心，但也有脾气急躁、我行我素的缺点，而嫂子孙晓林则宽厚平和、包容万有，如同水一样滋润万物，这就弥补了同光的不足。在我看来，同光之成功与幸福有两个主要原因：一是他自己才华出众、内心光明和锲而不舍，二是嫂夫人以德、以仁、以才辅之。2003年，山东文艺出版社为刘同光出版了《砚边絮语》一书，嫂夫人孙晓林为本书作跋，其中有这样的句子："同光一九五六年出生在山东蓬莱艾崮山下、黄水河边的温石汤村，家乡的青山秀水，既滋养了他的肌体，也孕育了他的诗才画情。""他嗜好读书，每每在家手不释卷；他也嗜好买书，每每出差总能买回一大摞书，'书多'，是家中最亮丽的景观。""同光撰写的文章立意新颖，文笔淳朴。""二〇〇一年初冬，他带领单位的同志去南方考察和收集民间艺术品,历时二十八天,历经九个省市自治区,一路颠簸之下,他竟创作出一百三十二首写景抒怀诗!"

"同光始终矢志于诗文书画的追求,这是他一生坚定而不悔的选择。写诗撰文与习书作画使他感到人生的充实和美好,也丰富了自身的内涵,提升了生命的质量。在这个变革的年代里,他能不为时代见习的移易所动,不为名利所囿,坚守信念,刻苦锤炼,塑造自己的人生面貌,实在是不易之事。这是一份情结,也是一种品格。相信拥有这种情结和品格,他将会在诗文书画的不懈求索之中不断收获自己日臻丰硕的创作成果。"嫂子的专业是数学,但她的文笔却清新自然、情真意长、内蕴丰实,由此可见其深厚的家学渊博、文化功底。前些年,我突然接到同光一个热情洋溢的电话,他急不可待地告诉我:"兆胜,你嫂子已评上了正教授,很难得呀!"今年,同光又告诉我,他的儿子刘梦萝大学毕业考上了研究生,最后他又加上了一句:"兆胜你知道,儿子考上了比我自己考上还高兴!"我知道,在对于妻子和儿子的赞美之中,其实包含了同光的一颗心:也许平日里他没白没黑地忙碌着,无暇顾及家庭,但妻子和儿子在他心中的分量最重!这是我能体会和掂量出来的。

1985年,我曾收到同光一封信,信中说:"我知道你现在是学生会干部,并立志从政。但我觉得你还是应该报考研究生,因为这样更容易把握自己,发挥自己的才华,为国家做出更大的贡献!"这封信无异于一盆冷水,将我雄心勃勃的仕途热心冷却了。但仔细想想,觉得同光说得有理,尤其从政并不合我的心性和趣味,于是改弦更张,弃"武"从"文",这才能有后来的学术人生之路。现在回头想想,假如当时没有同光的指点,也许就不会有我后来的人生道路。或许官也当得不小,但绝不会有今日的从容平淡、安然快乐、超然潇洒、自由自在。今天,我可以在人类思想文化的江海中遨游,为一首诗、一幅画、一篇美文悲欣交集，流下热泪，但身在官场却难以如此吧？又如，我现在过着半显半隐的都市生活，常一人尽享孤独的情境，并自由地抒发自己的心声，也得到不少读者的喜爱，此种生活与官场也是风马牛不相及吧？因之，在读书、写作之余，在夜深人静之时，我常会想起同光的那封信，想起那次决定我人生路向的指点，就会感慨万千：天地与人生一样是浩瀚无垠的，但关键的往往就是几点甚至一步。

同光自己可能一直处于"文""武"之路的艰难选择之中，这或许是缠绕他的困境也未可知！因为我们在一起时，他总是憧憬无"官"一身轻、自由自在的艺术创造生活，并描绘着归隐故里的美好情景。不过，最让我佩服的是同光身上的人文精神气质，一种对知识、文学、艺术、美好的崇尚之情！比如，身为烟台美术博物馆的馆长和书记，他从未因工作繁忙和应酬多多放下手中之"笔"，而是以惊人的意志在文学艺术的道路上探索前进，所以取得了丰硕成果！刘同光现为中国书法家协会会员、山东省书法家协会理事、烟台书法家协会副主席、国家一级美术师，他的书法先后入选全国第四、五、六届书法篆刻作品展，全国第三、六届中青年书法作品展，"当代名家书法精品展"等国家级大型展览。著名书法家、书画理论家李一教授在《又见同光》一文中这样称赏道："同光的楷书有魏碑之厚重，又有清新劲健的爽意，行书凝练，意境萧疏淡远。正如他的诗既有豪迈奔放的一面，亦有牧歌式的恬淡闲适，书法也是沉雄与清新并存。"这一评价是切中同光书法、人格的内在精神的。《砚边絮语》是一本品评书画的文集，而其中的主导精神是"天地情怀"和"人文精神"，有了这样的立场与视点，同光笔下书画家的风采方能跃然纸上。

现在的市场经济正在改变着世道人心，而"金钱至上"为其一，人们包括不少作家学者在一起也是声色犬马。我与同光相处，从没听到他对官、权、钱的崇尚，甚至根本不涉及这方面的话题。同光之子刘梦萝考上大学，我给他寄去2000元钱，同光却说："你何必多此一举！"我说因买房紧张，钱太少只能略表寸心，同光说："老弟，在我心里，2000胜过20000，也胜过一切！"这让我心下稍安！我的二哥去世后，我让同光帮我侄女找份工作，他只说了一句话："兆胜你放心吧！你的侄女就是我的。"一句话道出不是兄弟胜于兄弟的心语。我考上博士，同光的兴奋令我吃惊，到了烟台后他在各宾馆宴请我，还在他的朋友面前对我赞不绝口。为此，同光还为我画了一幅素梅：三枝梅花从画面左侧斜出，一向下、一向右，一向上昂扬挺立，直入云霄。我知道它的寓意，即谦逊、中正、进取，又不失傲骨与意志，还有"高中"和"日新月异"之意。画面钤有四枚图章：一是左下角的"同光之钵"，二是右下角的"长乐"，三是右上角的两个"师造化"，而"师造化"一为正印，一为倒印。四枚印除了"同光之钵"为阴文，其余都是阳文。可见，同光在这幅画上用心良苦。同光的题款更透露了他的心迹，他说：

  一九九三年岁次癸酉春夏兆胜吾兄将去北京念博士研究生之前来烟相聚欣喜之时写此梅花图以赠聊表心意于万一耳刘同光于烟台画院

  这一表达有我们俩的乡音在，如不说"读研究生"，而说"念研究生"；更多的是同光的自豪感和快乐之情。第二年，我与妻子同回老家，过烟台，见同光，他更是高兴无限！并援笔赠我们一书一画。书法是金文，写的是老子《道德经》里的话："图其难于其易，为其大于其细。"落款是行书"兆胜秀玲雅教岁次癸酉年夏刘同光于烟台"。这里，既是一种深远的寄望，也是一种共勉吧？画是泼墨荷花，一浓一淡两朵大荷叶托起刚露尖角的小荷，当时妻子身孕临产，其画意颇为佳美。画是同光专门送给我妻子的，上面有这样的题跋："秀玲弟妹正之岁次癸酉年春夏双鱼瓶斋主刘同光写于烟台画院。"后来，同光见到我的岳父母，他又以书画相赠，其情意之浓厚让我想到家乡山间的春风绿水。后来，在山东画院院长、著名画家刘宝纯为我画的66×132cm墨竹图中，同光题款曰："兆胜宝之宝纯老师画刘同光拜题。"2001年，同光来京，他又为我们夫妇画了一幅松梅竹横幅长卷，是272×35cm，可谓广阔宏大，如江河奔流。题款为："兆胜秀玲雅存辛巳年初春同光于京华并记。"可以说，这不仅仅是一种书画相赠，更是满怀着情深意长，还包含了一种勉励、希望和祝愿，它表明同光的儒雅、清明与格调。后来，我读到老子《道德经》中"和其光，同其尘"，以及"和光同尘"的成语，我想到了同光兄的名字和为人。

前年，在烟台我又得见同光，他带我看了自己的藏书，那是一个书的海洋，令我大饱眼福！本来我认为我的藏书很富，但与同光兄比起来真是小巫见大巫，从中可见同光的胸襟与追求。他还告诉我，他每月要完成一本绘画写生集，多年来从未间断，现在已堆积如山。一本本翻阅这些画稿，我既佩服又惭愧：佩服的是在现在的风气下，同光竟有如此的雄心壮志和惊人的毅力；惭愧的是很多人赞扬过我的意志，但与同光比我差之远矣！同光还问我画册的读后感，我说了四个字："一丝不苟。"他点头称是，并表示："这么多年、这么多册，要坚持下来难。但更难的是每一笔都要一丝不苟，用全身心的热爱去画它。一笔不到就是失败，即精神的失败。"对他的话，我深以为然，并深长思之。这是我烟台之行的最大收获。

在我的生命中，最值得庆幸的是有不少美好的人与事，而结识刘同光这样的良师益友为其一。这是上天赐给我的福祉，也是我能够不断进步的内在动力。在我和同光之间，贯通的不是权、钱、名、利，而是一种深入骨髓的情谊，是志同道合的知音之感，更是一种对于生命意义、精神境界的内在化理解。在这个世界上，有的东西是可以用钱购买的，还有的可以通过努力最终获得；但像志同道合、情深意长、知音之感等则不能，我与同光数十年的交往即属于后者。

刘同光是我的良师益友，这是可用文字表达出来的；但更多的却无法用语言传达，犹如冰山一角之下更大的冰山和茫茫的大海。

2008年7月6日于北京沐石斋

第一位恩师

临近不惑之年，想想自己上学读书的时间可真不算少，从小学、初中、高中到大学，再到硕士和博士研究生，少说也有二十几个年头。在这期间，教过我的老师也有很多，粗略算来不下百位。应该说，在我的成长过程中，这些老师都程度不同的影响过我，但真正给我留下深刻印象，并震撼过我灵魂的却不多。最早感动过我的是一位女老师，那是我读初中一年级的班主任——物理老师刘老师。

这位刘老师只教过我一年，不知是何原因，到如今我一直还不知道她的真实大名是哪几个字，但大致是不会错的：一个是刘炳华，一个是刘美华。在这两个名字中，可能第一个更加真实，但我更偏爱第二个，因为它更为美好，也更贴近刘老师的外貌和内在品质。尽管时光已经过去二十多年，关于刘老师的名字都确定不了，但她的长相还历历在目：高高的个子，白净的长脸，一双眼睛锐利而坚定，一条马尾式的辫子自然而然垂在脑后。刘老师给我留下最深印象的习惯性动作是，常常咬紧嘴唇和紧吸鼻腔。前者是她要强性格的表现，后者可能是她患有鼻炎的反应。在我的印象中，刘老师鼻子常有不通气的时候。

刘老师的气质确是与众不同：那么精干而明朗，那么充满青春风采，那么饱含着书卷气，并且还是那么自信而骄傲。但那时刘老师给我和全班同学最突出的印象恐怕还是"厉害"：她很少含笑，也缺少温和，她的目光常常如同短剑之寒光射过来，令每个学生有不寒而栗的感觉。同学见到刘老师都如同老鼠见到猫似的，也是因为这样，我班的纪律一直不错。一般说来，这样的老师都会给学生不易亲近的感觉。

但后来有件事改变了我对刘老师的看法，而且她在我心中留下了永远抹不去的美好回忆。那是我母亲去世之后，家里需要我放学后回家做饭，而等到放学后再回家做饭就太晚了。有一次，怀着惴惴不安的心情我来到刘老师办公室请假，希望能提早回家做饭。说实话，当时我是没有抱多大希望被刘老师允准的，因为我知道刘老师是多么严格和厉害！没想到，刘老师听说我母亲已经去世，不仅立即答应我的请求，而且问寒问暖，关心备至。刘老师还表示，以后不需要再向她请假，每天自习课我都可以提早回家，如果有别的事情需要她帮助，一定不要客气。更令我感动的是，刘老师一向严厉的表情，此时不知怎么早已烟消云散了，代之而来的是一脸的关爱，就是脸上的几个雀斑也生出熠熠的光辉。而且此时的刘老师目光温和，眼里饱噙着泪水，一种母亲般的关爱如同炉火般温暖着我那颗冰冷的心。那时，我快乐极了，当走出刘老师的办公室，原来狭小的天地变得无限阔大起来，原来抑郁阴暗的心变得无限敞亮起来。

这件小事大约发生在1976年的上半年，那时我只有14岁。到今天已经25年过去了，刘老师可能早已不记得这件事情了，但我却一直将之珍藏在心底。每当一个人在外面的大世界里艰难地漂泊，遇到了风风雨雨，刘老师曾给予我的遥远的关爱就会从我的心底油然漾起，并化为鼓舞我的巨大力量，于是我就会重新振作起来，继续投入茫茫人海中去。有时，在夜深人静，无边的孤独就会如潮水般向我袭来，刘老师也会成为一种深远的背景，给我一种强有力的支撑。有时候我想，在我的成长过程中，刘老师给我的关爱使我触及到人与人之间那些非常内在而温柔的东西，那是人间最最美好和珍贵的。同样的，在多年的人生中，我也一直看重"关爱"和"柔情"的力量，也一直尽量地将它们奉献给他人，并且从不考虑回报和感恩之类的事情。

就如同天空和大地将生命无私地奉献给动物植物一样，刘老师从不要求得到什么，而且也从没有将这些事情放在心上，她对我和对她教过的学生恐怕也是这样。尽管表面看来，刘老师非常厉害，但我曾接受过从她心底流出的母爱般的暖流，这成为我生命中最为重要和宝贵的东西，我将永远将它细细地珍藏。如今，刘老师恐怕也已到了知天命的年龄，只是不知道她现在过得怎样。作为得到她厚福的学生，我祝愿上天赐福给她，让她过得快乐和幸福，并且能够长命百岁！

2001年11月25日于北京

情之一字
Qing zhi yi zi

爱心花开

人的面目因人而异,所以千人千面,万人万容。不过,与面目比起来,人心更为复杂,也更难以捉摸,所以古人有言:"知人知面不知心"。人心仿佛是个五色棱镜,它可以折射出丰富多彩、五味俱全、扑朔迷离的人生图景。与许多作品更多地包含了世俗、悲情、暗影甚至残忍的人心相比,《耳蜗》映照的是一个充满圣意、浸润美感、饱含温暖、渗透灵光的世道人心。

亲情在作品中感人肺腑,为了让亲人能摆脱聋痴的折磨,听到外面世界的声音,他们以常人难以想象的坚韧与执著,撰写了人性与人心的优美赞歌,陆荣与陆锋的姐弟情谊、万选蓉们伟大的母爱,都是动人心魄的七彩音符。真挚博大的夫妻之爱也在作品中得以呈现,像王建英对丈夫才仁额力的同情和爱护,就如春风化雨一样感人至深!作为随父母支边、出身河南的王建英,当得知藏族青年才仁额力七岁时父母双亡,由哥嫂养大,于是"一种同情、怜惜、心疼的复杂情感油然而生",于是她与他结婚后发誓:"一辈子好好爱这个男人,一定不让这个男人再受苦。"最值得大书特书的是博爱,是超出血缘、爱情之外普通之爱,从克拉克到韩德民,再到崔玮兰和米思,还有王永庆,他们是将幸福、温暖、爱播撒到人间的圣者,尤其是他们不论远近、高低、贵贱，都一视同仁、民胞物与，就像阳光将光明和温暖送给人间一样。台湾的王永庆先生自己生活十分简朴，却将15000套人工耳蜗无偿捐赠给大陆；韩德民博爱仁慈、细雨润物，拯救了那么多耳聋的患者；还有崔玮兰团队在患者康复时施以的大爱，令人闻之动容。就像作者引德兰修女所言：施比受更有福，一句良言，一个微笑，一次善意的倾听。其实，这是仁爱者内心的开放与舒展，是超越了世俗之后的精神飞升。

为了表达人世间最圣洁的情感与美好，作者一是用写实的手法，以达其真实有力，所以真人真名真姓真事中载着真情真意，这是生活本身，是生活真实的真实再现；二是为力避一般报告文学纪实式的刻板乏味，而赋予其诗意情怀和美学意境，从而使其作品被点燃，有热量亦有光辉。除了诗意的语言外，开篇的诗引就像圣乐的领唱，也似乐队指挥棒的飞舞，还有充满意境和哲理的智慧之歌，将人带到一个诗性与知性相合的境界，读这样的作品时，一如天上的阳光转瞬驱散了头顶的一片乌云。在书的结尾，作者这样写道："美丽的银河系，遥挂在天幕深处，多么多么像一个硕大的耳蜗呀，月光的咏叹，潮汐的歌吟，季节的悸动，以及来自苍茫大地上的春草萌发、秋虫呢哝的所有声音，都将被听见，被回应……"在浓郁的诗意中，形象、知性、想象、智慧、梦幻如盐溶于水般荡漾开去，人与天地互为参照、相得益彰，这种人间温情与天地情怀也达到广阔深邃的契合。

问题的关键还是作者的品质和境界，他们堂堂正正地站立于天地之间，才能从脚下汲取浓厚的生活源泉，才能得到天上阳光雨露的滋养，才能使心灵开花，才能绽放出芬芳和美丽，才能与蜜蜂一起酿造生活的甜蜜。

耳朵是耳蜗和头脑的翅膀，耳蜗又是心灵的门户和翅膀，许多人因心灵闭塞和黑暗，所以耳朵、头脑、耳蜗也都随之枯萎，《耳蜗》一书却由心灵花开入手，让耳朵、头脑、耳蜗生动起来，于是美好的世界人生也就被阳光照耀，这是生命的一次洗礼和涅槃，它不仅仅指向那些耳聋患者，更指向我们这些所谓的身体健全人。

风力丹彩两相益

当下中国文坛有一种很不好的倾向,即作家变得越来越圆滑,而文章则越写越粗陋。这可能也是必然的,圆滑的人格表面上呈露的是聪明,而内里其实是庸俗不堪,形之于外的文章当然难免草率虚脱。陈长吟正好与此相反,他为人古朴自然,甚至略带些不入时的板滞;但为文却锦心妙手、天真烂漫,这让我想到"干之以风力,润之以丹彩"那句千古名言。"风力"是长吟的为人特点,"丹彩"是长吟的为文风貌。

严格说来,我与长吟并不熟知,多年来只见过两面:一是在河北举行的散文讨论会上,二是应邀参加西北大学现代学院举行的散文网站开通仪式。前次机缘凑巧,我俩被安排在一个房间;后次自始至终,有作为散文研究所所长的长吟多日相伴。同在一个房间,与长吟所谈无多,似乎彼此默言;多日相伴,长吟言语亦不多,好像彼此隔膜。因之,长吟给我的直观印象是:高大、沉实、缄默、孤独。像荒原上一匹高头大马,脚踏金色的阳光,萧瑟的秋风自耳边吹过,昂首挺胸,不时地自心中升起低沉的长吟。

但长吟并不冷漠,心中有动人的火焰和温情在。在河北时,他为大家摄影,因为是摄影家,所以他为不少人留下了美好的纪念,《十博士直击文坛》那本书上我的照片就出自长吟之手。到西安时,长吟亲自接站送站,仿佛是个"服务生"。记得离开西安时正值下雨,预定的送站车出了事故,长吟帮助林非先生和我提着行李,走了很远一段路才打上的士,并亲自送往机场。此次,他还送我儿子一盒古币,从中可见粗中有细、外冷内热的品质。长吟让我想到"慎于言而敏于行"的谦谦君子,是充满着古道热肠的书生。围棋上有个重要术语是"下棋用厚不用薄",长吟即是此等人,他处处用"厚",所以能挟风骨气力,有光辉和热量。

　　厚道之人常乏才华灵气,往往失之于愚笨,袁中郎的《拙效传》就曾描述过家中"四钝仆",即冬、东、戚和奎,读后令人瞠目结舌和忍俊不禁。因此,现实生活中往往多是这样的人:聪明人不用功,用功者欠才情。陈长吟则不同,他为人厚道,但才华横溢,如蕴于泥沙中的真金。他的摄影艺术匠心独运,在构图、取意、点染和灵动方面都高人一筹,他注重的是心中之景而非眼中之物。他的散文写得不多,也比较精短,这与时下散文之大量"复印"和动辄数万言相去霄壤,不可同日而语,由此可见长吟的品格与境界。他是一个不落时俗和立场坚定的人。更重要的是,在我所读的有限的几篇长吟之散文中,有一股极强的艺术精神将我震撼,那是发自灵魂深处的真声音,一如菩萨将花枝从高天抛落于人间,也像红衣少女挥舞彩带在天地间翩翩起舞,又像梦中的呼唤将相隔的时代与生命贯通。我不知道长吟有怎样的人生阅历和生活缺失,但我能从他的散文中读出一种女性的柔情蜜意,一种天地间被天风灌注的生命之歌。这种真情像贝多芬的音乐,也像普鲁斯特的追忆逝水年华,拨动着读者的心弦,发出略带悲感但健康明朗的回声。《彩陶女》借一个泥陶女发出了人生知音难觅的感叹,《阿拉旦的草场》是赞美文学新人阿拉旦的,作者写道:"夏日的草地上,开满了缤纷的野花。现在,有一枝文学之花正在绽放,这是裕固山地少见的奇特的花。土地来爱护,雪水来爱护,阳光来爱护,大家来爱护,小心地来爱护吧。"像风裹挟着花粉,长吟的诗化有着博大的爱作翅膀,它令人读后泪流满面,我说不清楚这是一种什么力量。还有在给王春散文集写的序言中,长吟用透明之心谱曲,让我想到了齐白石笔下的蝉翼在风中舞动,这种"举重若轻"和以"心"写作的笔法,在当下的散文中比较少见也非常难得,因为时下更多的是用"脑"写作,是"重而难举"的所谓"大文化散文"。只是我至今不明白:在陈长吟充满男子汉的气概中,何以会蕴含了如此充盈饱满的女性柔情,天地般的博大、深厚和仁慈?

不过,在众声喧嚣的时代,陈长吟注定是个"落伍者",不论为人还是为文都是如此!这也许正是我欣赏钦佩他的地方。不为时尚左右,不随波逐流,也不吹喇叭和当号手,更不在生命的舞台上游戏人生,而是以一个"大写的人"自由快乐地生活,像一阵轻风一样度过一生。

陈,旧也,文化与生命也正是通过时间岁月而得以留存,所以朋友、家具和诗书还是旧的好;长吟,低吟浅唱,与历史和天地自然合鸣,发为心声,至乐也,犹如一管长箫在月明星稀之夜悠然地响起……

情之一字
Qing zhi yi zi

高风玉骨真君子

人与人之间就是这样奇怪：有的人与你朝夕相处，但就是留不下多少印象；还有人与你只见过一面，但却永生难忘。北京大学的陈玉龙教授就属于后者，他是少有的谦谦君子和高古之士。

那是近二十年前，我从山东考入中国社会科学院攻读博士学位，因酷爱书法，我被学校安排给在校留学生讲授书法。当时的外国留学生虽与中国文化较为隔膜，我有限的外语水平更难让他们听懂中国书法，但看着学生们的认真劲儿，尤其听到他们笨拙地用毛笔写出怪怪的书法后所发出的愉快的欢呼，我的快慰与幸福感便会油然而生。后来，我突发奇想，何不请一位德高望重的老书法家为留学生讲一课，让学生真正领略中国书法的光辉。很快，我想到了陈玉龙教授。他不仅是著名的书法家，而且是文化学者和书法理论家，最著名的著作是《汉文化论纲》和《中国书法艺术》，尤其是他谈"书法五感"的文字影响很大。

本来担心请不到老先生，因为生于1921年的陈先生，那时已经七十有二。没想到，陈先生一口答应我的请求，并按时来校讲课。陈老师不仅课讲得好，他谦逊、文雅、和善、温润、超然的气度给我留下的印象更深，仿佛一块上等的和田古玉透出君子的质地。与陈老师告别时，我向他提了个不情之请，望能得到他的一幅墨宝，先生频频点头。当时，我想，陈老师只是应承着，也就没有将这事放在心上。

没想到，大约过了数月，我接到了陈先生寄来的一个大信封，里面竟是一幅书法，一本他的《中国书法艺术》，书中还夹着一篇发表过的文章付印件。书法为104×34cm的行书条幅，内容是："纬度东指天尽处，一线微红出扶桑。酒罢，诗罢，但见寥天一鸟鸣朝阳。"落款为："梁启超诗，兆胜书友正书，京口玉龙。"书法上有两方印，一是左下方的方印白文"陈王龙印"（王与玉通），二是右上方的圆印朱文"求索"。当时，我没有认真琢磨，但仍能感觉其寓意，那就是在亲切的称呼中，寄托了"鸣朝阳"和"吾将上下而求索"的勉励与希望！在《中国书法艺术》一书的扉页上，陈先生还有毛笔题字曰："兆胜书友正文，作者敬赠，九三、十一、卅。"后面钤一白文小印"陈王龙印"（王与玉通）。一个"敬"字一下子将一个长我四十岁的老学者的人格境界活画出来，使我这个晚辈在汗颜之余，对他老人家充满了无限敬意。书中夹的文章署名为"吕縠"，题目是《三生论三教》，讲的是老师指导学生选择毕业论文，培养学生成才的三个例子。我知道，陈先生是用这篇文章给我以指点，希望对我的成长有益，从中可见其拳拳之心和期盼之意。

可惜的是，自此之后，我再也没有见过陈先生，也未与他通联过。不过，他给我书法和著作，我常拿出来欣赏和阅读，每次观赏都有一股暖流涌遍全身，眼前就会出现温润如玉的陈先生的笑容。

前几天，我在网上游览，突然看到陈先生去世的消息，我一下子懵了。再看时间，是2013年3月3日，也就是说，陈先生是三个月前仙逝的，享年92岁。巧合的是，我与先生的一面之交正好是二十年前的1993年，时光的流转真可谓在转瞬之间啊！

怀着沉重的心情回到家中，我将陈先生离世的消息告诉妻子。她吃惊地问："是哪个陈先生？"我说："是北大的陈玉龙。"因为妻子也常常与我同赏陈先生的书法，所以一说便知。在一片沉默和叹息声中，妻子上网开始查对，结果无误。突然，妻子在网上发现陈先生有本散文集，题目是《天地有正气》，这与我的一本散文集《天地人心》有些近似，她建议我买回来看看，我同意了！

很快，书被送到家里，我手捧着这本陈先生的著作，一种亲近感扑面而来。有趣的是，本书扉页有一"中共山东省委宣传部资料室"的图章，且书后有B83的铅笔编号。本书来自故土也是我生活了十一年的济南，更增加了它的分量和我对它的敬意！通读全书，这本只有200多页的小书可是沉甸甸的，也增加了我对作者的理解，尤其是了解了陈先生的精神风骨。就像《天地有正气》的书名一样，书中贯穿着一个知识分子的钢筋铁骨，这在对于古今中外那些大丈夫的颂扬中被表现得淋漓尽致。除了歌颂中国的大丈夫，陈先生还讴歌外国义士，他说："雨果、井上靖、拉贝，他们既是伟大的爱国主义者，又是伟大的国际主义者和人道主义者。正像拜伦心中装着希腊人民，雪莱心中装着西班牙人民一样，他们的心中也都装着中国人民，装着世界人民。"《绿衣人》写的是邮递员，作者以款款情深的感念之情描写了这样的情景："'二○二'、'图章！'风乍起，吹皱一池春水，这是绿衣人送挂号信的信号。'来了'！我高声答应着，随后从抽屉里取出图章，匆匆走出书斋，开门相迎。'您好！谢谢！'我把图章递到她手里。'不用谢。'她嫣然一笑，谦逊而有礼貌。接过图章，郑重其事地在我的名下用了印。接着，她像银燕一样轻盈地骑上自行车翩翩飞去。我目送她那婀娜矫健的倩影，回味她留下的温馨和友情。她呼我应，配合默契，谐趣盎然。这感人的情景，这朴实无华、肫挚友好的人际关系，时常盘旋在我的脑海中。"文末，作者这样写道："我崇敬你们，崇敬世界上一切平凡而伟大、善良而正直的劳动者。"还有写母爱的《玉簪花》、写智慧父亲的《春寒》、写爱情的《青梅竹马六十春》、写兄弟情的《心香一瓣》、写友情的《石头二题》，都是令人感动的佳作，反映了作者情感的柔情似水和缠绵悱恻。从这里，我看到了陈先生何以那么谦逊、友爱和温暖，因为他心中有大爱和大光。

  读完陈先生的《天地有正气》，我又重新打开他给我的书法和赠书，结果又有新的发现。一是书法作品的落款中有"京口玉龙"，二是书中夹页文章作者"吕榖"。我原以为"京口"是指"北京"某地，作者"吕榖"是陈先生推荐给我的一位作者。结果经查证，"京口"是陈先生老家"镇江"的别称，由此可见，我手上的书法是陈先生在老家"镇江"写成；而"吕榖"不是别人，正是陈玉龙先生用的笔名，原来，他是用自己的教书育人勉励我和指导我，可惜当时我孤陋寡闻，理解错误！如今，我又细看陈先生复印给我的这篇文章，上面有一提示，即文章的出处为："1993年8月23日《星岛日报》星辰版。"有两处改动：一是将"人类文化"改为"人类历史"；二是将"见异思迁"涂抹掉。从这些细节，我似乎能看到陈先生的心灵轨迹：严谨、负责、精益求精。文章开篇引的是唐韩愈的名句："古之学者必有师。师者，所以传道、受业、解惑也。"从这里，我仿佛看到了陈先生殷切的目光。

  陈玉龙先生与我没有任何关系。然而，只因一次邀请、一个讲座和一个请求，他就如天降甘露般施恩于我，其心热、其情浓、其意切、其望高既可触又可感，一直存于我心间，虽然时光已过去了二十年。这就好比小小的篝火，它会永远定格于曾被照亮的暗夜。

清洁工小王

我住的小院是20世纪80年代建的,现在看来既破旧又狭囚,与许多高档小区有了天壤之别,以至于有的朋友和客人到舍下一坐时,感慨它成了危楼。不过,在我的心目中,这个小院是温馨、踏实、宁静、干净和美好的,在许多方面,它是不可比拟,更是不能代替的。

小院出了不少名人,住过和还在居住的有李泽厚、舒芜、庞朴、林甘泉、徐中勉等;小院闹市取静,外面是喧闹的宽大马路,里面是由四楼围绕而成的两进院落,其中树木繁盛而优美,木椅、石桌、石凳及健身器材一应俱全;小院干净、整洁得出奇,可用"一尘不染"来形容。最难得的是,每到春天到来,满树绿叶,鲜花盛开,略带药味的花香就会在整个小院弥漫,令人有走在花海之感,周身的醉意和幸福感也会油然而生。还有,旧院落的许多人事如初,一个单位的新老同事在一起,所产生的亲近感和稳定感难以言喻。然而,多年来,为这个小院增了光加了彩的,还有一人不能忽略,那就是清洁工小王。

至今,我还不知道"小王"的确切名字,对他也知之甚少。与院内的名人相比,小王简直可忽略不计。不要说别人,就是院内的人恐怕也少有人注意,门卫、工人换马灯似的流动,老面孔不断被新面孔代替,而小王多年来一如既往地守住小院,他算是小院中的一个"老"人了。更何况,小王的外在条件确实不好,可谓貌不出众:矮小、深度背驼、口齿不清、无家室儿女,完全是一个孤独者甚至零余者。像角落的一棵柔弱的小树,在秋风和寒霜之下,它瑟缩着、低吟着、屈受着,只有等到来年的春天,才能见到生命的滋荣。

前些年,离单位近,我以自行车代步,回家时就将自行车放在小院的车库内。那次,我发现在庞大的车库一端,是小王的居室。但不知为什么,我没进去看看。后来,单位搬家,自行车派不不上用场,更无机会进入小王的房间。不过,给我留下深刻印象的是,在车库门口,整整齐齐摆放着小王收集的旧物,像压缩的纸厢、各种瓶瓶罐罐、废报刊等,这与小王的外在形象形成鲜明对照。由此,我看到了一个勤俭、细心、有条理、知足的内心。我不知道小王每月可得多少薪水,但凭常识和直觉可以想见;然而,通过他门外的这一场景,我知道小王的生活和日子都在这些整理的"垃圾"中,也对这个残疾男子产生了一丝敬意。由此,小王的举止也渐渐为我所注意。

我发现,小王常身着蓝色工作服,肩挎铁制卫生箱,手拿小扫帚,弓背弯腰在打扫卫生。早晨很早起来是这样,晚上回来是这样;工作日是这样,周末和节假日也是这样;风和日丽的时候是这样,寒霜雨雪也是这样。许多地方的垃圾桶就像垃圾一样纷乱脏臭,而我院的则干干净净;许多小区尤其是旧小区的墙壁、楼道和地面被各式小广告覆盖,而我院的则免受其害;许多小区的人员混杂,而我们的则较为井然有序。有一次,一位闲杂人员溜进院子,小王在门口盘问,结果那人吱应半天答不上来,只得离开。小王仿佛是小院的一道风景、一个卫士,忠于职守,守护着它的清洁。每当来家的朋友和客人"埋汰"我的旧楼时,总会加一句赞词:"不过,你们院的卫生搞得确实不错。"表面看来，一个小院能长期保持整洁甚至一尘不染，只是小王的一份工作；事实上，如果小王没有一颗洁净和美好的心灵，他可持续一周、一月、一年，却很难数年、十多年如一日的。

最难得的是小王面善、心地纯良。当见到院内每位上下班的人，小王总是面带笑容地主动打招呼，虽语词不清，只是哼哼般的问候，但我能听懂那是"上班去啊"和"下班了啊"之类的话；见到人们尤其是妇女和孩子手提重物，小王总是主动上前帮忙，我爱人曾多次跟我提及此事，夸赞他心眼好用，也因此，一有旧报刊之类的，就送给小王；遇到孩子的顽皮和戏谑，小王总是不以为意，久而久之，他与孩子相安无事！还有，作为一个老光棍汉，小王在小院中从未惹是生非，更无半点劣迹和伤人的传闻，他仿佛是一棵柳树，对这个世界尽显温柔和美好，没有一点进攻性。有时候，我想：小王这样一个人难道内心就没有不满、不快、不乐？如果有，他是靠什么战胜它们？

每天早晨我都能听到楼下的吵吵声，以及轻轻翻动垃圾桶的响动，我知道，这是小王已经开始了一天的工作。我知道，作为"早九晚五"的上班族来说，工作有时还真有点令人厌烦；然而，小王的敬业精神却仿佛是一道光，让我精神抖擞，起床、洗漱、上班，并好好地过好这一天。

从生活和生命的意义上说，小王就是我们小院、也是我内心的一道光，它常让我有说不出来的欣慰与感动，对着所有的人与事，以及我们生活的这个世界与人生。

童年友伴两茫茫

几乎每个人都有自己的朋友,现在我的朋友遍及大江南北、海角天涯,像春日花树之开放——缀满枝头。然而,我的第一个朋友却是最珍贵的,他的名字叫王有杰,小名成立,他是我心中最灿烂明丽和永不败落的那一朵。有杰伴我走过了童年、少年和青年的开端,我们曾有过那么多快乐的日子、纯洁的友爱和高远的梦想。

如今他已弃世20年,我不知道他有无灵魂,如果有,到了哪里?我是一个离乡漂泊的游子,虽然偶尔也回故土看看,但从没到他坟上去,更没告诉他我已不在济南,而是来到了北京,他一定也不知道我的下落。像天空中放飞的风筝,线断,影灭,人归,而剩下的只有茫茫然无尽的思念。如果有杰地下有知,他一定能够理解,并不是我无情无义,而是把这份情和爱深藏在心底。我怎会忘记只有我俩共同经历的风景、场面和谈话,我怎能忘记他的形象、笑容和苦恼,以及我们抱定不移的走出大山、考上大学的宏愿?

我们都是农民之子,不知是什么因缘,从不懂事起就形影不离,后来一起上学、下棋、上山拾草、下河洗澡,我村和邻村的山水不知留下我们多少印迹。当时他哥哥王有宝有一副竹质军棋,放在锅台边的"小坑窝"里,还用牛皮纸挡着呢。每当周末或午睡,有杰都悄无声息垫起脚跟将它取出,于是我俩坐在铺有大黑狗皮的地上,四脚相对玩起棋来。可惜当时没有相机将这画面拍下来。还有一次,我们在东坝格的水塘看大人裸体洗澡,他们两腿之间的阴部生着黑毛,于是我们回家找来墨水将小鸡鸡涂黑,并光着屁股在平房上齐步走。我们还一起偷过瓜果,到湾里摸鱼和踩寻鸭蛋,竟然还得获成功。记得我们从脚下的混水中摸出被污泥包裹的鸭蛋,用水洗净时那种深绿色仿佛是个梦,它点燃了我们的兴致,也使我们笑逐颜开,那一天我们简直富比王侯。后来,到全国各大博物馆看展览,遇到这种颜色的宝石,我都会想起往事。我们上山拾草,有时是绿油油的小米蒿子,回家时背负在肩上,由于沉重绳细,就将小褂子绕在绳上,再背不动了,就放绳于地拖着跑,于是尘土四起。还有一次,在八沟的湾里我们捉到一只鳖,足有熥菜碗口那么大,被村干部用花言巧语骗去,当时我们还闷闷不乐地骂他呢。后来,长大成人,见多识广,才知道在美味佳肴中鳖之珍贵。

年岁渐长,由小学升初中再到高中,学校也从我村到邻村再到镇里,我们的友谊从未中断,更没变质,而是越来越深厚。到下门家村的小路上,我们常结伴而行,那时要过孙同喜老师家门口、王福顺家门口、大队部和王春雨老师窗后,还要过村西面的马棚和一条沙河,然后就是弯曲的小路,两边都是郁郁葱葱的玉米地,有时我们还忍不住扯下一片玉米叶子,嫩汁从中泪水般渗出,让人感动。上村里集读高中,我是二班他是三班,十三里路我们相伴来去,有时还从南山走山路回家。那真是满目野花看不尽,一路草香闻不足,惹人的山风更是沁人心脾。此时,我们开始梦想着考上大学后的情景,像一只雄鹰展翅欲飞,越过山,跨过水,穿过云,到大千世界一展宏图。那时有杰的学业平平,自己的哥哥已考上大学,我的学习又名列前茅,高考应该没有问题，所以他常生出莫名的愁绪。永远铃在我心中的是他那额头上山岭般的皱纹，虽然当时我没言语，也不明所以，但似乎有一种不祥之感，因为在少年的雄心壮志里怎能有如此的深纹紧锁？

后来，我考上大学，有杰则名落孙山，于是回家务农。不过，他考大学的雄心和酷爱学习的兴趣一直没有熄灭。记得有一次放假回家，有杰早早给我写信说："如果回来，还是走我们上中学的南山路，因为我在那里等你。"带着久别的思念，怀揣相见的欢欣，我翻山越岭，终于找到了有杰。原来他在山里搭起草棚，以栽种西瓜为业。有杰摘下熟透的西瓜让我解渴，一脸急切和关爱，不断地询问我的大学生活，当时我被快乐和自豪鼓动着，手舞足蹈似地谈起来，根本没考虑他的心理感受。当发现有杰的目光由明到暗时，我才停止说话开始吃西瓜。这时，我看到用玉米棵扎成的棚子里，有一张破床，上面竟放着一大摞书本。有杰告诉我，他出来种瓜就是希望有时间读书，有机会再考大学。说着说着，他声音哽咽，我看到他泪眼汪汪，接着他凄然一笑说："力强，看来我这辈子离不开这山沟沟了，因为你不知道，我一读书就头痛，不能读书还有啥意思？"我只能机械地安慰他，别无他言，我的心堵得慌，有说不出的难受。甚至我心生这样的想法：如果我俩能换个位置，让他去上大学，我在家里种地，也行。还有，那次他说"头痛"，我没在意，也没经验，认为他是过于疲累。后来想想是不是他脑中长了什么东西？这当然是我的一个猜测。

大学第三个寒假我回家过年，因为有杰的姐姐和姐夫出门不在，于是我俩在他姐家住下来。记得那个夜晚，我们并躺在炕上彻夜长谈。给我印象最深的是，他提到了自杀。他悠悠地说："力强，你不知道我活得多累，也感到没意思。如果像以前那样读书种地，我还能自由自在些。现在不行了，家里让我成亲。还给我包办了个比我大好几岁的姑娘。我不同意，我爹就打我。"

停了一会儿他又说:"后来,我想了想,算了,考大学越来越没指望了,一看书就头痛欲裂,还是像一般人一样成家生子吧!"我说这样也行。有杰就一声长叹道:"力强你不知道,我跟那女的没有一点感情,于是我就试着建立感情。可是,我与她单独相处没几分钟,她妈就喊过来,说该回家了,你说说多没劲!"那个夜晚有杰将他所有的苦水都倾倒出来,一是这样他心里一定好受些,二是他是否希望我有良策能"挽救"他,还是他在向自己多年的挚友道别?因为从对他心灵的亲近和理解来说,恐怕没人能够超过我,连他的父母和哥哥姐姐包括在内。在我阅历不丰的年龄,死亡离我是相当遥远的,我怎能想到青春年少的他能够简单地放弃宝贵的生命?我们同年生,即使不能同年死,但我想,在悠悠的人生长旅,我们一定会相伴而行,走过生命的花季与严冬的。

返校后一段时间,弟弟来信说有杰自杀身亡,听到这个消息,如平地生出惊雷,我魂出七窍,开始是欲哭无泪,继之是泪水长流,如河水破堤而出,怎么也堵不住情感的闸门。在我的记忆里,母亲去世我哭得很伤心,但泪水也没这么多,没这么一泻千里,因为那时年幼无知,不谙世事,此时,在青春的岁月里突然失去珍贵的朋友,脆弱的心灵何堪重负?据弟弟讲,成立死得很惨,他喝了两瓶敌敌畏,安睡在山林里一片碧绿的灌木丛中,当家人找到他时已是半月之后了,此时的有杰面目全非,身上蠕动着无数蛆虫。这时,我才充满自责,为什么有杰早就说过自杀而没引起我的重视;为什么没将有杰的内心苦恼告诉他的家人,我和他的母亲、哥哥和姐姐如同亲人;为什么我没能用自己的所学化解他心灵的苦闷,哪怕让他再等等也好啊;为什么我不想想别的办法,比如让有杰离家出走,到我读书的城市,一边打工一边学习?反正在有杰向我发出自杀信号后,我没能救下他。他是在前途没了光亮时,毅然地离开了这个世界。

我不知道有杰在喝药时，想没想过远在济南我这个朋友？我想他一定舍不得我的。我也不知道有杰喝下毒药后，平躺在白沙地上后不后悔，有没有希望我能不期而至，用神力将他救活？我想他会的。但有一点可以肯定，当生命从这个世界消失，他一定会留下心痛、爱意和祝福的，因为在这20年的岁月中，我这个农家子在都市里闯荡，不论遇到怎样的风雨挫折，不管怎样的孤独寂寞，都会想起我青春年少的友伴，于是周身就会增添力量！我出版了一本又一本书，写过数百篇文章，如饥似渴地读书，一直不敢懈怠地往前走，我知道这都有王有杰的一份功劳，因为朋友一生的希望没能实现，我要代他实现梦想。只可惜，他永远不能看到我的这些著述了。有杰在世时心胸开阔，从无妒忌之心，我考上大学他没考上，虽然忧郁但一直为我高兴！有杰很勤劳，不管干什么农活都比我强。有杰对友谊非常珍惜，一直视我为最贴己的朋友。更重要的是，自小到大，我们在一起从不打骂，也没反目，都是兄弟般地相互爱护和帮助。如果打一个比方来形容，我们的友爱就像农家院落的并蒂葫芦或樱桃，同生于一地、一枝、一叶之下，共享着阳光、雨水与和煦的风，也一起承担着风暴雷电。然而，没有想到的是，他过早地凋落于地，化身为泥了。

今年的清明特别触动我心，我的三个亲人转眼间已离世三四个年头，有杰弃世已经20多年，我对他们的怀念却与日俱增。尤其对有杰，这是我第一次写文章纪念他。我也下定决心，尽早回家去坟上祭奠有杰，不论这种风俗可信与否。站在有杰的坟头，我也会顺便问一下他这20年魂归何处？并告诉他我的行踪。这样，在天上人间都不见和两相茫茫的牵挂与思念时，不妨托一个梦，道一声好。

与潘旭澜教授的交情

惊悉复旦大学潘旭澜教授因病去世,我百感交集。一是不信,因为不久前他还给我打过电话,言语中底气充足,谈笑风生;二是心疼,他一生坎坷,本该安享晚年,却走得如此匆促;三是惜别,他人品文章高洁,如岩边傲立之松柏,他的死对于当下的人文环境是个巨大的损失;四是悔恨,多年来我们虽谈不上过往频繁,但却称得上"有交情",然而至今我们却未曾见面,尽管我到过上海两次。如今,先生驾鹤去了,他留给我的是深深的怀念与自责。看来,美好的人与事都是易逝的,正如蓝天之上飘浮的白云。

第一次走近潘旭澜先生是在20世纪90年代初,我当时在中国社会科学院读博士。因为由林非先生编选的《中国当代散文精选》一书中有潘先生的《小小的篝火》,而此文是由我来进行赏析。点评虽是千字文,但我没局限于《小小的篝火》,而是将潘先生写的散文都找来认真阅读,因为那时潘先生的散文尚未结集出版,而是散落于各个杂志。《小小的篝火》是写母爱的,两千字的短文情深意长,如一架古琴拨响了我的心扉,令我泪水长流,情不自禁。因为我早年丧母,母爱对于我既缺乏又珍贵,像久旱的大地喜逢甘雨。也许是心有所动,所以我的赏析小文写得情真意切，今天看来虽显得幼稚，但仍然可爱！也许潘先生最早也是通过我的赏评小文知道了我吧？

《小小的篝火》结语是这样写的："'谁言寸草心，报得三春晖'！我的母亲不是三春的阳光，也不曾想过要我报答，她只是寒夜荒漠的一堆小小篝火，燃烧完了剩下的灰烬。可是，它的火星将我的血液点燃起来。我便也成为后面旅人的篝火，无论这篝火多么渺小，多么容易烧尽。然而，我倒是渴望，篝火不再长久地作为艰苦旅人的需要，只为节假日野营，增添一点古老的情趣与欢乐。"从母爱到人类之爱，从苦难到欢乐，从黑暗到光明，潘旭澜先生有着多么高尚的人生境界，从这里我看到了作家温暖如春的心怀！这篇佳作后来我又在不同选本中选过几次，因为它写得实在太好了！闲暇之时我也常读此文，给我儿子就念过两篇，让他充分体会母爱的神圣与光辉！每次拜读，我都忍不住流下热泪，潸然而下的仿佛不是泪水而是江河之涌流。不过，每次痛哭流涕的阅读之后，都有一种幸福的感受，那是一种内心的畅快通明，一如被天光照亮似的。

有一次，我接到了潘先生的电话，他说他没有别的事情，只是告诉我同意选用他的散文作品，因为在这之前我给他去了约稿函。电话中潘先生一直是和颜悦色的，他是老师和长辈，但与我一直像老朋友一样闲话，我能感到在我们之间有一种默契，像墨汁和宣纸的渗透一样。后来，慢慢谈到学术腐败，潘先生立即变得激烈起来，他仿佛不是一个七旬长者，而是热血沸腾的青年。他在为我们的国家、民族、学术和人文精神担忧，他甚至向我直言某些著名刊物的"异化"和"堕落"，简直是披肝沥胆、长剑向天！这让我想到白居易早年的诗《李都尉古剑》和《折剑头》，其中有这样的句子："至宝有本性，精刚无与俦；可使寸寸折，不能绕指柔。""我有鄙介性，好刚不好柔；勿轻直折剑，犹胜曲全钩。"白居易的不足是晚年一变阳刚为阴柔，变激进为保守，变进取为闲适，而潘旭澜先生则七十而不改本色，真是难能可贵！

最令我感动的是潘先生两年前曾给我写来一信，因由是他看了我的散文《与姐姐永别》后，非常感动而不吐不快。信我至今保存完好，其内容如下：

兆胜文友：

偶然在《文学选刊》上看到你的《与姐姐永别》，读后非常感动，心里久久不能平静。

你姐姐的品格很美很高尚，她对你的呵护、关切可谓入心入骨。大作让我想起我的二姐，我曾写了《天籁永存》悼念她。我近年极少写信，写这么几句，是为了让你知道我的感动，向如母的姐姐们献上一瓣心香。

握手！

潘旭澜

2004.9.2

接到潘先生的信后，我有知音之感。而找来他的近作《天籁永存》看了，我发现我的姐姐与他的二姐竟有惊人的相似：勇敢、善良、仁慈、美好，尤其如母亲一样无私地呵护着弟弟，她们是天上的星和地上的河，可以照耀千古的。还有，我和潘先生也都一样深爱着姐姐，一如云霞向着天空，雨雪眷念大地！我们都是苦命的农民之子，经由了人生的艰难曲折，而姐姐就是我们的心灯，如今她们离去了，我们的心灵仿佛一下子被抽空了，脚下的大地突然变得软弱无力，孤独寂寞也如黑夜一样笼罩了我们。潘旭澜先生在开篇说，他几次起笔都写不成纪念姐姐的文章，是的，当心中美好的姐姐突然烟消云散，我们怎样能够用一支拙笔抓得住长长的思念？

一页信纸轻如鸿毛，但我知道它的分量！因为潘先生信中说"我近年极少写信"，所以它很可能是潘先生的"绝笔"或晚年难得的书信；另一方面，此信写得言简意赅、字斟句酌、情深意厚，这在潘先生的书信中可能具有代表性。最重要的是，它是在两个弟弟之间，谈论他们至爱的姐姐的，这是一种极为特殊的语境下两颗心灵的碰撞——纯洁无私的姐弟情谊开放出美丽的花朵，散发着亲情的芬芳。从更深的层面看，天下也许有不少人有着珍贵的姐弟感情，但像我与潘先生这样，有着共同经历，并能以如此"内在"的方式交流，不能说绝无仅有，也是极为少见和难得的。因之，我将潘先生这封信看成难觅的"知音"。

潘旭澜先生后来出版了《咀嚼世味》《小小的篝火》和《太平杂说》散文随笔集，这样我可以得观他更多的散文，尤其是《太平杂说》在原来以真情取胜的散文基础上，又有新的突破，这就是选题的大胆、思想的锋芒、学理的清明、见解的独特、忧患的情怀。从而在学界和散文界引起"地震"一样的轰动。以往的太平天国研究，多是有先在前提的，即充分肯定其革命意义，然后进行解释；而潘旭澜则以现代的思想意识，石破天惊地展示了其存在的问题和局限，批判了它对人性的异化。最有代表性的是《"天堂"的妇女》一文，它将太平军对妇女的摧残剖析得体无完肤，令人瞠目结舌！由此可见潘先生的铮铮铁骨和浩然正气。现在的学者和作家多乎哉！但又有几人能够不入时俗，独辟蹊径，成为一个真正的有骨气、有个性的知识分子。相反，却多的是阿世者、乡愿者，更不乏众多的滥竽充数者、抄袭剽窃者和跳梁小丑。

数月前，潘旭澜先生又给我打来电话，他的意思有二：一是某出版社拟让他主编一套散文选，他说如果我有时间，希望能出任分卷主编。我欣然允诺。就这一问题，潘先生还大致谈了他的设想和计划。二是告诉我说，人民文学出版社的李建军博士将编选的《十博士直击文坛》一书寄给他，他在上面看到有我，还有王彬彬和黄发有，所以非常高兴！随后，潘先生像孩子一样率真地说："兆胜，你知道吗？彬彬和发有都是我的学生，十博士中就有我两个呢！"如今，潘先生已离开了我们，但他这句话现在仍萦然在耳，从中我听出了他的喜悦和自豪，也看到了他有着怎样可爱的透明的童心！当时，我告诉他，彬彬和发有都是我的朋友，潘先生更加高兴，从电话那头传来了更加愉悦的笑音。

王彬彬和黄发有是潘旭澜先生带出的优秀的学者和作家，尤其是王彬彬，他更内在地承传了恩师的精神气质，大胆的质疑、自由的追索、学理的严谨、忧患的意识、浩然的正气和横溢的才情，只是彬彬比潘先生更孤独寂寞些，更多产。后来，我看到潘先生有这样一段话谈他们师徒关系："我经常对这些年轻朋友说，做人比做学问重要，学问好而人品次那也是失败的人生。做学问主要靠自己。我尽力帮助你们激发创造性思维和提出可供参考的治学方法。要力求拓展精神视野，在广博的基础上在一两点上专深，不要急于求成才可能有大成。你们的观念、方法即使与我很不同甚至相反，只要有道理，我就认可或给予好评。学习是互相的，我也注意向你们学习，吸取新观念新知识。我对日益严重的学术腐败、教育腐败的深恶痛绝，对学术帮派的互相吹捧与舍我其谁的不以为然，对斫丧人文精神与自由意志的拒绝……"（见《潘旭澜文选》代序《再来一次》）。由此可见，在潘先生师徒间充满着一种非同寻常的关系，这也是潘门人才辈出的根本原因，这让我想到孔子与弟子之间和谐、平等、自由、友爱和快乐的气氛。

日前，接到潘旭澜先生的女儿潘向黎寄来的《潘旭澜文选》两册，心情久久难平，一边读着其中的文章一边落泪。想是潘先生没有看到这套装帧精美的书，否则一定能留下他的签名。也许是临终前的赠书名册中，潘先生还记得我这个小"文友"？看着封面和内页熟悉的作者手迹，再看看其中端正挺立、瘦劲如竹的作者近照，我处于一片恍惚之中。因为说潘先生已然仙去，他却如此亲切可触；说他就在眼前，我却知道以后永远也不能见到他了。不过，潘先生的学问人品，尤其是他的心灵与精神我将永志不忘！

潘旭澜先生生于1932年，正好比我大30岁，名副其实是我的师辈，因之，我对他一直行弟子礼。但是，多年来我们的交情恐怕主要是"文友"，即一个"大文友"和一个"小文友"的故事。尤其是两个从苦难中走出来的"弟弟"，内心都有一个平凡而伟大的姐姐，这是我与潘先生之间的一个"小秘密"，也是我们紧密联系的一条纽带。

常言道："人生没有不散的筵席。"我与潘旭澜先生尚未见面就永远地分开了，这是始料不及的。现在，我唯一希望的是，在风雨之夜他有梦来，我们能够好好聚谈，内容涉及世界人生的方方面面，尤其是谈谈姐弟情谊，这个我们生活和人生中的可靠支撑。还有，如果真有所谓的另一世界，我希望他在那里少些磨难坎坷，多些欣慰与欢唱。

情 之一字
Qing zhi yi zi

我眼中的臧克家

新的一年刚刚迈出它轻轻的脚步,人们还陶醉在春节的气氛中,充满爱心、正义和热情的作家臧克家与世长辞了。他悄无声息地离去,永远离开了他热爱的美好人生和祖国,没打扰任何人。虽然臧先生得享99岁高龄,不管从哪个角度讲都应该知足了,但我们仍然觉得他走得太早,也太匆忙了。如今,臧先生已不在了,但与他接触的往事和他给我留下的印象还不时浮现于眼前。

以前我只在书本里阅读臧克家,虽然常被他的诗和散文感动,但未曾见面,又远隔千山万水,总不免有隔着玻璃看天之感。后来,我来到北京,竟与臧克家同住一条胡同,并且还是斜对面而居。他住赵堂子胡同15号,我住在14号。

臧克家是中国现代著名作家,也是最长寿的老作家之一。岁月无情,人生有限,尽管人到老年,满头白发,但臧克家仍然坚持文学创作,佳作迭出,笑声朗朗依旧。许多优秀的散文都是在晚年写成,给读者留下了永远的精神滋养。在我眼里,他是一棵生命的常青树。

平时,臧先生有散步的习惯,当天色微明,小巷静寂;当夕阳晚照,巷挤人喧,我总看到他散步的身影。沿着巷边,迈着细步,踏着乐律,有时赏天,有时看地,有时目向前方,也有时向熟人挥手致意。他是在回味一个世纪的岁月,还是在构思新作?臧先生的身影总给我留下长长的思考,深深的回味。

有一天,胡同里人流退去,黄昏落日,晚风徐徐,我走近臧先生向他问好。他立即与我紧紧握手,并与我寒暄起来,那温暖、有力、亲切的手是最好的语言,它充满友善与慈爱,至今还留在我的手里和心中。还有他那笑容可掬的脸如孩童般天真诚挚,如春花样光辉灿烂,这与美好的阳光融合在一起。听说我们是山东老乡,臧先生更加高兴,他向我问起家乡的信息,也问起我的工作情况,仿佛我们是旧友重逢。

臧先生是可敬可亲的,他把所有人当朋友,老人、青年和孩子都是如此。相识即是友,每当在胡同相见,我们与他或匆匆挥手,问候笑别,或停下来随便谈上几句。当得知我们博士住得差,工资低,生活异常艰苦时,老人总是深怀忧虑,感慨有加。这让我想起他写的那篇生动感人的散文《博士之家》,写的即是我住的14号院里几位博士的艰难生活状态。臧先生这样写道:"他们数十年寒窗苦读,学富五车,作为国家的高级知识分子,却身居陋室,工资低微,不为人重。即使如此,他们仍甘于清苦,默默耕耘,为国家和人民做着贡献。"为此,臧先生以老作家的正直与良知、真诚与期盼,强烈呼吁我们的国家要重视知识和尊重人才。此时的臧先生一改满面春风的笑容,而是眉宇间透出焦虑与忧伤,一副严肃静穆的神情。一般而言,人老了,仿佛秋叶一样不为人重,他应该安享晚年,不问世事,逍遥自适;但臧先生不然,他一直关心着国家民族的命运,一直热爱着他的人民,一直用那支苍劲的笔写他的心声,这是多么难能可贵!冰心是如此,巴金是如此,他们是中国的良知所在。

后来,我的博士生导师林非先生托我给臧克家捎去一本书,所以有缘到臧府拜见。记得那是一个冬天,臧先生在书房接待我，我们相谈甚欢。那次他给我留下三个最深刻的印象：一是书房布置得简朴雅洁，书香字香浓郁醉人；二是房中生着炉火，由炉内发出红光和温暖，让人有身在春天之感，从这里，我更深地理解了他那篇散文《炉火》；三是老人兴致高，谈兴浓，妙语连珠，神采飞扬。记得他当时给我背了几首诗，他的音容笑貌、如痴如醉的神情至今难忘。当时我深受感染，觉得平凡的人生和日子有了美好的滋味。我内心的感触至为深刻：毕竟是诗人，他对生活与人世抱着透明的态度，天真纯粹得像个孩子。如果说，冰心如水样的清明，曹禺如酒样的醇厚，秦兆阳如杨树般儒雅，那么，臧克家就有火一样的热烈，他往往以诗人滚烫的热情把你感染和照亮。

不知从何时起，在我们生活的这条胡同里，已不见老人的踪影，一天天过去了，在忙乱的生活中间我也一直未能再去看他。后来听说臧先生身体不好，不在家中，而是在别处疗养。从此，我感到小巷子孤独和寂寞了很多。

后来，我也离开了那个小巷搬进新居，转眼间时光又过去了好几年。听说，赵堂子胡同包括臧府都已被拆除，在那里盖起了现代化的高楼大厦。如今，臧克家也离开了我们，像那条胡同的消失一样，这令我充满怀念与感叹。

时光和人生真如流水，逝者如斯！这是谁都无法抗拒的铁律。唯一不同的是：有些人，人们希望他们速死早朽；而有的人，人们却希望他活得长久。臧克家就属于后者，他的作品和笑容永远活在人们的心中。

剑胆琴心傅青主

在人类文明史上，中华民族之所以能历经数千年的风雨而绵延不绝，主要还是有一股"精神"和"魂魄"在，这就是忠、信、礼、义、仁、孝，一种贯通和渗透于国人血液里的道德风尚和价值信念。这也是为什么，人们一提起秦桧、汪精卫、周作人，就会嗤之以鼻；但荆轲、岳飞、文天祥、史可法、杨靖宇却总是令人心生敬意和热血沸腾，因为前者代表的是民族的败类，而后者则是鲁迅所说的"中国人的脊梁"。在山西这块古老的土地上，一直有一种民族的精、气、神存在着，这令它熠熠生辉、光芒四射：因为前有关羽将军这样的国之精魂，他是忠、信、义的典范；后有知识分子的楷模，他就是有着剑胆琴心的傅青主，即傅山是也！从某种程度上说，傅山不能与关羽相提并论，不过，在精神血脉上二人又有异曲同工之妙，都是"忠信"和"仁义"的典范，只是在表现方式上，傅山更内在、更人文化一些。

作为中国古代的一名士子，傅山虽无关羽之勇，但据说他早年习过武，还有《傅氏拳谱》行世，可谓有武功藏身，尤其是他行侠仗义，其"剑胆"与关羽并无二致，令人望而生畏、不敢轻视！早年的傅山以"青竹"为字，即表明他"无人赏高节，徒自抱贞心"的胸襟与气节。在他的一生中，有三件事最能显示傅山的骨气与节操。

　　第一件事是在崇祯六年，即1636年，山西提学袁继咸修复三立书院，傅山成为袁提学的得意门生。后来，袁继咸受阉党中人、山西巡抚张孙振陷害，被捕至京。作为深受袁继咸精神气节感染的弟子，傅山不相信对老师的污损，于是他与同学一起赴京告状。为了拯救老师，傅山置个人生死于度外，组织山西学子百余人入京，通过散发揭帖、包围首辅的请愿示威和联名上告等方式，为老师申冤，经过长久的努力，第二年袁继咸终于获释，并官复原职。从中可见傅山的胆魄、毅力和智慧！后来，清兵入关，袁继咸扯起"反清复明"的大旗，被俘和被杀后，傅山又冒死秘密潜入京城，收其遗稿。还有，当参加抗清义军的挚友薛宗周、王如金，牺牲于晋祠堡战役后，傅山不顾受到牵连的危险，作《汾二子传》，公然为他们树碑立传。

　　第二件事是傅山在49岁那年，因河南宋谦起义而受到牵连，他和儿子傅眉一同被捕。在狱中长达一年多的时间里，傅山受到非人的拷打和折磨，但他只字未吐，更未泄密，表现了一个大丈夫的铮铮铁骨，这让我们想到关羽"刮骨疗伤"的硬汉形象。最令人为之动容的是，傅山为了表示自己宁死不屈的决心，竟然"抗词不屈，绝粒九日，几死"，可谓达到人绝食之极限！后来，因门人得奇计救之，方得活，而免于死亡。这真如竹子的宁可被焚烧而不改其节的精神，也让人想到《三国演义》中关羽兵败麦城时，面对诸葛瑾劝降所说的话："玉可碎而不可改其白，竹可焚而不可毁其节，身虽殒，名可垂于竹帛也。"壮哉，山西人的骄傲，在此，傅山与关羽取得了某种精神与灵魂的沟通，也将中华民族的高风亮节发挥得淋漓尽致！这与许多软骨头、没骨头、如草一样随风倒的汉奸和凡夫俗子相比，相去何止霄壤！傅山曾在诗中痛恨"降奴"和"腐奴"，发出"不拘甚事，只要不为奴，奴了，随他巧妙刁钻，为狗鼠已耳"。傅山的气节由此可见一斑。

第三件事是在"拒不为官"一事上,傅山所表现的决绝和不通常情。对普通人来说,为了进入官场和获得高位,无不使出浑身解数,有的甚至于蝇营狗苟、明争暗夺,即使吮疮吸痈也在所不惜;然而傅山则正相反,他不愿做官,即使被迫也拒而不受,并表现出"弃如敝屣"的态度。据《清史稿·列传二百八十八·遗逸二》记载:"康熙十七年,诏举鸿博,给事中李宗孔荐,固辞。有司强迫,至令役夫舁其床以行。至京师二十里,誓死不入。大学士冯溥首过之,公卿毕至,山卧床不具迎送礼。魏象枢以老病上闻,诏免试,加内阁中书以宠之。冯溥强其入谢,使人舁以入,望见大清门,泪涔涔下,仆于地。魏象枢进曰:'止,止,是即谢矣!'翼日归,溥以下皆出城送之。山叹曰:'今而后其脱然无累哉!'既而曰:'使后世或妄以许衡、刘因辈贤我,且死不瞑目矣!'闻者咋舌。至家,大吏咸造庐请谒。山冬夏著一布衣,自称曰'民'。或曰:'君非舍人乎?'不应也。"这令人想到庄子、列子对于官场的"畏惧"和"不屑",也让人想到法国哲学家萨特拒不接受诺贝尔奖的壮举!从中可见,傅山有着怎样的高风亮节和精神境界。当然,其中,官场的"强行"与傅山的"拂逆"所形成的极大反差,既具有幽默感,又映照了傅山的剑胆与节操,这是中国人道德情操最完美的书写和张扬。而在这一点上,傅山又有关羽所不及的高度与品格。

不仅如此,在诗词书画上,傅山也表现出与众不同的雄心和胆气。他自称诗文应"生于气节",所以崇尚屈原、杜甫这样的爱国诗人,也有了"既是为山平不得,我来添尔一峰青"这样特立独行、浩然正气的诗句。在书学上,他坚守这样的原则:"书宁拙毋巧,宁丑毋媚,宁支离毋轻滑,宁真率毋安排。"在《霜红龛文集》中傅山云:"写字之妙,亦不过一正。然正不是板,不是死,只是古法。"他还在《作字示儿孙》中表示:"作字先作人,人奇字自古。纲常叛周孔,笔墨不可补。"所以,他喜爱颜真卿得天地正气、凛然不可犯的书风,并将之发扬光大!在绘画中傅山也是如此,《画征录》评之曰:"傅青主画山水,皴擦不多,丘壑磊砢,以骨胜,墨竹也有气。"由此可见,傅山的精神气质贯通于其艺术和各个门类中。

顾炎武曾在《广师篇》中这样赞赏傅山:"萧然物外,自得天机,吾不如傅青主。"从顾氏眼里可见傅山的气度和境界,这是一位以"剑胆"行侠天下的壮士和奇才,非普通士子更不是腐儒所能达到和理解的。如将山西和中国比成一张纸,那么我们未尝不可说,傅山是用生命和鲜血在其上书写了他侠肝义胆的美丽诗篇,从而成为一个永恒的历史绝唱和回响。

不过,纵观中国的历代英雄豪杰,有"剑胆"易,而既有"剑胆"又有"琴心"则难。因为前者往往以刚猛勇武甚至粗鲁狂放著称,像荆轲、张非甚至关羽也都是如此!而后者则是刚柔相济,极得融通中和之致,如孔子、张良、诸葛孔明、蔡元培是也!据说,蔡元培以"好好先生"著称,但他的内里却坚持原则、决不苟且,常常是不怒而威、凛然有风骨在!一次,在一个重大的中国艺术展中,有个外国汉学家颇为自负,他在蔡元培面前一会儿说这幅画如何好,一会儿讲那幅画如何妙,而蔡元培却不置与否,只是点头,一脸严正。后来,这位汉学家从蔡先生的含而不露中有所体悟,于是悄悄溜之大吉了!这就是蔡元培的刚中有柔、柔中带刚的风骨。傅山也是如此,如果他只有"剑胆",还只能说明他的孔武精神,并不能代表中国士子的独特风采,尤其不能包蕴他博大的仁慈和天地情怀,其实,傅山还有着天容地载、情深似海的一颗"琴心"。

与许多薄情寡义的男性相比,傅山的亲情浓郁芬芳,对父母、兄弟、子侄他都倾注了孝道与仁爱,读之如沐春风、令人难忘。像母子情深在傅山诗文中多有体现，"依膝有老母，远心无故乡"即是其最集中的代表，所以，长期以来，傅山精心侍奉老母，直到母亲去世，他才展翅翔飞、周游四海。母亲死时虽已是八十多岁高龄，但傅山仍悲痛伤怀，特意不远千里找到理学大师孙奇逢为母亲写下了《贞髦君墓志》，以表达自己的一片孝心和无限哀思。墓志铭上有这样的句子："甲午，山以蜚语下狱，祸且不测。从山游者佥议申救。贞髦君曰：'道人儿应有今日事，即死亦分，不必救也'。逾年，山出狱见母，母不甚痛，亦不甚喜，颔之而已。呜呼，此母之达识何如也！"在看似平淡、薄情的表述底下，体现的是一个像岳飞之母的知大义、识大体，真可谓有其母必有其子也！后来，傅山的侄儿傅仁去世，他伤悲不已，在康熙年间刻本《晋诗》集中，傅山这样自述说："六十八岁生日，避客土堂，哭甥仁，追痛往事。"由此可见，他与侄子的感情之深！傅山的长兄去世，更令他悲痛不已，如失柱石。最令傅山悲伤的是独子傅眉之死，这个自幼丧母、比自己小22岁的儿子，可谓文武双全，但却命运多舛，在傅山78岁那年去世，这种白发人送黑发人的悲情令傅山难以承受，于是，他写下了14首《哭子诗》后，不久也离开了人世。在《哭孝》一诗中，傅山这样写父子、母子和祖孙的深情厚谊："乱离动转徙，亏尔升斗谋，祖母不至饿，我每暗点头。伤心早午除，尔始解拘囚，黄昏奔西村，几死固碾沟，敲门祖母见，不信是尔不？稍马倾小米，菜问邻家求。明日是年下，稀粥寒灯篝，老母举一匙，如我进庶羞。相守又六年，祖母将弥留，扶抱至揩拭，一切代我周，迳以孙为子，竭力无豫犹。"傅山还这样表白他与儿子间的知音之感："尔志即我志，尔志惟吾知。""吾诗惟尔解，尔句得吾怜。"这是父与子之间流淌的一条不冻河，它可以相互贯通、互通有无、相得益彰，是人世间最为难得的一种至性、至情和至爱。

对于妻子张静君，傅山感情深厚，但好景不长，在儿子傅

情之一字

眉五岁那年,妻子就离开了人世,当时傅山只有27岁。一般而言,如此年轻丧偶,很难禁得住寂寞,更何况在那个妻妾成群的时代,傅山完全可以另寻新欢;然而,令人十分钦敬和高山仰止的是,傅山发誓自己今后决不再娶,以便全力照顾幼子、赡养老人。所以,在之后五十多年的人生中,傅山将所有的时间、精力、爱心奉献给自己的亲人和事业,忠实地履行自己的诺言,没有再娶和成家。其中,我们看到傅山对妻子永恒的爱怜,对亲人尤其是对儿孙全力的关爱,其温情脉脉、款款情深和钢铁一样的意志,即使在今天也是难能可贵的。其实,从年轻时信守的诺言,一直能坚守到老,它反映的是傅山有着怎样的一颗金不换的心灵,这与文同《咏竹诗》中所赞美竹子的"心虚异众草,节劲逾凡木"何其相似乃尔。

不仅如此,通过妻子之死,傅山还认识到女性可怜的命运,这或许是促使他研究医术尤其是探讨女科的动力所在。有人曾说过,欲看中国之男子,最重要的有两点:一是看他对于佛法的态度,二是看他对女子的态度。傅山将他对于妻子的爱怜,转而对普天之下女子命运的关注,这是他"琴心"的一大升华。傅山行医到底救治了多少妇女的生命,我们不得而知,但《傅氏女科》直到今天还恩泽后人,不能不说是傅山热爱、感恩、报答女性的表现。当傅山将一己之私的夫妻之爱,通过女科的研究传达出去,那无异于天地之大光,将艰难的人世间照得遍体通明。据说,当时有一妓女秀云,她才气横溢,声容冠于一时,工小楷,善画兰,操琴颇爱《汉宫秋》,可谓称绝调,又能弹琵琶。然而却被一纨绔子弟所骗,人财两空,最后抑郁而死。傅山听到此事,既痛恨那个浪荡子,又同情妓女的不幸遭遇,于是发出了"名妓失路与名士落魄丧志无异",且与好友"设幡荙,张鼓乐,台僧尼导引郊外,酹之酒而葬之"。为此,傅山还赋诗曰:"小楼尘土暗窗纱,不见楼头解语花,棋冷文楸香冷篆,床头横着旧琵琶。""琵琶掩抑不堪听，司马江头涕泪零，老大只教癯骨在，何须粉自与螺青。"这种对于女子命运的忧患和同情读之令人唏嘘不已！其实，这种"琴心"弹奏出的不仅仅是对一个妓女的伤怀，更是对底层人生的悲悯与呐喊，所以他才发出"世界疮痍久，呻吟感兴偏""不喜做诗人，呻吟实由癀"的感叹。

鲁迅曾将中国的历史概括为"吃人的宴筵"，柏杨曾写过一本《丑陋的中国人》，其目的都是立意在发掘国民的劣根性，唤醒沉睡的国人。事实确实是如此，自古及今的国人曾出现那么多汉奸，恶人当道者亦不计其数，而在专制主义压制下多为奴才和凡夫俗子更是一种常态，这就造成了中国文化的板结和窒息。但是，也应该看到，如果中华文明只是如此，那是不可想象也是难以理解的，因为五千年灿烂的文明延续至今就是一个最有力的说明。问题的关键是，中华民族不论遇到怎样的艰难险阻，都有一种精神血脉和灯盏维系和照耀着，这就是像傅山这样的人物。表面看来，傅山只是一介山民、一个士子；然而，他的骨头坚硬如钢，他的思想锋利如剑，他的意志坚如磐石，他的才华也如百炼钢化成的绕指柔，他的情感更是纯如岩隙的泉流，还有他敏感如弦的灵性，灿若朝阳的精神之光。可以说，在中华文明史上，傅山是经过淬火的人生典范，这就是"剑胆"与"琴心"演绎的完美的生命乐章。

傅山是山西人的象征，更是中华民族的骄傲，他以一个知识分子的胸襟、才情与品质也为人类和人性树立了高标。简言之，这就是他的天地正气、高风亮节、守身如玉、博爱仁慈、大光照临、温暖如春。

第二辑 | 万物有情

情之一字
Qing zhi yi zi

阳 光

在这个世界上,最令人感动的是母爱和阳光。阳光,它饥不可食、寒不可衣,甚至无声息、无形状、没色味,但它却非常重要,也是最意味深长的。

阳光来自遥远的高天,它未经世俗污染,是天地自然之精华,是神圣的使者。当乌云和黑夜将世界遮蔽,总是阳光驱散黑暗,给大地送来光明与希望。阳光恐怕是神的赐予,它是这个世界上所有生命的心灯。

不知道阳光为何远道而来,将光辉无私播撒于大地之上。但我们知道,因为有了阳光,地球上的所有生命得以滋荣。春天,阳光如同乳汁一样使动植物苗壮成长,一片嫩芽的破土离不开阳光的哺育;冬天,阳光以慈爱抚慰和呵护大地上的所有生灵,一棵裸露的小树因了有温暖的阳光而充满希望。秋收时节,当果实累累、大地丰饶,人类不能忘记阳光,是它用一个个日子将玉液琼浆如水般倾注和奉献出来。还有作家和学者,当一本本书写成,感动一颗颗心灵,那可不能不记下阳光之功,是它伴随着你走过了无数时光,给你温暖、快乐、灵性、希望和启示。当清晨第一缕阳光将你唤醒,当傍晚的余晖与你挥手告别,那其中都寄寓了无限的爱与无私的馈赠。

阳光可能是世上最具平等意识者，它不分高下、智愚、善恶、美丑、贫富、强弱，其照耀一视同仁。虽由于天然阻隔，也有它达不到的地方，但只要能够抵达，它一定不遗余力，将光与热奉献出来。所以，一棵小草、一粒沙子、一只小鸟、一个乞丐，也都能享受充足的阳光。当老人将力气和爱都奉献给子女，尽管得不到赡养和孝敬，有的还遭受虐待，但阳光并不嫌弃他们，而是照样可让其坐在村口，沐一片秋冬的阳光，享受温暖的抚摸与滋润。

阳光也是有"心"的——它怀揣古道热肠。它还能融化冰雪，温暖大地，亦可点化世道人心，只是表现方式有所不同：有时热烈如火，有时温柔绵长。阳光虽是天光，来自天外，但一直关注人类生存的星球，总以其执著与热爱眷恋地球上的生命和事物。

阳光来无影去无踪，速度惊人；阳光澄明透彻，活泼灵动；阳光激情荡漾，无声歌唱——自由、灵性、欢乐，这也是阳光的特性。

老村与老屋

每个从山村走向都市的人，大概都有一个如梦如幻的村庄记忆，也有一个关于"老屋"的深深的情结。因为它不仅仅包裹着我们的童年、少年甚至青年时光，还成为我们这些远走天涯的游子生命的根系。如果说，我们是苍茫天宇中飘浮的风筝，那么，"村庄"与"老屋"就是牵扯着我们的丝线。一方面，我们向往遥远的天际和自由的飞翔；另一方面，我们又不时地回首眷顾，因为在自己的根系中有强烈的安全感、海水般的深情和坚定不移的信念。

每次回到生养自己的村庄，都有一种莫名的酸楚和愧疚涌上心头。原来记忆中的村庄和老屋渐渐被新房代替，所剩下的也多是颓败与凋零，一如秋后的残荷与落叶，在风中悲壮地摇曳。我已找不到自己的根脉，也挽不住逝去的岁月！上小学时必经的一条转弯抹角的胡同虽在，但已面目全非，它颓败、肮脏、漏风和一览无余，永远失去了原来的严整、洁净、古朴和神秘，现在连一个神奇的故事也隐藏不住了。村大队部的院落原是多么丰富多彩啊！有村委会办公室，有戏台、学校、油房、粮食加工房，还有青年聚会的歌声、笑声、戏谑声和锣鼓喧天，如今都已不在，所剩下的只有几间摇摇欲坠的房屋，和一个偌大的空场，仿佛一个昔日的战场。再有，乡村的夜晚总是迷人的，饭后人们不约而同聚集在一个"白石大马"的周围，听老人讲天南海北的故事。酷似白马的巨石洁白如玉，它与所有神秘的故事一起滋润着我幼小的心扉，那是一匹充满传奇和托起我梦想的马，我以后的努力奋斗与心灵歌唱都与它有关！如今，听讲故事的场景不在，白马也不知所终，余下的只有悠悠的闲云和缕缕的炊烟。

  还有童年的井、童年的河、童年的树、童年的鹅、童年的麦田和童年的菜园，现在都已失去了踪影。记得村边曾有一个大河湾，这是全村的鸭与鹅的天堂。每当清晨阳光洒满村庄，当家家户户街门洞开，可爱的鸡、鸭、鹅、狗都蜂拥而出，鸡们寻找自己的玩伴或飞上草垛引吭高歌，狗们追逐友伴或吠天叫日，而鸭与鹅则纷纷迈着骄傲的步伐向池塘奔去。鸭子左右摇晃，步态憨厚拙笨，常因急切弄翻了自己；而鹅们则大为不同，它们头颈高昂、步履轻盈、声音清扬，是动物中的君子，真有气宇轩昂和超凡脱俗之姿，令人叹为观止！而一旦入水，鸭与鹅更有一派舒泰灵动之势，有的呱呱叫着，有的昂扬高歌，有的摇动短尾，有的不断洗涮和梳理自己的羽毛，有的在水中欢快地扎猛子，有的在水面上飞奔，其欢快与轻灵让人心花怒放！尤其是它们像小船般地游动，身后留下如丝带般的水纹，仿佛是一个梦幻，呈现出模糊似的清新，变化中的不变，宁静里的生动，我的思绪常常随着这条条波纹荡漾开去，由近及远，以至于无。后来，离开家乡，远走天涯，每当看到船的行驶、飞机的翔飞，我都禁不住想起童年鸭与鹅留给我的记忆，那是生命的轨迹，轻灵、自由和美好。当时，我家有一对夫妻鹅，尤其美妙可人！它们的姿态、色彩、声音、气度，尤其是那一双善良、温情、含蓄的眼睛永远是一个谜！记得，当时母亲教我一笔画"鹅"的技法：先由"先"字的第一笔开始，而后写出一个"先"字，再由"先"字的最后一挑围绕此字，由右边至头顶再到左边，当笔到了左下角时，尽量将线拉长即形成鹅之尾了。由尾部开始向右上渐渐收笔，连画几个波纹，以代鹅之翅膀，当笔画到右上端时即向左作一旋转，这样鹅的头、眼和嘴就成矣！随后，笔自左上向右下而去，顺势写一"生"字，以此代表鹅之"足"了。所以，这个一笔"鹅"画中就藏着"先生"二字，直到今天想来也有点神乎其神！开始，我不知道母亲何以将"先生"与"鹅"联在一起，后来略有所悟："鹅"与"先生"都是美好的象征，所谓"先生"即知书达理之意也！由此，我也有些明白了，小时候何以母亲总让我用心读书，还说什么"将来成为一个有知识、明是非、担大任的人才"之类的话。其实，在我的生命中，童年的"鹅"具有某种隐喻的性质，它成为我人生的启示与梦幻。后来，读到法国作家布封的《天鹅》一文，其优美高雅的心灵一下子将我震撼了！作者这样写道："天鹅的面目优雅，形状妍美，与它那种温和的天性正好相称。它叫谁看了都顺眼。凡是它所到之处，都成了这地方的点缀品，使这地方美化；人人喜爱它，人人欢迎它，人人欣赏它。任何禽类都不配这样地受人钟爱：原来大自然对于任何禽类都没有赋予这样多的高贵而柔和的优美，使我们意识到它创造物类竟能达到这样妍丽的程度。那俊秀的身段、圆润的形貌、优美的线条、皎洁的白色，婉转的、传神的动作，忽而兴致勃发、忽而悠然忘形的姿态，总之，天鹅身上的一切都散布着我们欣赏优雅与妍美时所感到的那种舒畅，那种陶醉，一切都使人觉得它不同凡俗，一切都描绘出它是爱情之鸟。"我家和我村童年的白鹅，虽不能与布封所言的"天鹅"相提并论，但是，它是我理解布封笔下天鹅的前提，是天地自然点化我灵心的象征，也是我怀想英年早逝的母亲的一座桥梁。童年的白鹅让我后来知道和理解了：什么是优美、良善、仁慈，什么是轻灵、自由、梦幻，什么是超凡脱俗、玉树临风和羽化而登仙。如今，村庄中的河塘枯了，鸭与鹅也看不到了，只剩下了日夜的鸡犬不宁与鸡飞狗跳。

我家的老屋早已拆除，并盖上了新房，现在再也找不到原来的形象。由于缺乏先见之明，当时就连一张照片也没能留下，这令我一直耿耿于怀和惴惴不安，因为老屋寄托着我的童年、少年、青年生活，也包裹着爷爷、奶奶、爸爸、妈妈，以及兄弟姐姐共同生活的岁月，我唯恐一不小心将这些记忆丢失，以后就再也找不回老屋了。我曾想自己为"老屋"画一幅画，但因画技不佳迟迟没有动笔；我曾寄望于儿子，让他好好学画，将来有一天让他将我的记忆画下来，但那又是遥遥无期和不能指望的事情，因为儿子画技再高，他能画出我记忆的海水情深吗？于是，我决定用文章将老屋描绘出来，哪怕是一个简单的轮廓也好！

老屋主要由南、北两幢房屋构成，它的东面是个厢房，西面是大门与院墙。这就形成南北长、东西短的一个封闭的院落。据说是为了早晨练功，爷爷将院子铺成了尖尖的青石，而不是像普通人家的平坦石块，这就决定了我家院子的与众不同！它是否也预示了这个家庭坎坷不平的人生道路？在街门上面是个高耸的门楼，它与南屋的西北角相近；在北屋西南角下是个猪圈，猪圈上面铺着一块巨大的青石板，上面放着腌菜的缸，在猪圈墙台与青石板间取物时，大人可跳来跳去；在南屋东北角与东厢房之间是厕所（农人俗称毛坑），在这里与东邻家用石块垒起一个不高的隔墙！在北屋东南角与东厢房间是个狭窄的夹道，里面有一颗臭椿树，约有胳臂粗，出口处是一个腌咸菜的大缸，打开后常发出刺鼻的气味，这一树一缸似乎不佳，因为其"臭"似乎是一种暗示！据说，南屋是后盖的，是母亲结婚后姥爷和小舅帮着增加的。而没有南屋时，我家房门原是朝南开放的，因为有了南屋而改走西门。记得母亲曾告诉我们兄弟姐姐说："以后你们可别忘了小舅，是他一砖一瓦一草一木用小驴驮料，帮咱家盖起南屋的。"母亲和小舅早已离世，但母亲的话、小舅的身影却活在我的心中。最初南屋是草顶，是后来换上了瓦顶，由此可知当时我家经济的拮据！南屋是杂用房，除了一土坑一桌子之外，存放的都是米、面、草、农具之类。后来，三哥在土坑上住过一段时间，1979年至1982年高考这四年，假期期间我一个人曾住过这个南屋。当时整个房间虽杂乱无章，但我用白纸将土坑上的破席糊好，坐在一只盛草的高大的装笼之上，伏在一张大高桌上，面对南窗复习课程，虽然读书的声音有几分悲情，但南来的风与窗外菜园里散发的清香沁人心脾！在三次高考名落孙山后，第四年我能够成功，这个南屋所给予我的不仅是宁静的时空，还有忍受孤独和寂寞的心性与决心，更有南来的和煦之风与花之芬芳！

我家北屋西面一间有一个"过陇"，即在土炕上方靠近屋顶处建一个半边的悬空房间，这是用木头木板建成的，在上面可陈放些杂物。大人站在炕边，手伏着"过陇"的边缘一跃可上；下来时，腿先下即可退跳到炕上。因为当时我太小，够不着过陇的边缘，所以对上面充满无边的幻想，仿佛在我家里这是个神秘之所！为了攀登"过陇"，我经历了一个不断成长的过程：开始是跳起来能摸着它的边缘，接着我能用双手抓住它的边缘，再而后能用双手攀附着边缘，最后终于我能一腾一挪爬到上面去。记得第一次上去时，我大失所望，原以为上面一定无奇不有，结果除了油、面、米外，多是灰尘！不过，在这种不断的超越中，我磨砺了自己的毅力和胆量，也培育了自己的探索精神！后来，在艰难困苦的高考进程中，在以后的学问人生追索里，我都感到了童年和少年一定要攀登上"过陇"的努力，所给我的巨大的赐予。换言之，每当我处于失败之时，早年的攀登过程和取得胜利之喜悦，对我都是一种激励和鼓舞，因为事实证明：只要不畏艰辛，肯付出汗水、泪水和不懈的努力，就一定会成功的，这只是一个时间早晚的问题。与此相关的还有两件事：一是对猪圈上方石板与猪圈墙之间空隙的跨越；二是从门楼上面攀过，出入院子的翻越。前者一不小心就会掉入猪圈；后者弄不好就会划伤身体，以至于摔倒在地。从猪圈边缘跳上石板，我是经过多少年的试验才完成的，而一旦实现了愿望，其喜悦与自豪感无以言喻！爬上门楼首先要扣住上面的横挡，然后将整个身体往上提，以至于能让脚踏住门导的环子，再向上一纵、一跨方能让身体从狭窄的门上面翻过去。俗话说："上山容易，下山难。"而从门楼上面下来，比爬上门楼更难！因为它需要用双手吊起身体，用脚盲目地寻找立足点，最后方能落地！这种跨越是经过数年的千辛万苦之后，才得以完成的。但是，它却为我后来爬越人生的千山万水做好了铺垫和准备。因为在童年和少年时期，探索未知、翻越高度、战胜困难、发现自己潜能的经历，无疑是一笔极其宝贵的财富，它成为我后来人生强有力的基础和支撑。所以，我非常感念老屋给我的那些时光与日月。

因为家里穷，窗户是纸糊的，所以易碎！每当秋风吹起，天寒地冻之时，寒冷就如针般地钻进房间，我们这些孩子就感到了阵阵的颤栗。不过，纸窗也有它的妙处，那就是春光明媚和秋高气爽的时节，阳光将窗户照得通明温暖，有时还将外面的景象映入其上，如诗如画！记得有一次，墙头的枯草被秋日的夕阳画在纸窗上，它晃摇着、颤动着、抚摸着，仿佛是天地间的琴师在演奏乐曲，也像阳光亲吻着这个贫困之家，还像妈妈在美妙的儿歌中轻拍熟睡的孩子！最为重要的是，这一幕留给我的是"动"中之大静，一种超越世俗人烟的宁定与安详！在后来的人生中，无论世界如何变动，也不管诱惑有几多，我都陶醉于心中的这一意境中，让心灵恬静而淡然，因为时光与岁月在流走，而不变的是这一心境。随着年岁的增长，我开始知道了人间的苦难与辛酸，妈妈英年早逝，自己仿佛被世界遗落，心境也仿佛打上风霜。这是一个深秋的下午，狂风夹着雨水笼罩着整个世界，父亲、哥哥、姐姐务农未归，我与弟弟在炕上瑟缩为一团。我家院墙外面碗口粗的梧桐与雨水一起哭泣，雨滴嗒嗒、树叶飘零、树枝鸣叫，风声怒号，仿佛天地一下子变得悲怆起来。这时，有一种悲感直渗入我的心间，直浸入我的骨髓之中。这个深秋的一幕，仿佛墨汁般浸染了我心灵的底片，使我感到了人生的几多悲凉与寂寞。后来我人生的悲观最早可能起因于此！可以说，老屋留给我两个层面：一是暗调的悲凉，二是光明的希望。而这二者相互交融，则使我产生了一种超拔的意向和精神，那就是在沉重中寻找轻灵，在黑暗中追求光明，在困境中实现超越。

在门口与猪圈之间，是一个大不过几平方米的小平台，不知道是父亲还是母亲，抑或是哥哥，将上面垫上熟土，栽了一棵蜜桃树，还种了一些蔬菜。给我印象最深的是这棵桃树，它由小到大，由开花到结果，那真是具有某种神奇之功！当春风将枯枝染绿，一片片小叶像婴儿的小嘴般突出，然而花开浓艳，一树的香气和蜜蜂渲染着无尽的诗意。当花蕊落尽，舌尖大小的果实喜气洋洋。随后，阳光雨露一直将果实喂大，当大如拳头的水蜜桃缀满枝头，我充分地体会到土地的神奇！就是一些泥土，且是并不丰厚的平台，何以能够从中长出绿叶、桃红和甜蜜？这一棵桃树在我幼小的心灵中，并不止于是一棵植物，而是一种信仰，那就是：土地之神奇伟大！自然之美妙动人！而一个人的心灵也应该像这土地一样，只要你努力就会长出美丽、甜蜜与神奇！这棵桃树伴我走过了童年和少年，后来我离开家乡来到都市，它的结果与命运我就不得而知了。不过，这棵高不过一米，胖不过一围，粗不过手臂的桃树，却以它的柔弱、丰产、美丽、恬淡和奉献精神，一直活在我的心间。

至今，我手中没有一个老村与老屋的物件，所有的只是发黄的记忆！而且，近些年老村、老家的老旧之物越来越少，这是令人懊丧之事！好在心灵的底片上，许多记忆犹新，仿佛雨过天晴菜园里沾满露水的花朵，我要早些用笔将它们留住，尤其是那些感动过我、对我的成长和心灵有益的人与事！一是希望老村和老屋能多多地得以保存；二是希望重视老旧之物对童心的作用；三是希望在记忆尚清之时留住记忆；四是希望与我有共同经历的人共享童年温馨的美梦。还有一点可能至为重要，即感谢老村和老屋对我的赐予，我的生命与成长是它们给的，我对于美好事物的向往与追求也离不开它们。老村和老屋是我出飞的"巢"，尽管如今我已有比那更好的新巢，但在经过了无数的风雨后，我依然记得它、怀念它、感恩它。也许我回去的次数越来越少，或许这个"巢"已物去人非，早已倾落，但我却将它小心地珍藏在心灵的最深处，在春暖花开的时节，在风和日丽的日子，甚至在寒冷阴暗的冬夜，一个人将它细细地品味与回想。

随着时光的流逝，老村和老屋像凋零的花瓣一样纷纷剥落，而我却像清明时节忆起已故的亲人般将它想起，并给予它以热烈而平淡、激动而冷静、亲近而遥远的祭奠，用我这个远方游子的一片素心和一夜清梦。

童年的草莓

由于科学技术的发展，我们一年四季都可看到甚至吃到草莓，尤其到了春天，京城的市场甚至大街小巷都堆积着草莓，我们可以随心所欲，一饱口福。

但是，现在我很少也不太愿意吃草莓，有时甚至不愿意看到草莓，因为现今的草莓越来越令我失望。不论是色彩，还是甜度，抑或是口感和韵味，都让我再也找不回童年时关于草莓的美好梦想。

记得我六七岁时，现代化的潮流还未涌进我生长的那个偏僻山村，村中的房屋、树木、街道和民情仍保留着古风遗韵。

有一天，我在巷子口玩耍，突然听到草莓的叫卖声，我为之一震，因为我还未听说"草莓"二字，更未见过"草莓"。当顺着纵深的巷子望去，只见一个矮小瘦弱的老头儿挑着一担东西朝我走来，老头儿肩上的担子颤颤悠悠，其弯度和老人弯弯的背部正好形成一种和谐。

当走近了，老头儿把担子放下，顺势坐在一块干净的石头上，脸上的皱纹里堆满笑意，让我一见就感到舒服。

我把目光投向担子，那是一根极其普通的扁担，只是日久天长，它已被手和肩磨得光滑如玉，仿佛透明似的。两只篮子也精致动人，细条编织得细密，篮子系儿是一根洁白的粗木条做成，高高隆起。每只篮子上盖着一块白手巾，让人想到齐白石笔下的篮子写意图。

我怀着好奇走近篮子，草莓到底是什么样子？还没等我靠近，老头儿马上用手挡住我，唯恐我把他的宝贝弄坏。当我蹲在篮子边，嘴里嘟囔着："让我看看还不行吗？"老头儿看着我还算规矩，就轻轻揭开手巾的一角，因为他觉得没理由不让我分享他丰收的喜悦。

令我吃惊的是，草莓在篮子里堆成一座小山，红红的草莓如火焰般把我的脸照红了，也照亮了。我又向前挪了半步，更仔细地欣赏草莓。草莓的蒂部还有苍翠欲滴的绿叶，红绿相映，光彩照人，夺人眼目。还有草莓上均匀地分布着的一些小白点，它们真像天空中点缀着的星星，显得既干净又透彻。当时，我家里一贫如洗，我手中没有一分钱，根本不可能买草莓，哪怕一粒也不能，这是我一清二楚的。所以，我只能不停地咽着口水。

看着我全没有买的意思，老头儿挑起担子远去了，留下来的只有越来越轻的吆喝声："卖草莓了……"这声音在山乡的上空不断回响。

自那以后，"草莓"的色彩一直在我的心里流淌，"草莓"的火焰一直在我的心中燃烧，那是一条理想的梦的河流。

一个偶然机会，经大人指点，我从大山中挖回一棵草莓的小苗。

我如获至宝，细心地把它种到家院的一角，从此，这棵小苗就成为我最亲密的伙伴，或者说成为我生命的一部分。

每天，我给小苗浇水；当烈日当空，我又为小苗搭起小房遮阴；即使吃饭时我也端着饭碗在小苗的旁边看护着；有时到了晚上，我还常常捧着煤油灯细心地观察小苗的成长。

功夫不负有心人，小苗由两片叶子一个嫩芽长成一条长长的蔓子，真是枝壮叶茂。

可惜的是，它一直没有开花，更谈不上结出果实。后来从大人处得知，草莓蔓子长到一定时候要掐掉头儿，不可任其疯长，这样才能开花结果。

按照大人指点，我给草莓蔓苗做了处理，很快地，草莓蔓子真的开花结果了。可惜的是，花开得很多，但到后来大多数草莓花凋枯，只有一粒草莓存留下来。

从此，我像母亲呵护独生子一样照顾着这粒草莓，唯恐它有什么闪失与不测。

值得庆幸的是，草莓小粒由小至大，由白变半红，再由半红变全红，在太阳的照耀下熠熠生辉。它仿佛是一个女神，使我的生活和我周围的一切变得无比美丽。

多少次我都想将它摘下来品尝其甘滋美味，但都不忍心把草莓掐下来，因为在我看来，如果掐下这枚果子，草莓蔓子还有什么意思；吃下草莓，我以后的生活还有什么盼头？每次，我都克制住自己，而是靠近草莓静静地嗅闻它甜美的芳香。又过了几天，当我早晨起来，发现草莓已不在草莓蔓上，而是落在地上。此时的草莓真如一个熟睡的婴儿红着脸蛋躺在地上，让我好生怜惜。

我仿佛怕冻着草莓似的，把它捧在手心，放在一只小盒子里。

这粒草莓后来变成了一小滩水汁，再到后来水分变干，留下风干的渣子。

有一天，我终于下定决心，把这些干渣埋到那棵也快干枯的草莓蔓子下面了。

虽然，在我的童年以及后来很长时间我没有吃到草莓，但它的色彩、它的形体和它的气息都永远留在我的心里。

每当想起童年的草莓，我的口里总有一股泉水源源不断从舌根渗出，它清冽、醇美而意味无穷。不管生活多么艰难，生活多么干涩，也不管生活多么寂寞，童年的草莓就如同一个大大的太阳把我的灵魂照耀，使我的内心充实、安宁与满足。

今天的草莓很大，色彩透红，它四季不断，堆积如小山，然而，我再也没有看到过童年的草莓那种纯天然的红、白、绿色，再也没有看到由草莓升腾起来的火焰。

今天的草莓吃在口里也淡而无味，只有一种水汁汁、硬生生的感觉。童年的草莓，愿你与我的梦相依，愿你与我一生相伴。

情之一字
Qing zhi yi zi

步行一生

由于交通工具的便利,现代人尤其是都市人出门即坐车打的,或乘坐火车飞机,步行的机会也就越来越少了。这当然标志着科学技术的进步,也大大提高了工作效率,但人类的许多问题也由此而生。如交通拥挤、交通事故、肥胖症等各种疾病、生活和人生过程的简易化等,都与此直接相关。

进入都市后,我也被这种风尚裹挟着。因为许多事情有时间限制,所以必须坐最快的交通工具;因为人到中年,腿脚失力,确实很难总是以步当车。不过,我时时提醒自己:腿脚是人生命之根本,人老先老腿,许多身心和精神疾病都是由于腿脚闲置不用。因之,平日里,除了养成饭前饭后散步的习惯,我尽量增加步行的时间。最典型的例子是,冬天下雪,我到单位上班,许多时间既不骑车,也不坐车,而是步行。背上挎包,踩着白雪,吸着晨气,望着风景,平时骑车半小时的路程正好步行一小时。到了单位,神清气爽,既有健身之功,又有自我实现的愉悦。

其实,在我记忆中,多是步行的影子,而坐车、坐船、坐飞机的时候倒是屈指可数。小时候,在农村上山干活来去都是步行,尽管山高路远,但都是一步一步走的。尤其在炎炎夏日,背着拔来的烧草回家,又累又饿,步履蹒跚,充分体会到生活的艰辛。绳索深深地陷入肩膀，十岁的我只得将汗衫扭在绳子上。实在背不动，就将烧草放在地上，拉起绳子拖着走，于是烟尘四起。步行最多的时候，还是上学。自小学到中学，我先后走过的固定道路有：一里、二里、十三里、二十五里、七十里。

  在上学步行的路上，发生过好多事情，很难一一记下，但不少直到今天仍历历在目，并深深地影响着我的人生观、生命观和审美观。时间的流水可以冲走一切，但它永远不能遮蔽一个山乡孩子的明目与灵心：清晨晶莹剔透的草上露水曾打湿过我脚上的布鞋，山涧小溪与石子的呢喃曾留过我的步子，与同伴对未来理想的憧憬曾感动我心，路边遮风蔽日的大树和晚霞曾点燃过我的希望。虽然这些路不知走过多少次，然而，在不断的重复中却从未厌倦过，而是历久弥新。

  与我同行时间最长，也最相得的是王有杰，再就是姚家两兄弟姚希明和姚希强。王有杰是我最早、最好的同学和朋友，在我读大学之前我们几乎形影不离。在一里、二里和二十三里上学的路上，在那些无法计量的山路上留下我俩数之不尽的梦想和欢乐。后来，我考上大学，他没有考中，只得回乡务农。再后来，他服毒自杀，完结了只有22岁的短暂生命。每当回到我们曾走过的路上——那被绿草和山花铺满的山路上，对他的怀念就格外强烈。每当听到唐磊的《丁香花》，我就想起他，愿每年春天，漫山遍野的花儿来抚慰他的灵魂。姚希强是姚希明的弟弟，他在家境异常艰苦的情况下考上桂林地质学院，令村人对姚家刮目相看！可是，天有不测风云，希强到学校旁的江中游泳时不幸溺死。姚希强为人方方正正，厚厚实实，不善言谈，这与他哥哥姚希明的轻松愉快、幽默达观、性喜玩笑形成鲜明对照。在生活的间隙或重要时刻，我常想起姚家兄弟，他们的一言一笑、一举一动，甚至沉默不语都像照片也像电影在眼前晃动，令我为之动容！可惜我不是画家，否则将他们的形象一幅幅画下来该有多好！

步行最长的路程是七十里，记得只发生过一次。那是读高中放寒假后，为了省钱，我与同学薛荣福、薛荣练等人决定，不坐车而是步行回家。没想到，路越来越远，人越走越累，肚子越来越饿，实在走不动，我们就坐在路边歇一会儿，再走。我们仿佛走在二万五千里长征的路上，一路上不知歇了多少次，只记得回家时夜已很深了。这次步行，沿路没留下多少风光美景的记忆，只有长而弯、斜而陡、软而沙的道路，还有汽车从身边驰过时卷起的尘土飞扬。不过，在长长的步履中，我理解了苦与甜、忧和喜、悲与乐，尤其理解了平凡的世界与底层的人生。后来，读到"千里之行始于足下"这样的句子，我就想起这次苦旅，没有一步一步的连接，七十里山路是不可能到家的。

读大学时步行的记忆深刻：与同学晚饭后在校园里散步，周末步行到校外购物，既建立了友谊，又养成良好的节约习惯，还锻炼了身体和意志。这让我想起郑明珍、柳延春、田茂堂和彭子良诸同学。校园内外到底留下了我们多少脚印和谈话当然无从计算，但我们都将青春、浪漫、梦想与欢乐播撒其上却是无疑的。

今天，许多时间已不需要步行了，但我尽量增加步行的时间。更重要的是，我时时不忘自己的步行履历，不忘建立在步行之上的我的生活与人生。步行虽小，但其中却包含着为人处世"用拙""用厚""图大于其易""为大于其细"和"要有钢铁一样的意志"的道理，这使我受益无穷。所以，步行会成为我一生的一个"关键"词。

藏书防老

天下藏书者可谓多矣！但谈到藏书的目的，一定是五花八门，难以归类的。不过，大体上说，有人是为了实用，有人是为了敛财，也有人是为了装点门面，还有人就是为了满足自己的爱好。就目前的情况看，我是为了研究之需而藏书的，但又不全是，因为我的藏书丰富多彩、品类繁多，远远超过研究的范围；长远一点来看，我的藏书是为了防老。试想，当我们这些所谓的文人退休之后，还能干什么，又愿意干什么呢？恐怕没有别的，就是一个意思"读书"。

人都说"养儿防老"，这是对的，但也不全对。如果在中国古代，多子多孙，无论如何，人到晚年一定有子孙绕膝，于是可以尽享天伦之乐；如今时代变了，有人无子，当然无孙，也就不敢奢望了。而即使有了子孙，也是一家中只允许有一个，当他远走高飞或忙于自己的事业，又有谁会整日陪你呢？看看当下有多少空巢老人之家，这一点就一目了然了！因此，我在工作之余常常想一个问题：退休下来后，应如何安排自己的生活？养猫养狗非我所愿，因为我最讨厌它们随地大小便，也不喜欢其媚态和无所事事；在公园打麻将、跳交谊舞、练太极拳，我又感到是一种乏味人生，因为不愿意凑大堆儿而喜欢"独立于世"；像不少人似地让晚年"夕阳红"或"大放异彩",即投身商海去赚钱,我又感到辜负了这美好人生;或许有人会说旅游啊,年轻时因工作没有空儿,退下来正可以饱览名山大川,但我又觉得那是年轻人的事,我的意思是:年轻时可以行万里路,年老了应该静下来多读点书。思来想去,我还是觉得人到晚年有老妻、有旧书为伴,是最可靠、最舒适、最美好的时光。

有了这样的自觉意识,书之于我就很有些与众不同,于是成为生命中的一部分,或者说它们就是我的生命本身!这也决定了我对书的不同态度及其感受:一是与书不离不弃。由于居室空间的限制,书呈几何数增多,现在很多人都是不断地淘汰旧书,尤其在迁入新居之时更是如此。但我却不然,凡入我室之书,我都不弃不离。倒不是出于吝啬,而主要是因为于心不忍。因为许多书伴我住在狭囚的陋室多年,一直无怨无悔;而我一旦有了新居大房,即将它们抛弃,我不能想象它们流浪街头或化为纸浆的形象!当搬家之时,两大卡车书从我的陋室被搬进广厦大房,我相信它们是欢欣鼓舞的。另外,我平日里出门在外,身边总是带着书,完全离开书的时光几乎是没有的。二是爱书如命。如果扪心自问我买房的目的,那么一个很重要的原因恐怕是为了书。一家三口长期囚居在数十平方米的房间固然难以忍受,但最令我心痛的还是我的一室藏书。因为人憋闷得慌还可以到室外透透气、伸伸腿、弯弯腰,但书籍们却不能,它们只能长年累月在书架上拥挤不堪、在角落里蒙受灰尘、在床底下忍气吞声。所以,从买房、装修到购买家具,我一直将书放在首位来考虑。比如,别的方面可以次一点儿,但书厅、书房、书架一定要好,只有这样才能对得起跟了我多年、忠诚无二的书籍们。在搬书的过程中,我得以领略我的所有藏书,并投入了所有的爱心与体贴。先是用湿布擦去灰尘,再用干布拭去湿气,然后用绳子捆扎以便于搬运。到了新居,还要打开捆绳,将书上架,一切都是小心翼翼,像对待自己的孩子一样！当我擦拭书的封面，仿佛是给儿子擦脸；当我为书打捆，上下左右垫上报纸时，仿佛在为儿子换上尿布；当我用绳子捆书时，仿佛是为儿子穿上新衣。在新居所有的书上架那天，气氛庄严而神圣，我细细地擦拭、抚摸、吹拂、嗅闻我的书籍，在明媚和平的阳光照耀下，生命的脚步好像一下子停止了，至少是慢了下来。因为毕竟藏书太多，十几个书架仍容它们不下，有的书还只能栖息于桌上、柜上、窗台上、床上和地板上，看了让人不安！好在它们再也不用像以前那样被打入"冷宫"似的"暗无天日"了。三是成为书的知音。人与人可以成为知音，人与书也可以成为知己！所不同的是，人世间知音难觅，而在书海中寻到知音并不难。有时因书的见解说到自己心坎里，所以喜不自胜；有时因书的装帧深得吾心，而爱不释手；还有时因夜深人静，翻书声就会变成一种灵魂的对语。有一次，在冬夜里，在非常孤独的寂寞中，连书都读不进去，我一人手捧着书，斜靠在被子上，一页一页地翻下去，毫无人生的滋味！可是，突然间，我被书中的字行震撼了，因为映入眼帘的竟是这样的情景：书中不少段落的最后一句，只有一个"字"跟着一个大大的"句号"，它们是那样孤独寂寞，像海中漂泊的船，又如寥落之晨星。于是，我顿悟到原来孤独不只属于我一人，而是一个客观存在，一种生命的常态。于是，我就在一个个被遗落的字符中寻到了真实的人生意义！生命的孤寂也就被大光照亮了。

　　就像春去冬来一样，一个人的一生到了晚年，所剩下的东西就已经不多了，而值得珍贵的往往就更少了，一如老人寥寥无几、摇摇欲坠的几颗牙齿。当岁月退去浮华，显示其本来面目；当人生进入黄昏，一切都暗淡闲适下来；当生命的烛光明灭跳跃，时空变得孤寂一片，最可靠的恐怕还是书籍。因为它不弃不离、善解人意，陪伴在我们身边，其中有丰富的知识，有智慧的启示，有一个个往昔的回忆，还有着无限的安详、宁静与神圣之情。

我现在尚属中年，离晚景还很遥远；但是，我知道生命是转瞬即逝的，站在历史的长河中来看，十几年或几十年简直就不算什么。因此，我很早就为老年藏书，这样等到儿子长大成人，去忙碌他的事业，我就与老伴儿一起，坐拥书城，不为任何目的奔忙，而是以恬淡超然的心情一本本地阅读自己的藏书，充分领略书中的世界和人生。

　　如果眼睛花了，精力不济，那就翻翻书、浏览一下，或是给书抚去微尘，在一抹夕阳的余晖中，默默地聆听书籍们的心语，那也该是人生的幸福时刻吧！对于一个老年书生来说，有书做伴，他的生活一定会充实、快乐、平静，而且会老得慢一些，这也是藏书防老的另一层含义吧？

第一块藏石

我一直喜欢收藏，集过邮票、烟盒、门票、信封，还集过瓶盖和各式各样的盒子，另外，书法、书籍也一直是我的收藏强项！可以说，我有一种恋旧情结，许多老的物件我都留而不弃：岳父母早年的全家福别处难以找到，却有一张藏在我的手上！他们家祖传的大小擀面杖用不着了，也放在我的家中，闲来无事，拿在手上把玩，自有一种历史的沧桑和时光的流转。我祖上几乎没照过相，但爷爷奶奶的合影却多年跟着我，这是仅存的一张。我还保存了一张大舅与小舅的合影，好像是妈妈传下的，经姐姐之手成了我的藏品，如今妈妈、小舅和姐姐早已离世，只有照片里藏着我无尽的思念！近些年我开始痴迷于藏石，且已初具规模，兴趣和感情一发不可收！虽然石头多了，但我最珍爱的却是第一块藏石。

那是十五年前的1993年，我从山东考入北京，在丽都饭店西面的中国社会科学院研究生院读博士。晚饭后，我们同学总喜爱在学校周围散步聊天，充分享受充实、饱满、自由、快乐的老学生时光！那时，就读的博士同学多已结婚生子，有的已是中学生子女的父母了，由于多是夫妻分居两地、相云遥遥，所以同学之间友谊深厚，如同兄弟姐妹一般。因此，常常是大家尽情散步，当夜幕降临才回到各自的房间用功。这天,在学校西面的基建工地上,借着明净的月光,我发现前方不远处有块小石头,上去踢了一脚,它在半空划了个优美的弧线又落下来,像在向我招手!忍不住好奇心,我上前捡起它,一路上把玩回来。

开始,这是一块普通石头,它手不盈握,周身呈黑墨色,多年后的今天,它已与以前大为不同:包浆厚实、光滑如玉、可亲可爱,灵性浑发。从形状看,它比火柴盒略大,介于长方形和菱形之间,长、宽、厚各为6厘米、4厘米和1.5厘米,两条对角线分别是7厘米和6.5厘米。有趣的是,此石的上、下、左、右、前、后六个面基本是平整的,其中又各有性格:在上、下两面中,一个布满针眼样的麻点,如花树开花,亦如雪花飘飞;另一个四周有一个淡淡的白圈,像一面镜子,其中有一微微突起处,隐约可见少女头像轮廓,给人以无限的想象。四周有两个面较平,可见明显的分层线,一共分出六层,是地质年轮的表征;另两个面有些不平,其凸凹处一个形成"一"字,一个形成"心"字,颇值得寻味!因石质坚硬,它的重量是135克,所以石头虽小,但拿在手中沉甸甸的。

如果从奇石收藏的标准看,此石称不上珍贵,因为它既无奇形,又非特质,更无异色,还乏妙音;然而,它确实是我的最亲、最爱和最美。这是因为:第一,它是我的第一块藏石,已跟了我十五年之久!在过去的光阴里,它正好占据了我三分之一的时光。一般人都是"喜新厌旧",我则是"喜新爱旧",并且是"喜新"更"爱旧"!试想,老妻、老友、旧物是越"老旧"越好,它能透出历史的光润、感情的波澜、心灵的金质、生命的醇厚。第二,它质朴无华、内敛厚实。比较而言,我最喜爱"黑色"和"白色",而以前者为最,这既是生命的原色,又有一种不事雕饰的自然、稳定、深刻、厚道。与这块石头在一起,就如同睡在母亲的摇篮里,有一种踏实的安全感油然而生。第三,我与它的长相厮守、亲密无间。与朋友也还是相见时难、别更难,与妻儿还因各自的工作学习而分开,然则,我与此石几乎形影不离。白天将它带在身上,夜里被我握在手中同眠，出门上班或散步也在手中把玩，我与它有如此的福缘可谓天意也！第四，心灵的朋友和知音。人与人交流其实是较难的，即使与你最亲近的人也是如此！而我与此石却心贴着心，有着灵魂的贴近：夏天，它清爽无限，拿在手上沁人心脾，而当用手摸、搓、按、捏、抚、拭、揉时，手汗明晰可见地渗入石中；冬天，被手和心灵焐热的石头，温暖长久不去，仿佛点燃了它心中的火焰。平时，将石头贴近脸颊和心口摩挲，一种信赖、喜爱、渴望、祝福等都会在我与石头之间传递，此时，我知道石头更知道自己的心！我的手出奇地白，妻子说我生就一双女人手，当我的双手与黑墨石头快速地交流心语时，那是一种极美妙的景象：手和石头都活了起来，仿佛生命的花开一样绽放！我处于一片微醺的醉意之中，我被我和石头所感动！

有时，我想，我是在收藏此石；但有时，我又想，何尝不是此石在收藏我呢？它已跟了我十五载春秋，一定还会伴我一生，可是，百年之后呢？此石将何去何从？在漫长的冬夜，我双手捧握、抚摸着此石，常做这样的遥想：我希望能将此石子子孙孙传下去，也希望后人能像我一样珍惜它，用体温、汗水、脸颊、胸膛、心灵和梦去滋润、亲近和爱护它。"石不能言最可人"，我这块黑墨石头最称得上这句话！不过，这要看子孙后代的兴趣，更要看缘分！

珍贵的东西往往不是用金钱衡量的，而是用心来体味的。我曾想将这块黑墨石头打个孔，以绳系之，挂在脖颈上，让它紧贴胸口，但却一直没这样做。究其因，一是它有些大和沉，二是那样做有些俗气，三是最担心伤着它，我想象不出它被钻孔时，那撕心裂肺的痛！其实，有一根心灵的爱线相牵，比什么都更为牢靠、亲近和美好！

2009年2月21日于北京人家小区沐石斋

情之一字
Qing zhi yi zi

傅天虹的雨花石

这次澳门之行，一个很大的收获是结识了两位新友：一是台湾诗人方明先生，另一位是北京师范大学珠海分校的诗人、诗论家傅天虹教授。在谈诗论文之余，得知傅教授还是位收藏家，尤其是奇石爱好者，于是我们立即有了知音之感。

傅教授生于1947年，长我16岁。他人高马大，像棵参天大树，站在他面前，我有些相形见绌。不过，这并不影响我们交流，尤其是关于文学、艺术、收藏的话题。在海边游玩的间隙，傅教授抓起我的双手，又指着自己的胳膊，向同仁表示："你们看看，我俩皮肤光滑柔润，与把玩奇石不无关系。"这里不论傅先生所说的是否成理，只看他的身体、肤色还真不像65岁的人，尤其他这个孩子气的举动透出童心，这恐怕是他显得年轻的主因。

有了同好，我们就扯出了话头，话题集中在他的雨花石收藏上。

傅教授自小跟外祖父杨乐民长大，因杨先生曾为南京文物店的经理，又是古玩鉴赏大家，所以雨花石收藏极富，品位和境界也高，傅教授受其熏陶，得其传承，于是有了坚实的根底和较高的起点。这是许多雨花石收藏家所不具备的。年轻的傅天鸿曾任雨花台区政府文化干部，多年就在雨花台广场旁办公，一有空闲他就去不远处的石摊搜寻，以极便宜的价格买了不少神品。按傅教授的说法，天下奇石莫过于雨花石，这主要因为在小如鸡、鸟之卵的石头上，充满无限的美妙和神秘：一是丰富多彩、美轮美奂的颜色；二是在圆润的石头上千变万化的图案；三是光润自然的玛瑙质地。令人惊诧的是，迄今傅教授已藏有5000块精品雨花石，其中按图案分成动物、人物、植物等多个系列，可谓富可敌国。当然，这里所说的"富"不只是财富，更重要的是文化、精神、审美。傅教授说："在从事学术研究之余，拿起小小的雨花石把玩，心情像被清水洗过一般，所有的疲劳和烦恼一下子都烟消云散了。"

临别的早晨，傅教授从口袋里拿出一块孔雀石送我，以作纪念，因为在我们的交流中，傅教授快乐而舒畅，他说："以文会友，以石会心，这是人生至乐。"这块孔雀石小于掌心，有数十克，却十分美艳：一是自然之形姿，它像一个伸开的小手掌，更像一块多瓣的生姜；二是着地一面是粗糙的土色，隐隐透出绿意，是为阴，阳面则为纯粹的绿蓝色，让人想到海水和天空，自然、清丽、明朗、温润、细腻，一如进入美好的梦境；三是饱满的手感，用手轻摸阳面的绿蓝色，鼓起的石头像婴儿的手指和肌肤，令人难以言喻；四是形态中美好的喻意，手状可代表我与傅教授的交往和情谊，竖起来看又像一个精神饱满的孩子在吹笙，转一下角度又仿佛是只小狗。总之，不同角度可幻化出不同的喻意。爱石者的心境就是如此：在许多人看来，这是一块不起眼的石头，但在爱石者心中却能漾起无边的涟漪。回家后，我将它放在案边，随时可见、可触、可摸，亦可因它产生许多冥想。

傅教授还送我两页介绍他雨花石的图录，他给自己收藏的雨花石命名为"石中皇后"，其中有这样的引语："雨花石，是中国四大观赏石之中的佼佼者，玉质天章，鬼斧神工，方寸晶体之间尽现大千世界方方面面，备受历代名人，诸如柳宗元、苏东坡、郝经、米万钟、曹雪芹、孔尚任,乃至近代郭沫若、梅兰芳、徐悲鸿、周恩来的推崇。到了现代,寻觅收藏雨花石的队伍已形成大军,遍布海内外。"文字如珠玉,再加上雨花石图片,可谓双美纷呈,给人以无边的艺术享受。

  希望有一天有缘能欣赏到傅教授的原石,那个如梦如幻、新奇神秘、天上人间的圣境。当然,也希望再能听听傅教授关于藏石、爱石、赏石、品石的诗情画意。

古县牡丹

天下名花可谓多矣，但比较而言我更喜爱牡丹。何以故？除了它国色天香的美誉外，还由于我与牡丹早就结缘。记得在20世纪90年代初，我在邮市一眼就看上了1964年由中国发行的一大套牡丹邮票，这不仅因为近二十个品种的花争奇斗艳、美不胜收，还由于它们的名字个个令人心醉，像昆山夜光、赵粉、姚黄、二乔、魏紫、醉仙桃、状元红等都是如此。可惜，因价格昂贵、囊中羞涩，我买不起这套邮票。后来，有朋友送我一册洛阳牡丹剪纸艺术邮票，其中就有这套邮票，虽然邮票不是真的，只是仿品，但我仍如获至宝，因为我可以朝夕欣赏它们。还有，册中关于牡丹的剪纸、诗歌与知识介绍，极大地丰富了我关于牡丹的认识，也令我对牡丹有了更多的关注和向往。所以，当接到山西古县的邀请，让我参加2010年春举行的牡丹文化节时，我立即答应下来。

刚开始还真没把古县牡丹放在眼里，因为洛阳牡丹、菏泽牡丹大名鼎鼎，可谓声名远扬、家喻户晓！恕我直言，不要说古县牡丹，连古县我也知之甚少，它在山西的什么位置，有何特点，近况若何，都无从谈起！原以为这是我的孤陋寡闻，当问到一位在北京当大学教授的山西人，他对于古县和古县牡丹也是一脸的茫然！据主办单位讲，古县牡丹为"天下第一"，当时我听了内心在笑,因为现在有太多的"第一",人们也喜欢去争"第一",就连洛阳牡丹和菏泽牡丹以前不是也为"谁是第一",而争得不可开交吗?本可到网上去查一下,但我终于没那样做。

从北京西站坐动车经过三个半小时到达太原,有朋友相伴,一路顺利。可下车后,一阵狂风伴着严寒扑面而来,令人心惊胆战。明明是四月底,该是春光明媚的时节,可今年却一反常态,如在严冬一般。这个下马威令人忧心!等自北京赴古县的人到齐,已近下午五点,一行人开始乘面包车前往!由于道路不好,天又渐黑,直到晚上十点多钟才赶到古县,饭后已是晚上十一点钟。说实话,长长的旅程、一路的颠簸、饥寒交迫,对此行我还真有点后悔呢!因为怎么也想不到在现代的交通中,古县竟是如此遥不可及!

更可惜的是,因天气寒冷,古县牡丹并未开放。不过,在牡丹园的外面,确实写着"天下第一牡丹"的匾额,它是由著名书法家欧阳中石题字。经了解方知,古县的牡丹为天下第一,并非没有来由,而是名符其实!据说,它始于唐朝,距今已有1300年之久,是国内外最古老、最大的野生牡丹,它最多的时候竟有600多朵牡丹开放,可谓盛况空前、香溢满园!进入牡丹园,我被眼前的情景震动了:这棵千年牡丹有玉树临风之致,它冠高围大,四周还有芍药围绕,左右两旁有小一点的牡丹各一棵为伴,俨然仙子下凡人间。在它的两边有大片矮小的牡丹园,其中有各式各样的品种;而在它的前后,则各有一尊牡丹仙子塑像,一在后殿之内,一在前方数百米的山下,一为彩色,一为白衣。白衣塑像高三十多米,她脚踩莲花,衣着带风,发结高盘,神圣超然,令人为之倾倒。

关于古县牡丹,最让我肃然起敬的是民间流传着这一传说:在武则天当政时的一个严冬,大雪纷飞,万物凋零。武则天醉酒后,竟下令要花园的百花择日开放。到了指定的日子,群花不敢违令，只得开放，而唯独牡丹不肯屈从权势，决不开放。武则天闻讯大怒，将园内牡丹纵火焚烧，只留下四千棵发配洛阳。古县这棵牡丹就是流放途中逃跑至此的幸存者。还有，牡丹开放时为白色，它纯洁无比，四周种的四棵芍药以红花相配，且每年都围绕白牡丹顺时针走动，移步在18厘米左右。当地人还说，白牡丹善良仁慈，人们一旦遇到困难，向它求助，几乎都是有求必应的，所以被奉为神明。另外，它又有着坚贞的品质，遇盛世则开放，且花满枝头；奉战乱而不开，如抗日战争期间它就像梅兰芳一样"蓄胡谢绝演出"，真的没有开放。20世纪70年代，有一农民将牡丹分枝移栽到自家院落，结果家破人亡，不得已他又将牡丹送了回来。虽然不能将这些说法全都信以为真，但白牡丹的品质当非世俗者可以比拟，也是一般的牡丹难以望其项背的。就如同那些英气逼人的女性，我在古县这棵白牡丹身上既看到了一种善良与温柔，更看到了一种"豪情"与"境界"，一种超越世俗人烟、高洁纯粹的坚贞之美。

刚开始回到北京的日子，我不断地从网上、画册上寻找白牡丹开放的图片，试图弥补在古县时没有看到牡丹花开的遗憾。但后来，我突然明白，真正的美丽主要不是用眼睛观看的，而是要通过"心灵"去体悟的，这就是所谓的"心灵的花开"。现在许多地方的牡丹可以通过科学技术控制温度，于是不受季节限制，也不顾花朵的天性和意愿，完全按照人的想法进行"开放"；而古县的牡丹却不同，它还保持着自己的本性，一任天然，决不违心开放，这是古县牡丹的独特之处，也是我此行古县看牡丹的"失中之得"吧？

此次，古县的牡丹虽没在我眼前开放，而是在我离开后的"五一"开放了，但那又有什么关系呢？其实，我之所以感到不虚此行，是因为她已经在我的"心中"和"梦里"开放了，并且永不衰败、沁我心脾、洁我灵魂。

情之一字
Qing zhi yi zi

快意读书

人过四十，一生近半了。回首往事，喜忧参半，得失相间，难以评估！但就读书而言，我却基本上是个失败者，最突出的表现在：自小学、中学至大学，再到硕士和博士，也经过了二十几个春秋，书也读了不少，却没有养成读书的兴趣，当然也就难窥读书的门径。

三十五岁后，我才略有所悟："以前，我之于书是外化的，即为读书而读书，研究什么读什么，用到什么查什么。这种方法专一有之，但视野狭窄，心灵遮蔽，刻舟求剑，急功近利，最重要的是失了读书人的本分和乐趣。而真正的读书恐怕还不是求知、见智，更不是为了什么颜与玉，而是为了美好的艺术的生活，即让自己这一叶扁舟在人生的汪洋大海中逍遥自适而又怡然快乐。"

有了这样的基本认识，如今我的读书面很广，除了从事自己的学术研究，哲学、历史、地理、科学，甚至连政治学我都充满兴味。不过，并不系统和细致，随意快乐而已！如李时珍的《本草纲目》与我的专业无涉，但闲来翻翻，品味一过，既受益良多，又快乐无限！

诵读是十分幸福的，也充满诗意。当清晨醒来，洗漱完毕，香茗在口，清新的空气吸满胸腔肺腑，正襟危坐于床上，打开自己喜爱的书，朗朗的读书声就弥漫一室，此时我仿佛回到了中国古代——那个古色古香，充满书卷气息的年月。读着读着，常常既被古人也被自己感动，有时情不自禁流下热泪。每次诵读白居易的《长恨歌》与《琵琶行》，我都哽咽得难以为声。我发现，读书有三境界：一是目视；二是头脑思考；三是心悟。而达到第三层最为重要，这是读者与作者间灵魂的贴近与对语。

不少人有一目十行的读书本领，我则不能。我更推崇"十目一行"的功夫，这当然是指那些经典名篇而言。所谓"十目一行"，就是不仅注重每个字，还注重字与字的关联，注重字缝间的意思，更注重字面下的深意。如"差强人意"一词，多数人在报刊上用"还不令人满意"之意，其实它的真义正相反，是"尚能使人满意"。一成语如此，读书内容更当作如是观！正所谓失之毫厘，谬之千里。这种阅读法看似劳累，但有兴趣在先，当然其乐无穷。

"积羽沉舟"的读书方法非常重要，它是快乐的源泉。许多人总觉得只有大块时间方能读书，所以将读书视为布兵打仗一样不自由的活动。其实，读书无需条件，随时随地随意即可，车上舟中、街头巷尾、睡前醒后都可读书。这样，将每个五分、十分或半小时，甚至更长时间日积月累起来，那就相当可观。我现在养成手不释卷的习惯，身边总带着书，闲来无事就看上两眼，一面增加知识，另一面有快乐在也，即充实、饱满和幸福之感。

当然，书不是万能的，它必须假以生活的阅历和行万里路，方能使人开悟！而且，像叔本华所言：读书人的头脑不能成为别人的跑马场，他必须自己思考，书只是一个向导，真正走路的还是读者自己。因此，读一本书细细咀嚼，品出自己的滋味，是我的座右铭。

书，在我心中不只是物质，它其实是有生命的。我甚至能感到它的姿容、声音、气味、性格、感情、品位和境界，尤其在夜深人静和孤独寂寞之时。而夜读茨威格的《一个女人的二十四小时》，这种感受尤其强烈！哎，美好优雅的书，它令我既忧伤又甜蜜，既激动又静穆，既有知又不知。在我生命的旅程中，有书为伴，将会减去不少的寂寞时光。

诸葛八卦村得石记

今夏我应邀到金华讲学，有缘在浙江师范大学杨天平教授、方海明博士、倪玮先生的陪同下，畅游了诸葛亮后裔建造的八卦村。这是一次极有意义的旅行，不仅因为村前的荷花绵延不尽，与周围的群山绿树辉映成趣；也因为这是国内唯一以八卦布局的村落，居民基本上都是诸葛亮的后代，村里距今七百多年的明清建筑甚多，看后令我大饱眼福；还因为这里古建筑的梁柱都不是笔直的，而是稍有弯曲，这给了我关于力学原理、用人之道和人生智慧的独特启悟。不过，最令我振奋和值得纪念的是，在诸葛八卦村我得到了一块"奇"石。

说它"奇"，首先是因为我与它的"奇遇"。我素来爱石，所到之处往往都要带一块石头回家，因之，积年累月我家也就有了不少石头。这次来八卦村也怀着这样的心情，因为我想这座老村里一定少不了古老的石头，可是，游完了整个村子却一无所获。就在我有些失望要离开村子时，村头一家矮墙上的一块石头令我眼前一亮。于是，我马上过去将石头捧在手里，仔细端详后希望主人赠给我以作纪念。没想到，主人稍作迟疑就爽快地说："你喜欢就拿走吧！"为感谢八卦村人的好客、爽朗与质朴，我们给了她十元钱。开始时主人不收，后来收下了，在我们离开时,女主人还自言自语道:"拿走一块石头怎么还给我十块钱?"此后,这块石头就成了我的,它一路乘车、搭飞机,与我一起来到北京,并入住我的新居,成为我的朋友。在离开八卦村时,我对杨教授说:"当年诸葛亮为南阳之卧龙,这块石头何尝不是他的化身,如今它要随我一起出山——进京了。"

说它"奇",还因为我现住的北京"回龙观"与"龙"有关,当然与这块来自诸葛八卦村的"石头"有关。自从此石来到"北京人家"小区我的家中,先是"登堂"后是"入室",它几乎与我朝夕相处:白天,我经常欣赏它、抚摸它;晚上,我让它与我同眠,它的凉爽驱除了我的炎热,它的细腻令我有肌肤相亲之感。我在北京回龙观的"北京人家"过着半隐居的生活,而这块"卧龙石"让我有归宿感;"卧龙石"从遥远的山村走来,从历史深处走来,隐身于京城的繁华之地,是否也包含着某些信息和寓意呢?

这块"卧龙石"长20厘米、宽15厘米、高11厘米、重8斤,是质地细密坚硬的一类。它周身呈金黄色,并以大小不同的玉白花点掺和其间,给人一种"金镶玉"的感觉。石头的底部平滑如镜,仿佛烤熟的锅饼,它长17厘米、宽12厘米,比上面的长宽分别少了3厘米。石头的周身也是如此,它厚厚的包浆仿佛被悠久的历史文化深深地浸润过,尤其是它的前后两端更是光滑如玉、美不可言。石头的上方前高后低,中间是一小块空凹而粗糙的地带,仿佛充满了历史的沧桑岁月。如果一定要说它像什么,那就是一只平底帆船,它象征着"一帆风顺"。当然,从一个侧面来看,它也像个金元宝,尽管其寓意俗气了些,但也是吉祥富贵的象征。另外,在细细品味这块石头后,我发现它上面低的一端侧面是一只惟妙惟肖的鲤鱼头,鱼的嘴、眼逼真传神,一副安然自若之态,仿佛如鱼得水一般。还有,石头上面像船头一样高的一端,迎面呈现的是上下交配的两只鸳鸯,这是爱情之鸟,是恩爱夫妻不弃不离的象征；如果将石头翻转过来，这对鸳鸯鸟立即变成了一对交配的海豚，海豚聪明友善，尤其擅长与人友好相处，是"和"、"乐"之象征。当然，如果将石头翻转过来，平底向上，它又可以成"马鞍"之状，有"平安吉祥"之意。人们常说："山无石不奇，水无石不清，人无石不安，家无石不雅，园无石不秀。"而当自己家中有了这样一块来自诸葛八卦村，形似马鞍的"卧龙石"，那就更加感到心定如山、心定气闲了！

近日我又有新的发现，那就是它的形、神、态酷似奥运会主馆的"鸟巢"，都有包容和内敛的精、气、神在。更为重要的是，这块"卧龙石"与鸟巢一样是"和平"、"温暖"、"友好"与"腾飞"的象征。随着中国奥运健儿不断地获得金牌，我甚至觉得这块"卧龙石"就是诸葛亮"出山"，它其中的"金镶玉"也与这次奥运金牌达到了某种神奇的契合。

诸葛亮——龙——中国文化——阴阳八卦，这是可言而又难以言说的；同理，一块来自诸葛八卦村的石头，它原来很可能是比明清时代还要古老的柱石，破碎之后长久地被弃之无用，在中国奥运会召开之前，被我携至京城，恐怕也是具有只可意会不可言传的性质吧？

木 龟

　　童年，我最喜爱迅疾轻灵的事物：星的流逸、鸟的翔飞、鱼的游弋、兽的跳跃……而今，人到中年，我虽然仍保存着这一兴味，但更喜欢宁静徐缓的事物：凝而不动的白云、轻歌曼舞的柳条飞絮、抚慰海滩的微波细浪……在这些性子缓慢的事物中，我尤其偏爱乌龟，它成为我生活中的一个关键词。

　　在有人看来，一只龟并不值得赞美，有时它甚至被拿来骂人，"龟孙子""缩头乌龟""王八蛋"等污言秽语均属此例。另一方面，也有人喜爱龟，将它看成吉祥灵物，说它有延年益寿和驱邪镇定之功。

　　在对龟的感悟和理解过程中，更增加了我对龟的挚爱，活龟、死龟是如此，就是石龟、土龟、木龟、磁龟、玉龟也是这样。还有，关于龟的历史记载，龟的绘画、插图，以及有关龟的散文，也都成为我关注的对象。近日买得一只木龟，在此颇值得一记。

　　这只木龟原在我家附近的一个艺术画店，它是由一块树根稍加修饰而成，外实内空，极其优美轻灵。它标价二百元，店主欲以一百五十元卖给我，我嫌价贵，迟迟没能下手。不过，这只木龟的形神、姿态和气韵一直使我难忘，每过此店我都禁不住进去看看。久而久之，我与木龟有了感情，后来更达到难分难舍的地步。有一次，店主告诉我，他的木龟不卖了，当时我若有所失。为得到它，避免失之交臂，最后我竟以260元买下它。此时，价值高低似乎已经不重要了。

如今，这只木龟就静静卧在我眼前，它半斤重，长16厘米，宽10厘米，高8厘米，周身金黄。它的头部比身体还黄，尾短略弯，背部凸凹不平，像驮着数座高低不平的大山。最有趣的是，木龟周身布满漩涡状的波纹，一圈一圈显得自然雅致，仿佛大海的内蕴都凝聚于其身，令人浮想联翩，心神俱醉。

虽非精雕细刻，亦不见眼鼻耳口，但木龟的色泽和神韵特别，仿佛在苍茫无际的汪洋大海中，一只龟划动着四肢，低首向前，希望之光将它全身照耀得灿烂辉煌。很显然，它是集天地自然之精华和灵气于一身的。

我曾对店主说，可惜的是，如此木龟只有一只，若有两个，一公一母和一大一小，该有多好！那种相得益彰和美妙绝伦的感觉一定与众不同。但现在想，还是一只为好，因为孤独的龟可能不愿结伴而行吧？更何况，这只木龟独一无二，要找到与它相同或相似者恐怕很难，如果真有两只，反而就没意思了，也失去了意味。

木龟的包浆厚实，老熟光艳。不知其以前的经历若何？它能来我家中，卧在我的书斋，这也是一缘。它表面看来并无生命，也默默无语，然而，我总觉得它活灵活现，生命永驻，可谓以无言胜有言。

龟具有生命和文化的象征与启示意义，尤其是在现代科技文化比较发达的今天更是如此。龟，形状丑陋笨拙，行动徐缓，这与现代文化将"快"作为价值理想大相径庭，因为一味求快必然删除人生和生命中很多有价值的内容；与肉食动物也与人类不同，龟以草木和树叶为食，几近无嗜无欲。龟还有一些特性，如将身体匍匐于大地，充分体会与自然土地的亲密关系，不像人类高居楼顶，离生命的大地越来越远。又如龟很少有防范之心，即使睡眠亦是如此，只有轻松自由了，方能快乐长命，不似有的人往往在阴谋、防范、争斗和仇杀中恐惧地生活。

  闲来无事，我常将这只木龟捧在手里，像抚摸一只小猫似的抚慰它。这样我的生命与手泽使之光彩夺目，一如明净阳光下的一块纯金，也像熟透的一只木瓜或一颗芒果，我似乎能闻到从它体内散发出的大地的芬芳。而有了这只木龟，我的生活既充实宁静、泰然自若，又灵性挥发，有一种难以言说的欢娱与幸福感。

鱼的祭奠

许多人宠爱狗和猫,有人甚至在家里养上一头小山羊或一只小老虎。我很不喜欢将这些动物放在家中饲养,主要是因为太脏。它们不是将房间弄得到处是毛,就是让屋子、器皿连同主人的身上都沾上怎么也去除不掉的膻气。在众多的家庭宠物中,我唯独偏爱鱼,靠水而生的干净的鱼。尤其是金鱼,只是那动人的色彩和诱人的身姿就足以令人为之倾倒。

金鱼和金鱼的生活确实很美,它以水为家乡,为生命之根。有时,我看到金鱼在水中游得那么欢快自由,尤其在刚刚换上新水时更是这样,我就有一种错觉,误认为金鱼是生长在水中的花树上,我也仿佛变成那条金鱼,在春风中不停地摇曳,真是美妙无比。有时,我又发现金鱼停止了游玩,静静浮在水中,那副闲适从容、宁定守一的样子,仿佛已变成一片静止的树叶似的。看上去金鱼很小,也微不足道,但它在水中所显示的美与自由,连那些游泳健将、滑冰高手都会自愧弗如。

金鱼赐我良多,但我能给金鱼的却很少。我常常因忙碌和粗心忘记给它喂食,有时金鱼赖以生存的一缸水也变得混浊不堪,直到金鱼死了,美妙的身姿僵硬地漂在水面,我才换上新水和买来新鱼了事。甚至连向死鱼哀悼的时间和心境也没有,就好像金鱼是一个没生命的物品一样。可不是？在人的眼里，一条几寸长的金鱼算得了什么？人类一次战争就能杀死几十万、数百万、几千万人口，那还不是稀松平常的事？

对于金鱼之死，我毕竟不是直接凶手，所以，那对我的灵魂并无多少触动。但有一次，我亲手宰杀过一条鱼的情景，至今令我心里发抖。

与不少人一样，我也爱吃鱼。据说，吃鱼的人聪明，而吃活鱼的人更聪明。为了使这条活蹦乱跳的黑鱼保鲜，我从早市买来，先将它置于水盆养着，直到下午下班回家才开始宰杀它。一边准备好锋利的刀具，一边看水中之鱼，我突然震撼于这条黑鱼的美丽绝伦：傍晚的阳光照亮盛放黑鱼的水盆，整个水面闪动着金光，而鱼儿游得又是那么安详，根本想不到大祸临头，更无惊慌失措的神情，就如同面对敌人的屠刀，一个婴孩所表现出的怡然自得一样。这种美丽是只有对残忍、争斗浑然不觉和一无所知者才会具有的。黑鱼是修长的，仿佛着一身黑衣，它的游走完全是纯良、诗意和神圣的，也如梦一般行影飘忽，这令我想起姣好和顺的修女。

美的欣赏毕竟代替不了口腹之欲，何况妻子从厨房发出的催促声，这不容我再沉醉于审美的享受。于是，我狠下心，拿起刀子，一把捞起黑鱼准备宰杀。可是，黑鱼的皮肤如丝绸也像婴儿的肌肤般柔软滑腻，而此时的鱼也似乎感到某种危险和不祥之兆，它拼力挣扎又滑脱到水中。这增添了我的一种无名之火，仿佛强力受到了怀疑似的，于是，这一次比上次更加心狠手辣地抓住黑鱼，并用刀背猛击鱼头，令其昏死。借着怒气壮胆，我用雪亮的刀锋剖开鱼腹。此时，我的心在发抖，因为从白皙透明的鱼肉刀口中流出殷红的鲜血，那是一股绝艳的残酷，是一个活生生的生命的转瞬即逝。而我手上也沾满了黑鱼的鲜血，这是我第一次体会屠杀的场面，也让我真正体会到鱼肉市场的屠宰者在木板上剖宰鳝鱼场面的惊心动魄。问题的关键是，很少有人为此动容。而我的手却开始发抖，心也开始滴血。

清除黑鱼内脏和剪掉鱼鳍的工作，都是在强迫自己的情况下完成的。那时已完全失去了激情，只是一种厌烦和自责。当时后悔自己不该亲自宰杀黑鱼，真要吃鱼至少不能亲自动手，充当凶残的屠宰者。红烧黑鱼很快上了餐桌，但我早就没了食欲，而是在缄默中想了很多事情。当妻子催我吃鱼时，我也不好说什么，只是机械地吃了两口。因为心情悲郁，心灵颤动，真是食而不知其味，而且还有厌恶和反胃之感，同时，我对因我死去的金鱼也产生了深深的悲悯之情，也对素食者产生了真诚的敬意。

孔子曾说："君子远庖厨。"看来，他是体会过宰杀动物之凶残的。表面看来，杀生，杀死一条鱼没有什么，但渐渐形成的内心的残忍，却是十分可怕的。因此，如何保持一颗善心，以平等的悲悯情怀对待万物，这是我们人类应该检点和醒悟的。佛家给鱼放生是一种醒觉，丰子恺的《护生画集》中对一切生灵的关爱是一种警示，老舍散文中善待小鸟儿是一种清醒，黎巴嫩作家纪伯伦作品中神圣的慈悲心是一种希望。也许以后我还难免吃鱼，但恐怕会吃得少了，连同别的肉类，至少我决不会亲自宰杀鱼或其他动物。最重要的是，我要渐渐丢掉凶残之心，培育一颗善心，这可能是我对鱼的最好的祭奠了。

情之一字
Qing zhi yi zi

"弃石"偶得

那年，我到洛阳讲学。讲座结束后，主人问我想到哪里转转？我说想去看看奇石市场。主人不解，反问道："那有什么可看的？还不如逛逛名胜古迹呢！"我说："天下的名胜古迹太多，看也看不完，何况洛阳有代表性的景致早已看过，所以想一人随便转转。"拗不过我的执着，主人只得随我所愿。为确保我的安全，又想一同聊天，主人一定要陪我同去。

春日的阳光变得分外明丽和妩媚，它仿佛由杨柳的柔顺、玉兰的华贵、牡丹的娇艳、孩子的笑容编织而成。走在洛阳的街巷里，脚下就有一种阳气缓缓升腾，仿佛踏在弹簧之上；心中也如饮了玉液琼浆一般，有沁人心脾之感！而石市空旷院落里堆积如山的石头，更让我眼前一亮，如入宝藏库府一样激动。

看着我如痴如醉在院落的乱石堆里欣赏和寻觅，不少石商走过来围住我，他们一面笑我"没见过世（石）面"，一面邀我到屋里欣赏。因为经他们之眼，已将名石佳作收藏起来，而散落于院子里的就是没多少价值的"弃石"了。但我却不这么看，我喜欢"人弃我取"，尤其从一大堆"弃石"中能寻到我中意的佳作。在不断的寻寻觅觅中，我得到两块石头，并以极便宜的价格买下来。后来，我为它们分别起了好听的名字：一是"石包石",一是"玉开花"。

"石包石"约有四斤重,它的高、宽和厚分别为21厘米、9厘米和6厘米,其状如酒瓶,也像一个凛然而立的将军。酒瓶一般呈圆形,而此石则呈方形,尤其是被包的内石向上伸出,颇似酒瓶之"脖颈",这就显出了它的奇妙与珍贵!此石呈砂岩的灰色,上面点缀着芝麻般的小白点,只是内外略有不同,内里比外面深了些,也粗糙了些,这就显示不同的层次与力度。因外面一层石头将内石包裹了,颇似一件大衣外套披在身上,而伸出的"脖颈"也就像将军之头一样虎虎生威。难能可贵的是,此石方中带圆、粗中有细、规则中又有变化,这就带来了它独特的视觉美、把玩的便利和从中不断悟道的可能。因为外面的细腻润泽,犹如瓷器般美妙,所以视之抚之如玉;方中有圆和圆中带方,又分明让我感到了世界和人生的内涵与智慧,方中有力而圆中有通,于是,一阴一阳中寓含着"道";此石虽非名石质地,但它质地坚硬,且在"石"中包含了更为坚硬的石头,可谓集天地之灵气和神奇于一身。常言道:"石之美者谓之玉。"又说:"石中玉。"此石虽非玉石,但石中有石,也算是石中有"心"吧?再者,此石或站或卧、或前或后、或正或倒,内石均为"人形",那么,石中有"人"必有"心"也。因之,我常让"石包石"立在书案上,它既有孔武之相,又有玉人之姿,可谓光彩照人、不同凡响。

那块"玉开花"更重,约有16斤,其长、宽、高各为26厘米、18厘米、19厘米。之所以称之为"玉",就在于它有"玉质",其色彩由黑、黄、白构成,或单独呈色,或交错杂陈,且三色都有玉质的感觉,细腻而光润、通透而内敛。所谓"开花",指的是其状如花开,它仿佛是一朵三色杂陈的牡丹含苞待放,饱满、光艳、生动而又楚楚动人。在依稀可辨的花瓣中间,有一个凹地,可容水、可放物、可蓄气、可聚财、可含德,而其边缘则爬着一只黄身黑头的金龟，另一边则卧着一只晶莹透明的玉龟。如将此石翻转过来扣在平面，它看上去如蚌、如龟、如螺、如帽，极得丰富内敛、韬光养晦、安如磐石之致。有趣的是，在如龟的伏卧中，其周身有多只龟于其上，或大或小、或黄或黑、或动或静。另外，背部也有一凹处，其中有蟾蜍一只，黑色、光润，潜身于底，仿佛修炼成仙的高僧。我想，此石来自洛阳，它是不是牡丹的化身，否则何以如此气度不凡、出神入化？在风和日丽的春日，我常将它搂在怀中，细心地抚摸，于是，其周身的黑、白、黄以及色彩的交融处，都在厚厚的包浆中泛着花开样的光泽与美丽，令人有心醉神迷之感；有时，我又喜欢在阳台上，借着明媚的阳光，将它高高地举起，并让它慢慢地旋转，仿佛有微风吹拂，于是欣赏它的低首、弯腰、抬头，以及一颦一笑。洛阳牡丹，包括天下所有美丽的花卉，就如同美丽的青春岁月一样，它们都会随着时间的流逝变了容颜，甚至随风凋落、入地为泥；然而，我这块"玉开花"石则不同，它会永远保持着自己的质地与美丽，开放在天地之间。只是不知道，在未来的岁月里，它将归于何处，花落谁家？

在得到这两块"弃石"，也算是"奇石"后，我随店主登门入室，遍阅他们的藏品，有的还带我入其"密室"，让我领略和购买他们的精品和镇室之宝，然而我都不感兴趣，因为其价格动辄以千、万元计，而一旦简单地只用像什么来欣赏石头，那就失于肤浅和狭隘！其实，奇石欣赏一是要象形，二是要神似，三是要在似与不似之间，更重要的恐怕是，它其中包含的天地之大道及其神秘。还有，我喜欢和欣赏奇石往往不以"价格"高低，更不以"众人"喜好为标准，而是用"平民"的眼光，用"人弃我取"的态度。试想，当以极其低廉，似乎是白给的价格，在被人弃放的一大堆石头中，得到我的至爱，那种心情与感受是最快乐和幸福的，而满足与美感也往往就蕴含于其间。这可能就是在收藏领域中所谓的"捡漏"吧？

看着我如此热爱和痴迷石头，陪我去的主人也有些感动，他说："兆胜，你如果真喜欢石头，明儿我带你到深山里去，那儿有个奇石村，村里家家户户都收藏石头，那真叫一个壮观啊！看了那里，什么地方的石头都相形见绌了。"听到这话，我喜不自胜而又充满渴望，于是一夜无眠，满目都是关于奇石的想象的景象。当晚，我想，这个深山老林里的村庄到底有着怎样的故事，有着什么样的奇石、传奇和神秘？天亮前睡着了，但睡梦中也还是在寻找奇石，最后竟然得到一块五彩宝石。

在乘车去往山村的路上，虽然美好的春光无限，但我无心观看，而是一心一意想着奇石村，想着即将到来的美妙与神奇。经过近两个小时的颠簸，我们终于到了目的地。看着沿街两边的石铺，真如走进了唐宋的画面里，我忍不住一个一个店铺观看和欣赏。此时，心中仿佛藏着一只兔子，我有一种按捺不住的激动、兴奋与渴望。然而，令我大失所望的是，几乎所有的石店都是黄河石，即经过打磨抛光的石头，美丽的图案有之，但原生态的石头却荡然无存。这仿佛是一只苹果、一个柿子或一头羊被剥了皮，其本真、自然、纯朴的美被破坏和污损了。于是，当同伴们在欣赏和购买黄河石时，我一个人离开石铺，在大街上闲逛，以释放我的失望与不快！

在仰天长望中，村口有棵老树映入眼帘，那是一棵遮天蔽日的古木，仿佛它以自己的年龄显示着这个村庄的岁月沧桑，也以自己仍然茂盛的生命叙述着这个村庄曾有的辉煌。于是，我渐渐走近它，一是希望能一睹其尊容，二是有所期盼，期盼其下能有灵秀之物。不是吗，老人们常说："老人参常在参天古木之下。""老树下常有狐、菇、古玩等神物出没。"怀着这样的遥想，我向大树走去。或许是农忙时节，上午时光分外悠闲，街道上少有行人，大树下竟无一人，我离大树越来越近！突然，在离大树尚远时,我发现其下有块异样的石头放在另一块更大的石头上,它身上有灵光闪现。我快步上前,竟然真是一块石头,只是它表面看上去并不显眼,在被灰尘包裹中,上面的石洞里还插着不少烟头,仿佛一个蓬头垢面的乞丐。尽管如此,我分明感到了此石决非凡石,因为即使在很远的地方,我都能感到它身上的灵光。于是,我冲上去,一把将它抓在手上,抖落其上的灰土,拔出和抠掉其中的烟蒂,跑到同伴与店主聊天的店铺,用清水将其洗净,然后坐下来欣赏和把玩。

　　老板眼尖,一下子看到我手上的石头,他大感不解而又好奇地问:"这石头是村头大树底下那块吧,一个用来插烟头的废物有什么好?"看着我不吱声,只顾前后左右端详和不停地抚摸,他又说:"这样一块破石头有什么好,你给我说说,也让俺开开眼界嘛!"看着他着急的样子,我就说:"老板你的黄河石看上去也很美,但我不是太喜欢,因为它们是人工的,人工的就失了天然的本性,永远没法与天成相提并论。我捡这块石头虽然很丑,它甚至满目疮痍,但却是自然天成的,是大自然的杰作。"老板听得入神,他已没了刚才的不以为然与不屑,而是一个劲催促我:"还有呢?"我接着说:"此石不大不小,约有三四斤重,在手里把玩比较合适。另外,它还有几个优点:一是石中有洞,就有价值,正所谓的'一孔值千金'是也!二是石呈黄色,正面呈泥黄,反面呈蟹黄,黄色是中国人喜爱的颜色,它代表着朴实、宁静、丰收和智慧,在所有颜色中,除了黑、白,我再就是喜欢黄和红色。三是此石正面是个人头,而且是个骷髅头,有双目、前额,唯独没有森森的白齿,看上去有点害怕,但它有辟邪之功,是室内的辟邪之宝。四是石头的背面像把紫砂壶,它有深厚的包浆,并且光润盈然,滑如凝脂,明清的老紫砂也不过如此。更重要的是,在一块石头上,竟会出现一邪一正、一魔一圣,这不能不说它神奇!"听到我的解释,石铺老板频频点头示意，在眉宇间和眼神里颇有受启和感佩之意。

那次山村之行，虽在石铺中没有收获，但却有意外之得，这就是在古木之下与这块奇石邂逅。将这块石头带回北京后，我给它起了个"魔圣石"的名字。有时，将它放在窗台上，以其骷髅头一面示人，可达避邪之功；有时，将它置于茶几上，以其紫砂壶一面现身，可收娱己之效。但不管怎么说，我与此石缘分不浅，它从遥远的山村来到我北京的房中，由一个被"弃"的遗物一变而为受"宠"的宝贝，真不知是它的"幸"与"不幸"？但有一点是可以肯定的，它不再被"弃"于荒村，也不再成为烟熏火燎的卑贱之物，而是成为我的至爱，一个可有知音交流的神物。尤其在我抚摸、轻扣、吹拂它的时间，此石会发出声响，那是天地的心声，一个知道世界和人生真谛与智慧的精灵的歌唱。

当然，与前两块不受重视、被弃于都市中石市院落的石头相比，这块"魔圣石"更为不幸，它被弃于荒林山村之中，受到践踏与折磨。也正因此，在三块石头中，我更珍爱这块"魔圣石"。也可能因为它相对小些、轻些，更便于把玩，还可能因为它看不透、更神秘，所以我对其的溺爱又增了三分！其实，从人的角度讲，是人"弃"石；但从石的角度看，无所谓"弃"与"不弃"，因为天地有大德，所以"天地不弃"。如果从这个角度说，被"弃"之石为我所"得"，又何尝不是一种"失"呢？

所以，我为此文，算是对我偶得"弃石"的一种反省。一是不敢独"得"，以去己"私"，至少减点自己的"私心"；二是让更多的人知道"弃石"之美、之道；三是表达我之受启，"天生我才必有用""天地不弃"，最重要的是"大美不言""大道稀声""潜龙无用"；四是"我藏石"，更是"石藏我"，与石头的生命相比，人的生命真可以忽略不计了！

情之一字

猪 友

现在的"动物崇拜"风靡全国,有的爱狗,有的养鱼,也有的笼鸟儿,还有的蓄龟,更有报载称,某位女大学生竟在宿舍里宠养了一头小猪崽。

我不是一个动物崇拜者,反而对溺爱动物的人常怀不满。比如,看到一些妇女领狗抱猫、口称宝贝,就有些倒胃口;又如,晚饭后遛狗的人太多,狗大如熊、威猛无比、不加绳索、横冲直撞,就让我既怕、又惧、还恐、更恨,莫要说随时都要防着踩狗屎了;再如,一个人高马大的男子汉,手牵一个小得不能再小、穿着小衣服的袖珍小狗,在路上闲庭信步,总给我一种滑稽、反讽和迷茫的心理感受;还有,媒体常报道收养流浪狗的所谓"爱心人士",她们将自己的工资、积蓄都用在收容这些被弃的动物身上,即使将家中弄得臭气熏天也毫无怨言,对此我总感到这种"爱心"是用错和用偏了地方。

不过,我不是一个没有同情心和爱心的人,也曾与动物有过亲密接触,尤其是小时候曾有一段"与猪为友"的时光,并对其进行过细心观察和体味,从中受益良多,由此所生的感慨可谓悠远深长。

作为贫穷年月的一个农村少年,我常感到无边的寂寞,因为没有玩具，更少有玩伴，但岁月却像家门前的树影子一样长，所以慢慢就将兴趣转到自家养的鸡、鸭、鹅、猪身上。记得我家曾买来一头小黑猪，嘴唇是白色的，浑身滚圆，毛色晶亮，眼睛黑白分明，一时不停地摇头晃脑、四处张望、东奔西跑，后来将它圈在圈里，它也总不安分！这个活物让我一下子快乐起来，给它喂食、让它喝水，还为它到山野拔青翠欲滴的水草，这几乎成为我每天的工作。为了让它更舒服些，我还将猪圈的下台垫上干净细致的泥土，在猪圈的上台铺上松软舒服的干草，有一次，我还试着跳入猪圈给猪抓痒，但因它的敌意只得作罢。

秋收一过，农村就进入复收阶段。所谓复收，就是村民尤其是农妇到田里将遗漏的地瓜、花生等再收获一番。一般而言，复收三遍过后，就到了给猪放山之时，即由生产队某社员负责，每天将全队各家的猪赶到一处，而后集中将猪们赶领到山里吃落在地里的地瓜、花生，天黑前再将猪送回来，让各家将自己的猪认领回去，这颇有点像今天送孩子上幼儿园的程序。

第一天将自家的猪送去圈场并非易事！领、赶、哄、诱、打，可谓无所不用其极，但即使这样，它还是瞅准机会就往家跑，第二次再赶出来往往更是难上加难！几乎所有的猪都是如此，所以当猪们"上班"的时候一到，整个山村热闹非凡，人声、猪的嚎叫、狗的狂吠以及鹅的高亢放歌混合在一起，成为一曲动人的山村交响乐。圈猪之地多选在一个胡同内相对开阔的地带，只有两头可以进出，一旦让两人把住胡同两端，猪们就无法逃逸。

当我将我家的小猪赶进猪群，那可是一个相当壮观的景象：大猪有的重达数百斤，还有的恐怕有上千斤，和我家的小猪相比，那真可谓是庞然大物；有的老母猪肚子特大，肚皮几乎贴着地面，动作相当迟缓，尚未长成的猪崽前呼后拥跟着，可谓众星捧月；为了易于辨认，各家都为自己的猪做了记号，有在白猪身上涂上颜色的,有在猪耳上扎上红布的,有在猪身上剪出姓名、数字、图案的,这与后来的化装舞会颇为相似!那时的屎尿都有用处,所以有心机的勤劳农民早就备好工具,专等着猪们大小便,一旦有征兆就马上将长柄水瓢和铁锨伸过去,完事后直接将"战利品"收入尿桶和粪筐。当然,也有不听话的有个性的猪,他们随地大小便,所以圈猪场所很快就变得肮脏不堪和屎尿流溢了。好容易等到各家的猪们到齐,看管员一声令下,于是一群猪就被赶着上路出发了,那真可谓是浩浩荡荡、威风凛凛,尤其是用牛皮做成的鞭子梢一声声脆响,仿佛将整个山乡点燃和照亮一般,于是偏僻沉寂的山乡一下子变得生机勃勃了。

有趣的是,晚上猪们从山里回来,各家再去圈场认领,原本不愿离家的猪此时却兴高采烈跟着自家主人回家,仿佛它们一下子变成了人,这让我感到猪的可爱与聪明。当然也有猪被弄丢的时候,于是管理员和猪的主人一起寻找,在全村各个角落,到邻居家里,回到山中,最后有找着的皆大欢喜,如找不到可就永远遗憾了。猪们在一起整体上是友好合作的,但也有打架斗殴的,但经过一段时间后,他们彼此熟悉,也就相安无事了!当冬天来临,雪花飘落,尤其是风寒地冻之时,猪们柔软的嘴唇再也拱不动深厚的冻土,经几番折腾的大地再无多少内容,给猪放山的期限也就结束了,猪们就只有各自回家,于是长时间培养起来的友谊恐怕只能留在猪和人的记忆中,而圈猪场的热闹与繁华也很快变得寂静和落寞,一如一场秋收过后的无边的田野。

想当年,乡村给猪放山之事功莫大矣!与当下养猪场的猪相比,那时的猪是幸福的,它们虽享受不到现代化的设备和卫生条件,但有交友、恋爱和在广阔天地奔跑的自由;与现在的许多猪们注定了必然短命、很快成为人们的口中餐不同,那时农村的不少家庭爱猪如命,甚至一直不舍得将猪卖掉,而让心爱的猪寿终正寝、老死窝中,尽管家中一贫如洗。在这个世界上,最可怜的动物无疑是鸡、鸭、鱼、猪、牛、羊、骡、驴、马，它们仿佛生来就是为人所役，为人所食，而猪、羊、骡子尤甚！像驴和马一生劳苦，却有交配和生儿育女的时候，但骡子则不成，它仿佛是动物中的"宦官"，只有一生辛苦、背负重荷，直到死去的那一天。所以，每当看到毛色漂亮、美丽优雅、高大雄壮、眼中脉脉含情的骡子，我都会心生说不出的怜悯与忧伤，就想用手去抚摸它那如丝绸和云彩一样的毛发。猪和羊也是如此，它们吃的是草和劣质的饲料，但却是人类最大的肉食供给来源，其鲜美的肉质不仅营养丰富，而且百食不厌。最重要的是，猪和羊都有着温顺、动人的眼睛，是动物中最易受到欺凌的一种，所以它的得来最不费工夫，因此人类在它们面前也极易露出残忍的本性。小时候，看到猪们被屠宰，尤其是妇女杀猪，白刀进去、红刀出来，那可是一个至今令人惊悸不安的场景，猪的无望眼神与绝望嚎叫，像河流一样的血的涌流，被大卸八块和剥掉皮毛的裸体，都是人类最残酷的罪孽。前几年，我到外地出差，在高速公路上，我乘坐的车外有辆大卡车，上面装着数层活猪。为节省空间，猪们竟被放倒在铁板上，紧捆住它们的铁索死死陷入猪的身体、脖子中，有头白唇的黑猪向我投来绝望和求救的眼神。因为我们的车与卡车相互几次被反超，所以我就能数次与白唇黑猪的目光相遇。那时，我的心理防线轰然倒塌，泪水涌流，这让我想起少年时饲养过的那头小猪，以及它的成长和结局。

经过一个深秋的放山，我家那头小黑猪一下子长大了，仿佛变成一个健壮漂亮的"小伙子"似的，它身段修长、毛发油亮、活蹦乱跳、神采奕奕，又很快它变胖变老了，行动也迟缓和呆滞了。有时，它吃饱了躺在秋日的暖阳中休息，我就到猪圈里和它玩耍，它只哼两声就不再拒绝，更不表示反抗。我一边给它抓痒，一边哼小曲儿给它听，它变得特别老实听话，且有一种满足和陶醉，因为它放松了全身，主动向我伸开四肢，还用半睁半闭的眼睛看着我。当我触摸和抓挠到猪的肚皮尤其是它的腋下时，猪变得快活舒坦，我也能从中感到柔软、细腻、温热和信任，这是人与动物之间所发生的最美好的故事，也是我和猪之间产生的最直接、真实、快乐的感受。我还在其身上和腋下抓出虱子，这可能是猪最高兴、最感谢我的地方。那时的我还真想与猪躺在一处，彼此体会对方的信任和友情，但因猪圈里臭味难闻，也因猪身上有可怕的虱子，而没有那样做。不过，在一个少年寂寞的心怀中，这只猪自小到大再到老，还是占据着相当重的分量的，说它是我的友伴也不为过。也正因此，看到高速公路上的那头白嘴唇黑猪，更增加了我悲悯的情怀。

"沐石斋"记

中国文人多雅好，故事也多，这介乎于有聊和无聊间。知之者往往抱有同情之理解，甚至服膺之、和乐之；不知者往往一笑置之，如手拂尘，有人还会露出不屑。这都是可以理解的，因为人各有其志，趣味迥异，当然就有不同的风姿绰约。以书斋命名为例，如果说文征明的"玉磬山房"、梁启超的"饮冰室"、胡适的"藏晖室"、梅兰芳的"梅花诗房"、梁实秋的"雅舍"充满古雅之气，那么杜甫的"浣花草堂"、石涛的"大涤草堂"、纪晓岚的"阅微草堂"、傅抱石的"抱石斋"则草根味儿十足，而蒲松龄的"聊斋"、刘鹗的"抱残守缺斋"、周作人的"苦茶斋"、林语堂的"有不为斋"、沈从文的"窄而霉斋"则有自嘲和幽默意。作为文人，我也为自己取了个雅号"沐石斋"，而且还时不时加在散文随笔后面，以述心怀。

在我的斋名中，最重要的是"石头"，从中可见我对石头的喜爱。这让我能够理解傅抱石的"抱石斋"所含的深意，那种对于石头的痴迷。因为我家石头可谓多矣！大的小的、方的圆的、长的短的、宽的窄的、粗的细的、黑的白的、红的绿的、文的野的、美的丑的、正的奇的、润的枯的，可谓应有尽有。仅从石种上说，我收藏有沙漠漆、大化石、黄腊石、灵璧石、泰山石、菊花石、萤石、木化石、雨花石、玫瑰石、孔雀石、九龙壁、陨石、砚石、寿山石、青田石、战国红、南红玛瑙，当然更有林林总总的许多叫不上名的石头。如那一年回山东老家，重登蓬莱阁、游长岛，就买到了一块鹅卵石，它小不盈握，大如鸡蛋，光润如婴儿肌肤，上有猕猴挂树奔走之意象，可谓掌中明珠一般。走进我的家中，不论是书房还是厅室，抑或是卧室，到处可见石头，用石之山海形容亦不为过。不过，比傅抱石先生更胜一筹，我与石头有肌肤之亲。在我的床上，一半是石头。伴我夜眠者有数石矣：一是十多斤重的黄腊石，它形状如枕，于是成为我双腿之枕石；二是一斤重的翡翠原石，它形如山子，细滑如瓜，常被放在我的右腋之下；三是半斤重的和田青玉籽料，百元购得，玉与僵互参，玉质细腻，僵地粗犷，其形意如藏龙卧虎，甚美妙，我让它伴在左腋下；四是左右手各握两块普通石子，取通灵之意。炎炎夏日，我很少打开空调，有石玉丝丝凉意浸润，自是神清气爽，一得天然与超然，可谓沁人心脾和美不胜收；到了秋冬，尤其是天寒地冻，虽不能与石同眠，但将它放在身边，时不时触碰一下、拥护一回、抚摸一过，虽有寒气，但它来得清明，如藏香醒脑，似针砭时弊，也会在夜的昏瞶中仿佛有大光照临。石者，知音也，吾之师也。由此方知，古人米南宫见石即拜之传言不虚，亦不足怪哉！而以之为怪者是怪者也。

那么，何以在"沐石斋"中有一"沐"字？

一是除了石头，我家是木的天堂。装修房子时，我的一个基本要求是全用实木，拒绝三合板等人工家具，据说用复合板装修，十年污染不去，可谓怪病之源也。今天，我家的纯木家具虽非名木，但却纯朴自然、温馨如诗，给人的感觉好得不得了！当时的购价虽贵，但却是值得的。记得当年囊中羞涩，下决心购得一张雕花硬木双人床，花费一万多元，可谓奢侈之极，然今日观之，仍坚实美妙，既实用安定又养眼静心，不亦快哉！因为那时没经济实力，家具不是一次购得，而是一件件买来，在散漫中也有余味儿。有一次，我看中精致枣木方桌一张、靠背椅子两把，价格高达6000元，几经犹豫后终于凑够银子将它们买回家。这套桌椅几乎没多少实用价值，只是用来摆放音响，但它深沉的红色、温润的光泽、优雅的线条令人心驰神往，尤其是伴着美妙的乐音，它们仿佛带了神的灵光，与从窗户透进来的温煦的余晖一样，自由快乐地翔舞和飞扬。因此，我常用手去抚摸它们，用目光去熨平它们，以一颗诗心，而它们也报以泪光留痕般的感动。还有，我喜欢各种木头，因此也尽力去收集，像桃木、梨木、柏木、黄金木、紫檀木、绿檀木、黄花梨木、楠木、黄杨木、竹木、麻梨木、胡桃木等，都是我喜欢的。我还喜欢各种树籽，像菩提子、桃核、橄榄核、核桃、枣核、杏核等，都成为我的藏品。别人吃杏、枣甚至芒果时往往将核扔掉，我却将它们洗净、晾干，置于盒中，闲暇时取出来玩赏。因此，一把枣核在手中越搓越亮，如舌头般的芒果核在手中轻如纸、细如丝绒，如发辫一样清晰的纹理令人想到鲜果的清香，它一直缭绕于心间。身在天然木质承载的家中，心灵也为之软化，尤其是经了岁月打磨和熏染之后的木质，它散发着年轮与人性的光泽，给人带来醇熟的智慧和悠远的冥想，一如白云的悠然飘逝，也似黄粱美梦不断荡开的境界。

二是我喜欢树，喜欢葱郁激扬的树之张扬。每当周游各地，我都被各式各样的树木所笼罩和迷醉，尤其在风中，如大海波浪一样翻涌的青翠竹叶让我浮想联翩，情感不能抑制。坐在四层楼家中，抬头可见松树梢在风中摇曳，并嗅到桂花香的款款飘来，那都是生机勃勃的树木最美好之赐予。而家中的木器则将万木逢春的生命真义保存起来，藏在岁月人生的皱折之中，时时给我以慰藉，也需要不断被我们唤醒。因此，我是希望与这些来自天然的木质形成对话，用手、眼、心以及感觉和灵性去体悟，从而获得知音之感。当将一个木质手串，经过天长日久的把玩，变成满满的包浆，透出珠圆玉润之美，那是一种生命的灌注与交流，其美妙是难以言喻的。表面看来，这些离开大地与生命之树的木头，已经干枯和死亡，其实，它是另一种生命存在形式，是将生命内化与收敛后的丰足与快乐。而我与之为伍，就是在宁静与平和中，重新唤醒和体会其间曾流动过的生命伟力。

三是在这个"木"中加水，乃成为我的"沐"字。因为"木"有水则生，人生亦然！当干枯的木头，因为有"水"，哪怕是意念之"水"，它也会获得深厚的底蕴，带来生命的盎然，以淡淡的、温情的、内敛的方式存在着。还有，石头有水则活，无水则枯，水是石头的眼睛和灵光，给石头"沐浴"就会使之不断葆有灵气与生命。当然，面对木石，我既要发挥作为人的主体性和创造性，从而赋予这些物体以生命的灵性；但另一方面，我在木石面前，要以谦卑之心，以斋戒的诚实，沐浴更衣，以之为师，以获得更多的感悟与启示。这样，一个"沐"字，就是对于我的真正的沐浴和洗礼。

在木石之外，我家最多的是书，一片书的海洋。我穿行其间，一如帆过大海。客厅的书架若长城般高耸、绵长、悠远，书房的书籍累积如山、山丰海富，地上、床上、桌子上到处是书。我喜欢书，除了知识，还因为它们与木石有关：书籍是木头的另一种生命存在形式；《红楼梦》不仅是一本"石头记"，还有木石之盟；在许多书页中，不是藏着颜与玉吗？在知识分子的情怀里，可能没有谁能够例外，从历史的书页中体会出"木石之盟"的温馨，以及挥之不去的永恒的怀想与记忆。生命如流水一样逝去——不舍昼夜，但在一个书生心中恐怕更多的则是，以夜深人静时翻阅书页形成的心声，聊慰平生的波折。从这个意义上说，我家中的书，是另一种木石的生命存在形式，甚至是能够飞动与升华的吉光片羽。

一个书生的理想可能是袖里乾坤，他往往更愿意陶醉于这样的境界：在香气缭绕中，伴着书香、握着玉石、抚着古琴，听一个时代甚至远古的回声，有时在现实中，有时在梦里，以一种宁静致远、纯洁无瑕、悠远超然的心情。这就是我的"沐石斋"，一个自得其乐的所在。

第四辑 真情所寄

美梦成真

千人千面，万人万心。我们可以根据不同的标准，对人进行分类：高与矮、胖与瘦、黑与白、美与丑、善与恶、真与假、诚与伪、巧与拙、刚与柔、静与躁、明与暗，等等。除此之外，恐怕还有一个更重要的划分方法，那就是有无梦想，有没有将"美梦"变成现实的努力和毅力。作为个人，他应该努力追求自己的"梦想"，一个家庭、一个国家甚至包括整个人类都当如此，美好的愿景一旦确立，不论道路多么曲折坎坷，我们都要将它变成现实。

我是一个农民之子，而且生长在极其贫困的年月，兄弟姊妹多达六人，加之母亲多年重病在身，可以说一家人一直奔波和挣扎在生存线上。就像一丛灌木，因缺乏阳光、雨水的滋养，它叶焦枝枯、奄奄一息、濒于死亡！还记得，我家一天三顿饭主要是吃地瓜（或地瓜干、地瓜面），因为吃下地瓜后心中火烧火燎，所以我总是拒绝吃它，因此肚子里总是空空洞洞，难受至极！本该是长身体的年龄，结果骨瘦如柴、有气无力、弱不禁风。不过，我那时并不心灰意冷，更没有厌烦绝望；相反，心中总有一个希望在，一个美好的向往，甚至可将之称为梦想的东西在闪耀。比如，每当在菜园里看到黄瓜、西红柿、豆角等五颜六色的花朵开放，在村里村外看到槐花结满枝头、清香四溢，在田间地头看到天上悠悠的白云，我都有一种发自内心的感动，一种心花怒放和仙人醉舞的感觉，于是所有的饥肠辘辘和生活忧愁仿佛都淡远了。当小麦成熟的季节，满山遍野都是滚滚的麦浪，麦芒在阳光的照耀下闪着刺眼的光泽。此时，我躺在地头上，设想着有一种大力将我轻轻托起，放在麦浪之上，更准确地说是放在麦芒之上，我可以轻得正好不让麦芒刺伤和刺痛我，而作自由自在的飞扬。我还希望自己能随着金光再飘到天边的白云之上，让它如飞毯般将我驮到大山的外面去。这是一个一贫如洗的农民之子的"童年之梦"，一个长了翅膀、涂了蓝色、闪着金光的美梦！后来，我有了更多的机会乘飞机远行，童年的梦想终于变成现实，那是一种轻灵、滑翔、飞动的感觉，尤其是飞机在棉絮似的白云中穿行时更是如此。

童年的幻梦很快就过去了，就像花朵的开放，也像早晨草叶上的露珠一样转瞬即逝。当母亲以49岁的年华告别人世，离开她心爱的六个子女时，13岁的我突然间懂事了，因为我觉得脚下的大地陷了下去，没人能够帮我，只有靠自己的力量挣扎出来。于是，我将更多的时间和精力用在读书和上学上。二哥喜欢读书，他借来的小说也成为我快乐的源泉；在学校读书时我异常用功，为的是对得起母亲，因为母亲生前说过："要好好读书识字，有文化的人才有见识。"那时，还没有高考制度，学习好到底有何用处也不知道，只觉得要多读书、有文化，做个母亲希望的有见识的人。因为家里穷，祖上又多是文盲，所以家中除了课本几乎没有别的书，但对书的渴望却是异常强烈的。

1977年，我以优异成绩考入乡镇中学，并当上了班长。这在我家和我村都是件大喜事，因为在我的家族中除了堂兄，再没有第二个读过中学。而且，此时正赶上恢复高考制度，通过读书可以考上大学，可以脱离农村户口，可以到外面的世界去闯荡，这一连串的想法是一声声召唤，也仿佛是一种诱惑，它激起了我更刻苦的努力与奋斗精神！当时还有一个奋斗目标：那就是在高二考上重点中学，而一旦进入重点中学，离考上大学也就只有一步之遥！幸运的是，我于1978年考入重点中学蓬莱二中，记得当时我们乡镇中学只考去36人。

不过，我考上大学的梦想在1979年化为泡影，并且这一年成了蒙羞之年！也不知道是什么原因，刚入蓬莱二中时自感学习还可以，但渐渐地成绩开始下滑，临近高考我几乎滑到了谷底，成为班级的倒数第几名。最后，学校采取了一个大调整，即将四个重点班中考大学无望者集中在一起，准备应考中专，我就是其中之一。这一转变使我的自尊心受到了重创，但也毫无办法，因为那时自己实在没有考上大学的自信。但转念一想，作为农民之子，能考上中专也该知足了，哪能太过奢望！然而，这一年我连中专也没考中，可谓真正的名落孙山。1979年秋，当与我一起从乡镇中学考入蓬莱二中的同学，一个个纷纷进入大学读书后，我又回到原乡镇中学复习，准备来年的中专考试，因为压力过大，又营养不良，精力不足，1980年我又一次尝到了失败的滋味儿。第三年，我由理科改考文科，到了离家80里远的一所普通中学复习，平时学习尚可，但因压力过大，考试期间终夜失眠，数学发挥失常，结果又落考了。1981年秋是我的第四次高考，这一次又回到蓬莱二中的重点文科班复习，这仿佛是个好兆头：经过数年的奔波，我又回到了起点。平时考试我一直名列前茅，在年终摸底考试中，还取得了全校文科第一的好成绩！1982年高考，虽然仍因考前失眠，数学成绩大大失准，但终于如愿以偿，以高出分数线30多分的成绩，被山东师范大学录取。高考之于我，无疑是一个梦想，数年的拼搏奋斗，既留下了失败的深刻的印痕，也是自我承受力和意志得以磨砺的过程，像苦水里泡过、沸水里煮过和烈日下晒过的果实，我自感有了某种坚硬的内心。在高考体检时，我第一次登上蓬莱阁，也是第一次感到了它凌空欲飞的不同凡响，它仿佛在将整个身心都探向大海之上的蓝天白云，投向遥远的大千世界，于是我感到自己与蓬莱阁的梦想融为一体。在蓬莱阁的风姿中，我似乎略有所悟。

在我考不上大学的数年间，村里人议论纷纷：有的说，看来高考真难！也有人说，王德忠的老四够呛，脑瓜子还是差点。还有人说，命高八尺，难求一丈，老四也真该认命算了！当然，也有人表示，想不到老四还真有一股子不服输的劲头！而当我考上大学，全村人做出的反映异常强烈，大家似乎异口同声地说："老四这小子还真行！大学还真让他给考成了！"赞赏、佩服和同情之情溢于言表。进入师范大学最令我惊奇的是免费吃饭，即国家每月发给每位同学22.5元的伙食费，而且我们可以自择饭菜。进入食堂，家境富裕者恐怕没什么感觉，但对于我这个总是以地瓜、玉米面为食的农家子来说，真如刘姥姥进了大观园：白面馒头发出醇厚的芳香，包子和饺子洋溢着喜悦，米饭粒粒如珠玉，一盆盆炒菜依次摆满了餐台，上面的肉片仿佛在闪动……当时，我的肚子虽然总有吃不饱的感觉，但这些美味佳肴确使我这个贫苦的农民孩子喜不自胜，曾心生感叹：原来外面的世界这么美好！这是我平生少有的幸福感和自豪感。

大学四年，我度过了愉快美好的时光，因为一直做学生会干部，所以开始还有一番从政的雄心壮志。但随着自己的成长，我越来越感到应该更上一层楼——报考研究生。因为别的同学都是一入校就准备考研，我是最后一年多才痛下决心改弦更张，由热衷于仕途转向学术之路，所以有点儿临时抱佛脚的意味儿。不过，确定了奋斗目标后，我主要注意三件事：一是心平静气，旁不及骛，这样才能保证高效；二是每天锻炼身体一小时，保证身体好和效率高；三是刻苦、认真、努力，将更多的时间用于学习，我每天的学习时间竟高达16小时以上。功夫有负有心人，最后我考取了著名学者朱德发先生的硕士生。这大大出乎同学们的意料,所以令他们对我刮目相看,有同学竟在我的毕业留言册上这样写道:"兆胜精神万岁!"这句赞词虽让我受之有愧,但它确实表达了对我毅力的肯定,并成为我今后继续努力的一个助动器。硕士三年,从朱老师处受益匪浅,除了确立更高的目标,用心向学外,我明白了为人为文之道,像诚恳、善良、热忱、质朴、宽厚、仁慈、求新等。硕士毕业后,妻子留在北京工作,为解决两地分居,也为了进一步深造,我决心报考中国社会科学院研究生院的博士。因为当年博士招生名额很少,中国社会科学院每个专业的招生更少,加之它考试的难度大,竞争力强是可想而知的!为了实现这个目标,我一人在济南全力以赴,背水一战,真有点"面壁十年图破壁"的精神,最后以第一名的成绩考取林非先生的博士生。在林先生门下,气氛自由宽松,尤其是他的博闻强记、仗义疏财、雍容大度、恬淡人生和春风化雨,最令我感动。林先生对我最常说的一句话是:"多注意身体!一定不要累着。早睡早起,白天的时间足够用了。"今天,我能有点儿进步,主要应归功于我这两位恩师,是他们不弃不离,并在学业、人品、生活上关爱我,并给我以榜样的力量!

家父在我考上大学后就喜上眉梢,当我考取硕士、博士,他更是喜出望外,甚至有点得意忘形。因为他只读过三年小学,能识的字像玉米棒子那么大也装不了几篮子。当村里人问他:"王德忠,听说你家老四考上了硕士、博士,当真?"父亲就会自豪地说:"可不是吗!"村里人又问:"硕士是个啥吗?"父亲就吞吞吐吐地说:"我也说不好,怕是与省长差不离吧!"别人接着问:"那么博士算个啥?"父亲就会口气更大地说:"估计与总理也差不了多少罢?"虽然家父不知道儿子读到博士意味着什么,但以他农民的眼界和想象力,儿子一定是很了不起的。少年时,父亲曾下狠劲儿多次打过我,但自从我考上大学,尤其是读了博士，他看我的眼神就不同了，那是一种信任感、自豪感，甚至还带有一种神秘感。每当我跟他说话时，他总是认真地听着，仿佛我总是正确的。记得，1995年父亲的肺气肿非常厉害，见面后他总是说自己已经不行了，但经我的劝说，他信心大增，每天早晨按时出门锻炼，此后竟然又活了12年。家父去年辞世，享年83岁，他的离去带走了遮挡我人生风雨的最后屏障。但在父亲眼里，我能一步一步实现自己的奋斗目标，一定得到了神助。因为有一次，家父带我去看祖坟，神秘地告诉我说："你知道吗？我把祖坟往这个地方挪动了一下。"

  自1996年博士毕业至今，是我学业不断追求和进步的十年。开始时只住一间平房，后来住进二室一厅50多平方米的楼房，但由于我们夫妻自己抚养孩子，书籍又太多，家中几无容膝之地，所以生活十分艰苦。加之外面的诱惑又多，人生之路如何走，对于许多人来说一直是个难解之谜。但我坚如磐石、矢志不移，一心向学，倒也快乐自在！如果说以前我一个一个实现了自己的梦想，那么今后我还有一个更大的梦想，那就是在学问人生的道路上走得更远、更好！在与妻子结婚时，我曾提到这样的梦想："这一生中，我要好好努力，争取出版100本书。"那时我没出过一本，文章也只发表过一篇，妻子当然一笑置之！至今我已出版十多本书，编著和编选著作亦有近十种，100多篇学术论文，也算略有成绩了，这是令我这个智商平平者"沾沾自喜"的地方。因为在我的人生中，我很少跟别人比，更多的是与自己比，与考不上大学的那个"我"比，因此我不受社会浮躁之气的影响，我一直是知足常乐的。如果说，以前我不知道从社会最底层出来的农家子到底能走多远？那么今天我已有了足够的信心，那就是：只要有梦想，只要保持一颗平常心、恒心和感恩的心，就可以"梦想成真"。因为以前那么多艰难困苦的日子都过去了，今后的道路应该越来越平坦了。

从人生的意义上说,面对眼前的世界我已非常知足。试想,原来住房狭囚,现在有了宽敞的大房子;原来只能向人借书读,现在可以自由出入京城各大图书馆借阅,而且我自己的藏书比较丰富,可以拥坐书城了;原来求学阶段艰苦,要应付各式各样的考试,现在可以按照自己的心性,从事自己喜欢的研究;原来为了专业发展无暇顾及其他,现在可以兴之所至、爱好广泛、充分享受生活的丰富多彩。比如,当人们都去上班之时,我可以身在家中,动情地朗诵诗词歌赋,安静地陶醉于美妙的乐音之中,闭目冥想世界人生和天地自然,因为快乐、自由、幸福的人生存于我的内心,存于一片氤氲的诗意盎然之中。尤其重要的是,我们的生活无衣食之忧,没有战争,没有地震,身心健康,每年都有春天的烂漫、夏天的热情、秋天的灿烂、冬天的收敛,这样我们就可以有更远大、更美好的人类梦想。

童年的梦是短暂的,但它是我心灵的底色;考上大学是农家子最大的奢望,它用去了我多少个青春岁月;读硕士和博士的梦想是一双翅膀,它助我自由的飞翔和大胆的超越;学术人生是我最后做出的坚定的选择,用手中之笔来描绘心灵的天空、思想的高山、精神的海洋,这需要我用一生和整个生命去真诚地拥抱。我的经历给了我磨炼和自信:"美梦"通过努力是完全可以成真的。然而,就是不成"真"也没有关系,只要不失去本心,心中常常有诗、有爱、有梦,就一定不会感到生活的虚幻,而是"真实"地品味着生活的美好。

沉荷中的人生漂遥

在中国的北方有着独特的景观：天空少了些如棉如絮的云朵而多了些高远辽阔；山峦少了些峭拔神奇而多了些浑厚朴实；田野少了些迤连浪漫而多了些遥远的地平线；河流少了些轻灵清透而多了些深邃浑厚；人们少了些轻巧灵秀而多了些沉实质朴。我就是生长在中国北方这样的自然人文环境里，而且被这样的山山水水、风土人情陶冶了数十个青春岁月。每当大雪纷飞、万物萧瑟、天寒地冷时，我又长满一个年轮，这个年轮随着凄凉呼啸的北风一同滚进我永恒的记忆之中。

对比历史的长河，我的阅历比针尖样的泡沫还要小；而对比我的一生，我的阅历却比金秋的太阳还要大。数十年的人生如一个大大的太阳将我的灵魂照耀，并给予我永恒的启示。

或许在一般人的回忆中，逝去的青春岁月多是甜蜜温柔的，而在我的记忆中，它却多是苦难、痛楚和沉重。像永远驮负着中国北方厚重的山水，我感到难以承载的重荷，随着自己生命的延伸，这种负荷越来越沉重，有时自己真有被压成照片之感。然而，艰难的人生中我总能找到一个个支撑，一个个扶助我走下去的巨大力量。

在十三岁那年，因母亲去世，我稚嫩的肩头就负载着泰山一样的沉重。那时，在贫困劳顿中，唯一能点燃我生命的是，那一小块罕见的金光灿灿的玉米面饼子和早晨如过年一样难得的香甜美妙的懒觉。高考前两年，我忍着难挨的饥饿拼命学习，只是为了挣脱农村那根系在脖子上的无形铁索。还有，六年来夫妻分居两地，我感到一种绝望，像太阳和月亮永远是天各一方，难能会面，而剩下的只是永恒的期待和永久的祝愿！每当时令深秋，落叶随风飘舞找不到自己的归宿，我的思绪就如这秋叶一样抑郁悲凉。尤其在深夜，只身躺在床上，怒吼的北风仿佛要把小楼抛入天空，那扯不断又拉不长的风声如泣如诉，让人肝肠寸断。每当此时，我常想起"天仙配"的故事，心里吟诵着"抽刀断水水更流"、"恰是一春江水向东流"的诗句。支撑自己度过那无数岁月的是夫妻团聚的点点希望。

夫妻团聚，生活安定下来，然而自己身上的重荷有增无减，自己常陷入西绪佛斯神话式的魔场中。我常感到一种虚妄，一种悲凉，一种无以附丽的孤寂。比如，我们早晨起来都要洗涮、吃饭，而后是工作、吃饭，再后面又是睡觉，天天如此，这种简单的重复令人难以忍受。又如，我们常常因为缺钱而苦恼，殊不知有了钱也很苦恼。仅以吃饭为例，又要买菜又要做饭又要吃喝又要清洗餐具，枯燥乏味。还如，人为什么要在肩上长出一个头颅？人长一嘴又为何故？人的双腿机械的行走又意味着什么？……这些问题往往让人百思不得其解。浸入无边的悲剧和伤怀之中，有时自己心中进行着一场殊死搏斗，那锋刃在闪电照耀下寒光闪闪，令人不寒而栗。支撑我克服孤独的往往是文学艺术，是文学艺术中那一份真情与灵性。我常会为一份真情激动不已；我常会在一片绿叶中感到流淌的生命海洋；我也常会在细雨绵绵中享受一份实在、一抹温柔；我还常会面对漆黑如墨的黑夜沉思，在平静与无边中感悟其中的深邃、静默……人生苦短，根本上是悲剧式的，但有意义的人生必有一个理想去充实。就是说，一个人无论如何，要想得到幸福、快乐和轻松，他必须为了信仰用审美的态度去存活，哪怕这个信仰仅仅是要看到河对岸的一棵普普通通的青草。

很可能自己还要在这个世界存活几十个年头，虽然我知道在北方山水的哺育下，在知识和智慧海洋的沐浴下，自己会日复一日感到身上的负荷越来越重，但是，我心中有一片净土，上面流淌着一条不冻河，它可以让我面对一切苦难艰辛，面前的障碍也会像土块遇水，雪遇阳光般消融，尽管在这之后还会有数不尽的障碍挡住去路。

值得庆幸的是，在沉荷的人生旅程中，我找到了消除障碍的净土和不冻河，使我在沉荷的人生中轻松、自在、漂遥……

我常觉得自己极像一个地球：它有着惊人的重量要自己承受，但又不以其沉、不以其重、不以其苦、不以其累，而是以其难以想象的轻灵潇洒，在空旷浩瀚的宇宙中自由自在地悬浮和漂遥，如一个绚烂的辉煌的梦境。

情之一字
Qing zhi yi zi

健康的生活方式

如果说从世界范围看,当前有哪些重大问题亟待解决,人们或许不约而同地指出是贫富分化、反恐防恐、环境保护和霸权政治。这无疑是正确的,但还有一个问题不容忽视,那就是"健康"和"健康的生活方式"。"健康"虽然就在我们身边,但人们对之却经常置若罔闻,而养成"健康的生活方式"则极不容易,而从年轻时开始就做到这一点更加困难。

据统计数字表明,至今人类的平均寿命较以前大大提高了,这恐怕与世界的相对和平,科学技术的高度发展直接相关,但也应该看到,人类的健康并没有摆脱可怕的威胁,有时它还以另一种危险的方式呈现出来。

最引人注目的是环境污染对人类健康的影响:不要说工业生产排放的大量有害物质直接危及人体健康,就是我们吃的粮食、水果和蔬菜因有害物质超标也是可怕的,更毋宁说商人为牟取暴利而生产的假冒伪劣产品害人不浅。这是众所周知的。

另一方面,时下人类的身体健康状况堪忧,最明显的表现是一些疑难病至今仍未得到根治,且有愈演愈烈之势!如心脏病、高血压、糖尿病、癌症等一直是人类健康的最大杀手。以癌症为例,虽然攻克癌症的"灵丹圣药"被吹得神乎其神,但却少有见效者！二十年或十年前，它离我们还比较遥远，属于新奇疾病，如今却成为普通病，其突出的表征是患者多、患龄小、患者死亡率高。肥胖症不仅是美国等发达国家的健康隐患，在中国这样的发展中国家也不可忽略，它成为影响人们身心健康的重大障碍。而且，这一现象具有年龄的普遍性，即不仅仅是中老年，就是年轻人，甚至中小学生肥胖者也不在少数！还有英年早逝的情况令人痛心。许多优秀人才刚走到人生的"中点"就油干灯枯了，他们本应为国为民做出更大的贡献，但因身体不济，所以徒有横溢的才华和远大的抱负，更不要说对不起父母、学校、国家多年的培育了。据说，许多单位的年度体检，结果少有身体完全健康者；还有的单位在献血检查中，结果少有合格者，这充分说明在身体健康方面存在着巨大的隐忧。

值得注意的是，有不少人还处于"亚健康"状态，即是说，在一般的健康检查中他们是健康的，但却存在着身体素质不高的情况，也有人身体健康但存在着心理上的障碍。如高度紧张，嫉妒心强，心胸狭窄，自私自利，残忍无情，悲观厌世等都是如此。有不少著名高校的高材生遇到困难挫折或自杀或杀人就是这种心理痼疾的外在表现形式。像大学生马加爵残忍地杀死四名同学，固然有其客观原因，但心灵的灰暗、自私、狭隘与变态却是主要的，这是医学上难以显现更难治愈的"现代病"。这是一个极端的例子，而不少人的"现代病"却隐而未发。其实，从心理学的角度说恐怖主义者也都是一些不健康者。

更重要的是，在速度化的世界和竞争日益激烈的社会环境中，人们或是缺乏"健康"的理念；或是虽然看重"健康"，但缺乏实际行动，也就难养成"健康的生活方式"，这就必然造成对健康的进一步损害！

我们每个人都面临着"健康"的问题，都面临着"健康的警报"，都面临着如何在改善生存环境的同时培养"健康的生活方式"。而要做到这一点，就不能不明白"健康"与"健康的生活方式"的重要性，更要付诸行动。只有解决了这一问题，人类才能进入一个良性的发展过程中，才能避免造成"舍本逐末"、"买椟还珠"或"亡羊补牢"的巨大损失。

常言道："一个人对拥有的东西往往并不觉得珍贵，一旦失去才知道其价值。"健康也是如此：当年轻人身强力壮，精力饱满时，他们对健康往往不加珍惜，闲抛虚掷也是常事，就好像春夏时节大地和天空释放出无穷无尽的激情与浪漫一样；而到了中老年，尤其在诸病缠身时，他们才体会到健康的金贵，甚至将它视为无价之宝，但此时往往为时已晚。因此，从年轻时就认识到"健康"至高无上的价位，养成"健康的生活方式"至为重要！

有人曾这样强调"健康"对于人的重要性：它是"1"，而其他方面诸如事业、金钱、爱情和友谊等都是"0"。有了"健康"，"1"后面的"0"才能起作用，而且越多越好；没有"健康"，即使后面有再多的"0"，他仍然一无所有。的确是如此，"健康"仿佛一棵树的"根"，有了它，一个人就会枝叶茂盛，生机盎然；舍此，他就会枯萎以至于死亡。美国作家马尔腾在《生命之资本》中曾这样强调健康对于事业成功的价值意义："成功之大小，不系于你在银行中所存的款项的数目之多少，而是系于你在生命中所有的资本之多少，与你怎样去使用那资本，系于你在事业上能放出多少力量。一个因营养不良而至衰弱，或因生活不知谨慎而至精力受损的人，较之一个各部官能，各种机能，都健全精壮的人，其成功之机会，真是微乎其微。"由此可见，一个明智的人往往将"健康"看得远远高于金钱、名誉、地位等身外之物！

我们说"有了健康，而后才会有其他方面"，这主要是从功利角度说的。其实，有了健康的身心，养成健康的生活方式，这本身就是一种幸福。所以，健康的人是有福的人。因为从严格的意义上说，人生的最终目的不是你获得了多少钱财，也不是你事业是否取得了辉煌成就，而是你生活得快乐不快乐，幸福不幸福。当一个人健康地活着，它就可以避免各种病痛之苦，也可以消除心灵的偏囚与阴暗，还可以平静坦然地体会生活之美，体味人生和生命的智慧，并为他人为社会发出光和热！这种幸福感是金钱等身外之物永难买到的。

不仅仅如此，一个人还不只是单独的存在，他是否拥有"健康"和"健康的生活方式"还会对他人、对单位、对国家造成不同的影响：积极的方面是有益于人，不良的方面是有害他人。比如，有的单位因为重病号的拖累，竟然运转不灵，几近瘫痪；又如，有的家庭有不治之症的病人，不要说经济到了崩溃的边缘，就是人生的欢乐也荡然无存。所以，有人这样感叹："没有什么也不能没有钱，有什么也不能有病。"这话虽有点金钱崇拜的意味，但对健康价值的认识还是很清醒的。

总之，不论你以什么理由，不论你站在什么角度，也不论你是什么人，只要忽视了健康，只要没有培养起健康的生活方式，都是无知也是不明智的。更进一步说，一个人如果身心健康，有了健康的生活方式，他一定是一个成功和幸福的人，对人类的贡献也会更大。

既然健康如此重要，那么养成健康的生活方式也就势在必行，因为没有健康的生活方式作保障，一个人不可能获得身心的健康。如何理解"健康的生活方式"呢？概括地说，它主要指合情合理、自然而然的生活习惯及其方法。

什么是健康的生活方式，如何养成健康的生活方式。这主要包括八个方面：一是人与自然的和谐关系。无论怎么说，人都不能脱离天地自然，因为后者是前者的生命母体及其泉源，人只有在大自然中才能获得安全感、宁静、平和与美感。二是养生之道。健康的生活方式需要锻造和修炼，这就是人们常说的"生命在于运动""长寿在于保养"。三是心灵的光芒。心灵对于人的健康关系至大,理解了"人逢喜事精神爽"也就理解了这一点。有时,心力之大远远超出人的想象力。四是善待自己。有许多压力和苦恼来自外部,但更多的来自自身,因此保持快乐,不要自寻烦恼就显得非常必要!五是"趣"在人生中的重要地位。一个无趣之人的生活必然刻板和缺乏生机,也难有欢乐可言;而一个有趣之人将会自得其乐,其生活也是自足的。六是闲适的情调。一个人为"忙"所苦必被异化,"闲"里有余裕,"闲"中有自由,这极有益于身心健康。七是平淡和给予之福。一般人总为欲望所驱使,结果只"得"不"失",只"取"不"给",这就必然导致心灵的变异;而懂得"知足""平淡"和"给予",一个人就会有"天地间一片真干净"的坦然自若。八是逍遥的境界。这是一种大自由,是无羁无碍的化境,人至于此,没有任何东西能将他打倒或击败。

不过,这八个方面又可归结为"内外双修"。所谓"外修"主要是指一个人应该加强锻炼,多多运动,尤其在年轻的时候更应如此。因为青少年正值身体成长发育的时期,其骨骼、筋肉、大脑、力量和精、气、神都在茁壮成长,缺乏了运动和锻炼必趋柔弱萎靡。所以增加户外活动对青少年至为重要!即使到了老年,到户外作些轻松的锻炼,多散散步也是大有裨益的。所谓"内修"主要是指一个人韬光养晦,养精蓄锐,注重心灵的陶冶,以静制动,以弱胜强,以柔克刚。这就好比一柄宝剑,不是让它光彩照人,而是使其入鞘以便敛其锋芒。某种程度上说,健身是"春种夏播",而养心则是"秋收冬藏",二者缺一不可!年轻人往往重前者而轻后者,这往往与他们简单的阅历有关。当然,健身要适当,过于剧烈的运动易使身体受到伤损;保养要随意,过于处处小心则有害于健康!

当然,要获得健康的生活方式,还有几个关键环节必须注意。第一，要着眼于天地自然之道，尤其要重视常识。人是大自然中的一个微粒，他的生命是大自然赋予的，所以人在发挥主观能动性的同时，又不能离开大自然，更不能无视天地自然之道。有人说，现代的许多"都市病"都与人对自然和自然之道的背离有关，这不是没有道理的。还有，大自然中充满生活的规律和常识，人类遵守它就健康自然，否则就会被异化。如有日夜更替，于是有了"日出而作，日落而息"；有了百川归海，于是有了"有容乃大"；有了水之趋下，于是有了"谦卑平和"。一个人如果不顾这些常识，而是走向反面，那么，他也就难以养成健康的生活方式了。第二，强调"悟性"二字。中国人理解自然、世界、人生和生命的方式主要不是靠逻辑与推论，因为这样有时会南辕北辙。他们更相信"体悟"，更相信"心有灵犀"的会心之顷！比如，从水的"柔弱"体悟到"物壮则老"的养生哲学。第三，确立诗化的审美情怀。一个人要达到身体健康并不难，难的是心灵的超然自得，怡然自乐，一种不为苦难挫折，甚至不为无名之冤所累的大自由。这也是为什么苏东坡被放逐域外的海南岛却快乐如常，海伦·凯勒在双目失明和双耳失聪时仍然其乐融融！因为在他们心中，一年的四季都有一条不冻河在涓涓地流淌。

　　一个有趣的现象是：在注重"健康"和"健康的生活方式"上，退休者往往比年轻人多；有病者往往比无病者多，这在晨练中表现得最为突出。这可能是因为前者比后者对身体和人生有更清醒认识！不过，老人和病者常常感喟："何以年轻时不知珍惜健康？""为什么没在病前加强锻炼，好好保养，万事放开？"因为对健康来说，虽然"亡羊补牢，未为迟也"，但老人和病者的身体毕竟"今不如昔"，与美好的青春年华相比，他们已经属于"强弩之末"了！

　　"健康的生活方式"不能从老人和病人开始，它应该从大学生等年轻人开始，更应该从中小学生或孩童开始！这就好像春种时节，晚一天就会影响秋后几成的收成，更不要说到秋冬的时节才想起播种了！另一方面，如果一个人年轻时不注重养成良好的生活习惯，反而多有恶习，那就更加可怕了。对此培根说得好："要知道人在身强力壮的青少年时代所养成的不良嗜欲，将来到了晚年是要一并结算总账的。"我们每个人都要从年轻时走来，所以不能不慎之又慎！

健身，我的日课

上大学前后，我的身体判若两人：之前瘦弱不堪、未老先衰，如暗室里尘埃蒙身的一面铜镜；之后体格硬朗、精力充沛，像阳光下郁郁葱葱的一棵松树。这一巨变，当然与生活条件和营养状况的改善有关，更重要的还在于，自大学开始我养成了锻炼身体的爱好和习惯。

中学时代的生活仿佛是压缩饼干，为了高考除了学习还是学习，根本无暇也无意于锻炼身体，加上营养不良，久而久之，我长得颇像一棵豆芽，满脸只剩下两只眼睛，头昏眼花更是常事。进入大学，以往高强度的学习轻松下来，每月的生活补贴基本可维持正常营养，这使我的身体略有改观。后来，在一本书里我了解到名人的健身之法，这极大地触动了我锻炼身体的兴趣。

我选定的第一项健身活动是每天下午到操场锻炼单双杠，这使我的身体半年时间内初见成效；肌肉发达，身体强健有力，尤其改变了原来严重的驼背状态，我仿佛能感到自己的骨架一天天由曲而直。一年后，自己的体力和精力显得更加饱满昂扬，在单双杠上一些较难的动作也能做得游刃有余，此时自己仿佛变成蓝天中自由翱翔的雄鹰，快乐惬意极了。

我的第二项健身活动是每晚睡前坚持洗冷水浴。如果说单双杠是为了健身，冷水浴的主要目的是锻炼意志，因为这项活动的独特之处在于：春夏秋冬四季不断，最好每天能坚持下去，否则就会前功尽弃。这也是为什么许多人开始洗冷水浴时雄心勃勃，但因为缺乏毅力，很快就放弃了。这是可以理解的，春夏秋三季不论，天寒地冻的冬天洗冷水浴，从水管流出的水如同针尖，其艰难困苦可想而知！不过，如将洗冷水浴看成锻炼意志，一切困难和障碍就可以忍受和被超越了！曾看过奥斯特洛夫斯基的《钢铁是怎样炼成的》，此书对我影响甚大，我的冷水浴健身活动就是为了锻炼自己"钢铁一样的意志"。

读研究生时，与体育系的同学接触使我对拳击有了浓厚的兴趣。据说，世界职业拳击手每秒可打出九拳，其速度令我惊奇不已，也让我对人的潜能产生神往。记得，当时将一条沙袋系于门框练习，同学都笑我痴迷。有路过者，还嘻嘻哈哈顺手给沙袋一拳，结果痛得叫苦不迭。他们看到沙袋在我拳下如此驯服，没想到自己打上去沙袋纹丝不动，手却痛得厉害。美好的学校生活简单而丰富，今天再来朝花夕拾，其情其景如在眼前。多么怀念那个起点：大学生活铺就了一条坚实的道路，它令我受益终生。

转眼二十年过去了，昨日的桃花早已不在，而健身的爱好和习惯我却一直保持着。只不过锻炼方法和体悟有变。比如，冷水浴不再是倾盆大雨似的浇灌，转而更注重循序渐进和自然而然；又如，将拳击化到自己创造的拳术中，由原来的重"快"变成今日的重"慢"；每日增加散步时间，同时加强内修"功夫"，因为"内修"是更高的层次和境界。

这种改变既与人生阅历有关，又与年岁增长有关，归根结底还是与自己对世界的认识有关。青春年少时，更相信强力，更相信人是天地的主宰，人的力量无有穷尽，可以"上穷碧落下黄泉"，"可上九天揽月，可下五洋捉鳖"。渐渐地，尤其是人到中年，突然感到完全不是这么回事。世界浩瀚无际，人生苦短，强者弱而弱者强，心灵是人的真宰。我们常看到有些人年轻力壮和不可一世，然而，分别多年后重逢，却面目全非，老态龙钟了；更有甚者，突然间，他就像一阵烟雾消散不见了。相反，有的人不显山不露水，多年再见，时间有如静水流深，他既不见老，并且精力更加饱满！另外，每每遇到老人，不论贫富贵贱，我都充满崇敬之情，因为长久的生命证明他们与众不同，是人之寿者。我注意观察老人的表情、言谈、举止和神采，发现有一共同点，那就是舒缓、从容、快乐和知足。一如天地自然的花开花落。青年白居易是何等血气方刚和刚折不弯，而中年之后的白居易则颇似一片浮云栖在蓝天之上，因为他对于人生和生命已然悟道了。

如今，我的健身又进入新境，这首先表现在随时随地注重"运动"。常言道："流水不腐，户枢不蠹。"我一直认为，一般说来，一人必有其锻炼方式，或登山，或游水，或跑步，或击剑，或滑雪，或跳舞，总之，一个人必得多动。所以，不论多么紧张，每天我都有两小时健身。早晨起来，步行至花园的林木间，打一套自创的"逍遥拳"，舒筋活血，神清气爽，随后再散步回来。读书写作中间也常起来伸展腰身臂膀，将周身打开放松。晚饭后，再散步到花园，一小时后回来。睡前做仰卧起坐二十个，平卧床上头离枕头左右摇摆二十次。总之，以完整甚至以"见缝插针"的方式，让身体每日处于"动"中，这样，生命在身体内的流逝就会减缓变慢。不过，这不是对"生命在于运动"这话的注释，我强调的是"小而慢的运动"，是科学的运动。有人靠增加强度锻炼身体，如有的中老年人热衷于跳激烈的街舞，我认为是走进了锻炼的"误区"，这不仅不利而且有害于身体，因为它忽略和无视生命的生理特点。

内观、静心、通脱、自由和快乐是较高的健身层次。换言之，身体与心灵既合又分，当身体处于"运动"中，心灵也容易宁静放松；反之亦然。不过，也有另一种情况：身体一直在动，心灵却难得放松自由，于是身心交瘁。在这一问题上我强调两个层面：一是在健身运动中，心灵的培育是目的。比如，打"逍遥拳"，其核心不在"拳术"上，而在"拳道"。所谓"术"，它融入了拳击、太极、气功、瑜伽、五禽戏等多种招数；所谓"道"，即是吐故纳新、天地通明、和合一片的化境，此时，眼中的绿色成为光芒中的一粒微尘，于是心中了无挂碍，如沐春风，如水流响，如鸟鸣唱，如此而已。这是我命名"逍遥拳"的真义。二是在入静打坐中，追求"静中动"的境界。将自己的心眼自外内敛，于是心灵就成为时时拂拭的"高堂明镜"，可照亮万物，亦可自照。三是在"动"中体味"大静"。比如，如能理解滑冰、在跑步机上跑步的"大静"，一个人就会有更放松自由的感觉，这是老庄哲学的"得其环中"之理。同时，高度紧张的日常工作，如何能做到"身忙"而"心闲"，也至为重要。这是"动中大静"的精髓。这颇似地球，虽然它不停地在宇宙中绕太阳旋转，但我们生活其上又感到其静止不动。飞机在天空飞行也是如此，对万物来说它是动的，但身在其中感到的却是宁静。总之，外在的世界飞速变动，人生的智者的心中必有"大静"，这是身心健康的关键。

　　更高层次的健身可能是"天养"，即不是有意健身，但无时无刻不在健身，这是合乎天地之道的，也颇似老庄所言的"道在屎溺中"，"和光同尘"。有人很少去特意健身，但身心健康。也有人锻炼时有章有法，而日常生活的许多做法却有违健康，这主要因为后者没能领会健身的奥妙！当然，要达到"天养"的境界并非易事，除非天地英才，多数人都要经由健身、养心等途径方能抵达。比如登山，一步登天者除非神仙，凡夫俗子恐怕都要靠一步一步的积累。

　　英国作家马尔腾在《生命之资本》中说过："成功之大小，

不系于你在银行中所存的款项的数目之多少,而是系于你在生命中所有的资本之多少,与你怎样去使用那资本,系于你在事业上能放出多少的力量。一个因营养不良而致衰弱,或因生活不知谨慎而致精力受损的人,较之一个各部官能、各种机能,都健全精壮的人,其成功之机会,真是微乎其微。"这里主要谈的是"健康"对于"成功"的重要性。然而,年轻时又有多少人注意健身?有人在学生时代注意锻炼,而在之后的生命中又有多少人能保持这一习惯?如今,有太多的人因身体不佳,影响确立健康的人生观,影响其成功的系数;又有多少才华横溢、事业有成者,因为没有健康的体魄而英年早逝!

  一个人的生命往往主要取决于两个因素:一是先天的或者说是基因性的;另一个则是后天的,与他是否注意修炼直接相关。天道,人力难为,但后天的努力是人能达到的。这后者有助于弥补前者——天道——之不足。有了这样的坚定信仰,所以健身成为我每日最重要的必修课。多少年来,我从中获益匪浅。人生之路的沟壑,对有的人可能是穷途,我却能不断跨越它。我知道,多年来,佑我以力者,除了天地自然之大德,就是自己坚持不懈的健身和养性。

情之一字
Qing zhi yi zi

忙碌：现代人生"流行病"

　　随着科学技术的发展，社会生产力和人们的物质生活水平明显得到了提高，按照逻辑推理：人们一定不再需要像过去一样辛苦劳顿，更不需要以前的"忙碌"了。因为轻松自由、快快乐乐和无忧无虑的生活将是多么惬意！然而，事实却正相反，现代人比以前更忙碌了，并且活得更不快乐和不幸福了。

　　当下最普遍的社会现象是什么？我认为其中之一就是"忙"。人们通话和见面时谈得最多的是"忙"，你也忙，我也忙，他也忙，大家都忙，仿佛每个人都有忙不完的事情！也可以说，"忙碌"成为当下一种社会"病相"，它的覆盖之广、影响之大和危害之深，是令人惊异，也是让人难以想象的。

　　为政者忙，因为他们要处理国家的大小事情，要参加各种各样的会议，苦不堪言，只愁没有分身之术；经商者忙，因为自己再努力，所有的财富也只占总数的极小份额，与比尔·盖茨甚至世界五百强比，简直是九牛一毛；为人师表者忙，因为除了正常的工作时间，中小学老师要抓紧周末甚至晚间去挣"外快"，大学老师要赶论文、跑课题、争奖项；学生们忙，他们中大多数人已经很少有休息时间，节假日和周末都被安排得满满的，学习、学习、再学习；还有工人和农民也忙，他们因为生活水平低，必须设法寻找生财之道，工人在繁重的工作之余再找一份工作，农忙后本该休养生息的农民也只有出来打工；作家和学者更忙，原本终其一生才能完成的一部书，而今可在数月甚至更短时间里完成，这才能出现他们著作等身的盛况，一个人动辄出版千万字，其忙碌程度可以想见；报社、杂志社和出版社的记者编辑之忙更不用说了，他们争先恐后地抢新闻、争头条和抓选题，其形象化的概括是"追""钻"和"抢"。比如，现在的报纸扩版增容已达到无以复加的程度，而且除了周报、日报，更有晨报、晚报、时报，唯独缺少"秒报"了。期刊原来一年六期，现在一年12期甚至24期已属平常。出版社原来一年甚至数年才能出来的书，而今则以月、日计，有的一周内即可出书。问题的关键还在于，出版物的不断增容和加速度缩短周期，则意味着人们必须投入更多的劳动，其忙碌也实在无奈！还有演员、歌手、艺术家和运动员等明星更忙，虽然他们一出场就有天文数字的收获，但仍然走马灯似地频繁亮相。给我的印象是，明星是如今天底下最忙碌的人！

普天之下人人忙，这可能是个不争的事实，也是当下的一种"流行病"，我们甚至很难找到真正的"闲人"。如果有，恐怕就是退休者，在晨练中、公园里、街区上可见他们悠闲自在的身影。不过，这也要将退休的忙者排除在外，因为有太多的退休者比退休前更忙，下海赚钱、包揽私活、照看孙辈、参加比赛等都把他们忙得够呛，累得够呛。

在古今中外历史和文学作品中，都出现过一些不近人情和出奇的懒惰者，他们有的连吃饭、睡觉都嫌麻烦和讨厌，这当然不足为训。如俄国作家冈察洛夫在小说中塑造了奥勃洛摩夫这一"多余人"形象，他是一个"只穿一件宽大的睡衣"躺卧在床上或沙发上的"废物"，吃饭从不自己动手，悠闲慵懒，醉心幻想，梦中做梦，甚至连恋爱都嫌麻烦。不过，从根本上说，过于"忙碌"并不比过于"懒惰"好多少，有时恐怕更坏，其危害性也更大!

过于忙碌是健康的第一杀手。以往影响人类身体的因素可能主要是贫穷和营养不良，而今恐怕主要是过于劳累！现在，不管哪个阶层的人——贫者或富人、男人与女性、老人和孩子，他们都在超负荷工作，都处于强烈的"透支"状态。也就是说，人人都在以惊人的速度"消费"自己的精力血气，而"蓄存"备用的却少之又少！这颇似以烈火在"膏腴"上点燃照明，也像将冰块投入沸水降温，其危险性可以想见。

过于忙碌必然导致过于劳累，而紧接着就是身体素质和免疫力下降，是疾病缠绕不休，最后以至于无能为力。今天癌变率直线上升，我认为忙碌过度是不可忽略的原因！人常说：身体健康是"1"，而别的诸如财富、爱情、权力等都是"0"，有了前者后者才会有意义，否则你拥有的再多也都是零。现在倡导全民健身固然重要，但最根本的还要处理好"忙碌"问题。

过于忙碌就会离快乐、幸福和美感越来越远，人生的意义也就无从谈起。忙碌中人也可能"快感"多多，比如官越当越大、钱越挣越多和名气越来越盛当然高兴，但却不一定快乐和幸福；更多的恐怕连"快感"都没有，有的只是劳累、苦恼与无聊，是无穷无尽的空虚悲叹！这是不必置疑的，因为人与动物的最大区别在于：他有思想、心灵和精神，而不是不停地工作。过于忙碌，就没有时间思考和培育身心，也不能欣赏世界、人生与艺术之美。你能想象一个忙得不可开交的人，会有心绪欣赏花开花落，会从鸟的鸣唱中听到自然的乐音，会被一个文学和艺术作品深深打动，会从一个天真烂漫的孩子身上看到生命之光吗？而没有对于真善美的感动，其生活必然粗糙无趣，也缺乏生命的大飞扬。因为一个人和一个民族的快乐与幸福，往往并不取决于外在的物质层面，而是要看他或它是否有饱满的心灵和优雅的美感！令人担忧的是，今天的许多人包括作家和艺术家在内，他们在忙碌之中往往只会欣赏假、丑、恶，而与真、善、美无缘，并且表现更多的是痛苦状，是心灵的分裂，有的甚至是变态的。

过于忙碌必然缺乏文化与智慧。比如一面镜子，因为常拂拭才光鉴照人；又如一池湖水，因为不起波澜所以可当镜子。人心亦然。当一个人无比忙碌，他就很难有时间和心性反观内在，也不可能做到安定如山、宁静守一、韬光养晦、十年一剑，形成智慧的世界观、人生观和生命观。陶渊明的"采菊东篱下，悠然见南山"和王维的"独坐幽篁里，弹琴复长啸，深林人不知，明月来相照"式的人生从容与生命感悟，而今在现代人身上很难寻到了，更多的是碌碌无为和庸俗不堪。中国古代诗人白玉蟾为自己的书斋取名为"慵庵"，他将"慵懒"与人生智慧并观，是对忙碌人生的有力批判。他说："丹经慵读，道不在书；藏教慵览，道之皮肤。至道之要，贵乎清虚，何谓清虚？终日如愚。有诗慵吟，句外肠枯；有琴慵弹，弦外韵孤；有酒慵饮，醉外江湖；有棋慵奕，意外干戈；慵观溪山，内有画图；慵对风月，内有蓬壶；慵陪世事，内有田庐；慵问寒暑，内有神都。松枯石烂，我常如如。谓之慵庵，不亦可乎？"如此人生之富足美妙不足以为外人，尤其不能为碌碌无为者道！

从人生和生命的角度讲，人生一世，草木一春。因之，一个人尤其是一个智者没有必要忙忙碌碌以终世，而是应该轻松自由、快快乐乐和幸福美好地活着。否则，就是糊涂无知，就是不明人生的真义，更有甚者会因亡身、毁家和害国而抱憾终生。

"睡"与"梦"

一般说来，衡量生命的意义主要有两个维度：一是活得是否长久。二是在有限生命中能否放出大光。所以臧克家写诗赞鲁迅："有的人活着，他已经死了；有的人死了，他还活着。"这也是钱穆所说的"精神长存"。不过，衡量人生还有一维度不能忽略，即是否看到和参透关于"睡"与"梦"的内涵。

不少人认为，人生的重要性或全部内容是"醒着的人生"，所以有"秉烛夜游"、夜以继日工作、沉溺于夜生活等。甚至有人觉得，夜晚和休息是浪费，竟将睡眠压缩到三四个小时；有人积年累月失眠，不仅害怕黑夜与睡眠，甚至厌倦了整个世界与人生。其实，人生七十年，睡眠三十五。一个人如无好的睡眠，不仅会影响工作、健康，也会失去人生的乐趣，更体会不到幸福感。如将人生分成三部曲，那么醒觉、睡眠、美梦各占其一，它们彼此不可代替。

在我的人生中，三部曲交相辉映："醒觉"中的努力工作是快乐的最大源泉。如喷泉般昂扬奔放，我以饱满的激情努力工作，且极富成效，于是充分享受着"工作是快乐和幸福的"这句话。不过，我特别重视"睡眠"这个第二部曲。当夜深人静，我将所有工作、思虑放在一边，宽敞舒适的大床令筋骨完全松开,仿佛有一只巨手将身心的皱折抚平,于是平静入眠,充分享受人生的美好。像阿炳《二泉映月》中的快乐曲调,睡眠中的"美梦"更令人难忘,它成为永恒的音符,这是我人生中的第三部曲。常言道:"智者无梦。"我不知道自己是不是智者,但我有梦,不是"噩梦",而是美梦,还常有智慧之梦。是"梦"和"美梦"让我的睡眠充满色彩,并安上诗意的翅膀,仿佛雨过天晴后出现的美丽彩虹。

我的美梦千奇百怪,其美妙难以言喻和想象。我不会开车,但梦中的我不仅成为赛车手,车还能飞起来,纵横驰骋。我的脚下仿佛装了弹簧和穿着冰鞋,可不断地跳跃、腾空、翻飞,也能非常优雅地滑翔,感觉好得不得了;我还梦见自己身着汉服,实现了穿越,与玄奘和印度哲人一起散步和闲聊;我更做过"梦中梦",梦见自己进入"黄粱美梦"中,与那位卢生促膝而谈。我说:"'黄粱美梦'的价值主要不在实际内容,即梦醒后一切皆空,而是睡得香甜后做'美梦'的这种方式。你知道有几个现代人不失眠,能像你这样做美梦?"还有,许多人梦醒后许多事情记不住,我却一清二楚,我的美梦往往不会中断,有时起夜上厕所被打断,上床后还能接着继续做,且有"再而三"的连续性。我常想,美梦是虚幻的,但有时我宁愿相信其"真",尤其是心灵的真实性。

当然,好的睡眠尤其是美梦并非空穴来风,而要有一定条件,最主要的是精神和心灵都要超然。试想,一个为万物所累甚至夜里怕"鬼叫门"的人,恐怕永远与美梦无缘。在技术层面,要有所准备和训练,如睡前的静心、思不逸飞、气息绵绵,又如将睡眠和美梦视为人生不可或缺的两部曲,像享受明丽阳光、晶莹雨露、和煦晚风一样去体味它们。

年轻时我曾有过失眠的痛苦,于是世界和人生被染上绝望的黑色;如今,我既能在"醒觉"中慢慢体会人生的紧张与创造,又知道好的睡眠和美梦是另一种人生境界。只是我现在睡得还有点晚,我会将睡眠时间不断提前,真正做到"日出而作、日入而息"。这样的人生才值得一过,才会真正放出异彩。

凤凰城寻梦

中国的语言文字美不胜收，像栖霞、乳山、蓬莱、苏州、锦城、香港都令人神往。就连英译汉也是这样，一个普通的"America"在中文竟成了"美国"。最令我着迷的有两个地方：一是我的故乡"蓬莱"，它不仅名字美妙，那凌空欲飞的"蓬莱阁"还充满神秘莫测和逍遥自适的气息；二是沈从文的家乡凤凰，这个梦一样的名字曾给我多少飞翔的思绪！而沈从文又将它写得楚楚动人，美轮美奂。多少年来，我做梦都想到凤凰城一游。

金秋时节从北京到吉首，再从吉首到凤凰，一路上风光无限匆匆过眼，唯独凤凰城让我渴盼。顺着青石板铺成的街道，我来到一排白木板搭成的房屋前，据说，这就是凤凰的吊脚楼了。此时虽已是傍晚，但我满眼都是兴奋的光芒，只见白色的楼身像刚出水的浴女，周身透出洁白、明净与清纯；每个楼前都挂着大红灯笼，上书武侠气颇足的"某某客栈"等字样，很像出浴少女头上插的一朵大红花。如此的"白""红"搭配透出野性十足的坦荡自然和豪情率真，让人想起沈从文笔下的直露野气。同时，这也让我有"红白"喜事的感觉：新婚的红艳如风旗一样还在微风中招展，而葬礼的白纸钱却已飘扬而至。原来，"生"与"死"被连缀在一起，而最终却幻化成一处，二者彼此相依，相辅相成。而且，它们表面上有天壤之别，其内里又是一致的，那就是人生本质的悲剧性。想明白此点，身处白楼红灯之前，就洗去了悲凉恐惧，而充满大彻大悟与超然自适。

在吱吱呀呀的木板响动声中，我走上二楼。此时，脚板与木板的亲近和呢喃令人心醉：我似乎不是走在实实在在的楼梯白木板上，仿佛踏在琴弦上，走在混杂着甜美与凄楚的诗意中。这是梦样的境界，无法诉诸言语表达。为了反复体验这种异声，我不厌其烦地走上走下，心中如同喝了玉液琼浆，完全地醉了。在夜色包裹下，白楼安静下来，我躺在房间的床上，仿佛置身于坟墓之中。虽然夜很深了，但我却没有睡意，随着自己的心跳，我仿佛听到了从大地胸膛里发出的声音，那是天地间有力的呼吸与低吟浅唱，是人杰地灵的凤凰给我的启示。当鼻息绵绵，我还闻到了从窗外涌入的清凉之风，它带着草香和水汽如精灵般悄然而来。我暗想：这是沈从文作品的灵逸之气吧？

清晨早起，推开临江的窗户，放眼江面，在一片朦胧的雾气中有一个个小点儿往来其间，近了方看到舟如柳叶，小得不能再小。上面站着船夫以长杆撑船，有一下无一下的，一副漫不经心和悠闲自得的样子。这真如古人笔下的图画，古朴、清秀、雅致、有趣，使我这个京城过客神清气爽，心如被清水洗过一般。当朝阳将江雾驱散，我吃过早饭，来到江上，与好友数人坐上这种小船，开始了江上游。小船顺流缓动。这时，我才发现江水是那样清澈、碧绿，尤其在高高密密的水草映衬下更是如此。这是自童年过后少见的清明之水！忍不住将手伸下去，在与水相触的瞬间，如玉石般滑润的清凉滋润我手，清我心肺，那种舒泰安然不能为外人道。难怪沈从文的心灵是那样清明不污，在此，我得到了某种理解与印证。

在一阵惊恐的哄叫和欢呼声中，小船越过一个浅坎，由高到低产生了巨大的震动。当船再度步入平稳时，我又静心欣赏两岸风光。最惹眼目的是吊脚楼,是那些古老而不是崭新的吊脚楼:经过了无数风雨浸润的老吊脚楼惊险地悬在半山坡上,但古朴典雅的美丽使人想到它的生命与智慧;而以水泥新铸的吊脚楼虽稳如泰山,但却显得俗气刺目,像个暴发户一般。从江中来到江边,我细细观察老吊脚楼,这才看到它的真面目:古旧破败中被一些破木七零八落支撑着,仿佛经不起一阵儿轻风,但奇怪的是它们经历了多少世纪却依然健在。这不能不说是个谜。从这里我略有所悟:有时看上去非常柔弱的事物,其内里却包含着令人难以想象的坚韧与强大。

穿过孔桥时,有两个蓝衣蓝裤的苗族少女立于船头,微笑着向游人放歌,那清亮的嗓音显然是被这江水滋润过的,而甜美的微笑又透出不谙世事的清纯友善,这歌与笑在都市是难得看到听到,这让我耳边又浮现出沈从文在《鸭窠围的夜》中描写的楼上楼下婉转动听的对白:

"大老你记着,船下行时又来。"

"好,我来的,我记着的。"

"你见了顺顺就说:会呢,完了;孩子大牛呢,脚膝骨好了。细粉带三斤,冰糖或片糖带三斤。"

"记得到,记得到,大娘放心,我见了顺顺大爷就说:会呢,完了。大牛呢,好了。细粉来三斤,冰糖来三斤。"

"杨氏,杨氏,一共四吊七,莫错账!"

"是的,放心呵,你说四吊七就四吊七,年三十夜莫会要你多的!你自己记着就是了!"

这对话写得多么精妙!简洁、明快、有声、有色、有场、有景、有意、有味,正如《红楼梦》写王熙凤,未见其人,先闻其声,但个性跃然纸上,如同一幅中国古代的文人水墨画。所以,在作品中沈从文评说:"这样那样的说着,我一一都可听到"。

离开凤凰城,我的眼前一直浮现出凤凰的美妙姿容,也回响着凤凰动听的声韵,这是生命再生的极好的象征。

"孝"的现代困境

对于中国社会和文化来说,"五四"是一个重要的分水岭,它像快刀斩乱麻似的一分为二,于是前与后、新与旧、传统与现代等被绝缘地分割开来。许多既往的东西,即使在以前被视为经典甚至神圣的内容,"五四"时期却遭到批判、否定以至于嘲弄。"三纲五常"就是首当其冲的目标,"孝"作为其中之一当然也在扫荡之列!在当时的语境下,这一文化选择是必要的,即使在今天看来,它仍有合理性,但其中存在的问题也是明显的,这就是给现代人、现代家庭和现代社会造成了严重的损害。

如果说"五四"时期对"孝"是一次雷鸣般的轰击,那么在此之后则是逐渐清理和连根拔除的过程,到"文革"期间不少儿女对父母长辈不仅没有孝,且有揭发和反目成仇者,也有置之死地而后快者!孔子当年所言的"吾党之直者异于是。父为子隐,子为父隐,直在其中矣",那时连影子也见不到了。当下,虽然不能说绝对没有"孝"者,但要找到却是难乎哉!而以往在中国人之间存在的"孝道"却荡然无存。反之,不孝和孽子却层出不穷。

前不久电视上报道了一个"孝子",他每天出门和回家都给母亲跪拜叩头,因为他深知母亲的恩情大如天和深似海。用所谓的现代观念审视,我们很容易看到这个"孝子"的愚蠢、保守甚至荒唐可笑,但从人情、人性、意志乃至于精神品格上看,这个近乎于"堂·吉诃德"式的人物无疑有令人敬服的一面,他是身上有德和有光之人。然而,现实中更多的却是不肖子孙,他们中有的尽着有限的义务,有的视父母若陌路,有的像吸虫对父母进行榨取,还有的将父母看成累赘,更有甚者对父母拳脚相加,当然尚有残害父母性命的衣冠禽兽。

　　现在对父母能尽到义务者,即按时给予养老费、对父母的衣食住行给予关照,这恐怕是当下中国社会多数子女的做法。也就是说,能把父母放在与自己平等的位置,自己的生活如何,也给父母以相当的关照。至于将父母放在优先位置,像父母爱儿女一样用心,他们往往是做不到的。这就出现这样的状况:当儿女羽翼丰满、长大成人或远走高飞,空巢与寂寞巢的情况就在所难免!那首《常回家看看》的歌曲,不仅仅表达了儿女的心声,也是寂寞父母的念头,它更包含了子女对父母孝之"缺失"的普泛性存在。如果将"父与子"及"母与子"的关系进行比较,我们就会发现巨大的反差:父母对子女的爱是天然和无私的,而子女反哺父母却是社会和文化的,是有限和自私的。这也是为什么曹雪芹感叹:"痴心父母古来多,孝顺子孙谁见了!"

　　对父母的置若罔闻和惊人的冷漠,这是当下不肖子孙的另一表现。有一患有癌症的老母亲,独自一人住在平房里,当记者问她生活得怎样时,她潸然泪下。当被问及有无儿女,她的回答令人惊叹:"我有个儿子,但很少回来;也从不管我。"老人接着说:"原来很伤心,不过现在想通了,没有儿女还不是一样地过?"另一位生有四个子女的母亲,虽然七十多岁了,但哪一个子女都不欢迎她同住,她自己又无房子(原有的房子腾给小儿子结婚了),无奈自己只有住养老院。更令人感慨的是,平日里子女很少去看她,过年过节也不管她,有一年大年三十,老人是一人孤单地在养老院度过的。像犁田的耕牛,也像用坏的家具,现在的许多父母年老"无用"后，即被弃如敝屣了。

有的儿女更过分，父母即使老了也要榨取其最后一滴血、一点油。就像老牛和旧家具无用还可以卖钱，也像老母鸡不能生蛋也可以煮汤，父母哪怕还有一口气和一分钱，儿女也不放过。现在出现的"啃老族"即是如此：有的下岗者不去找工作，心安理得吃父母的退休金；有的大学生毕业后不去工作，而是依赖父母有限的钱过活；还有的子女目不转睛盯着父母的钱袋，哪怕父母穷得可怜，为此兄弟间还互相争斗以至于成仇。儿女对养育自己成人的父母不是争着尽孝，而是无尽地攫取，真乃人心不古！而现在这样的子女可不在少数！

现在打骂、虐待甚至于杀死父母的事也时有发生。我常听说、也见过农村子女尤其是儿媳，常常将公公婆婆骂得狗血喷头，父母被骂得不敢吱声，只有以泪洗面。前不久电视上还报道说，有一儿子好逸恶劳，又花钱如流水，因为平时向父母要钱总是有求必应，这次父母实在不能满足他的要求，他竟然用刀将父亲砍伤。

时至今日，我们并不希望人之子像古代那样尽"孝"：小心谨慎、唯唯诺诺、唯命是从，甚至因此发生爱情和婚姻悲剧，像《孔雀东南飞》及张爱玲《金锁记》所表现的那样。但我们也不能因此将"孝"抛到九霄云外，甚至翻转过来和变本加厉，把有天地恩德的父母踩在脚下。试想，虫鸟禽兽对人、对给它关爱的人尚有报恩之情，而人类竟然丧尽天良，失去廉耻，连自己的父母都不爱、不认和不睬，甚至进行打骂虐待和杀害，真乃不可思议。有人说，不爱父母者，他谁也不会关爱，这是社会和文化的变异，其危险性已达到了相当可怕的程度。

当下的中国社会多不肖子孙并非偶然，它有着历史、现实、文化及其教育的前提，也就是说社会文化环境决定了现代人的思想观念和审美情趣。因之，探讨造成不孝现状的原因就显得非常必要：一是可以给"不孝"子孙多些理解；二是可以让父母放宽心路；三是调整文化发展的方向；四是建立相应的制度体系。一句话，解开社会失"孝"的物质、文化、道德和制度纠结。

寻根求源当然要指向"五四"开始的中国现代文化和现代文学。那时，先驱者不遗余力地批判旧文化，将"孝"不加选择地一概否定，虽有其必要性，但却是不合理的，其文化选择和价值观越到后来问题越多。试想，当将"孝"只理解为负面作用，必欲清除而后快，不孝的文化与文学思想就已埋下了种子。

现代社会的竞争性和生活节奏往往不允许儿女像中国古人一样尽孝。古代中国人的生活基本处于徐缓甚至悠闲状态，妇女也可以不工作而于家中全力照顾老人，今天的时代大为不同了，妇女可与男子一样工作，还能与之一比高下，整个社会的竞争性也越来越强，这就从根本上拆除了"孝"的基石。就是说，即使子女有心尽孝，往往是心有余而力不足，自己的工作要好上加好，否则就会被淘汰，于是他们在时间上很难保证多陪伴和照顾父母。

个性解放是儿女难以尽孝的另一原因。从个人的发展看，个性的解放当然是必要的；但从家庭、社会和国家的和谐角度说，个性尤其是疯长的个性可能是有害的。当"五四"开始的中国现代文化过于强调"个人"，而忽略甚至否定"家庭"等功能时，个性解放就被夸大到一个偏极。今天的家庭出现"不融"状态即可从此得到解释：有多少子女愿与老人同住？他们考虑的不是父母能否得到好的赡养与关爱，而是自己的"自由"和"舒心"，在这种关系中，父母自觉不自觉被放在其次了。尤其当"个性"被转化为"自私"，为父母尽孝就成为可有可无的事了！

教育制度的缺位具有不可推卸的责任。在中国古代教育文化中，"母慈子孝"是一个基本理念，孔子非常重视"孝悌"，在《弟子规》中也有："首孝悌，次谨信。泛爱众，而亲仁。有余力,则学文。"而现在的教育却很少讲"孝悌",没有对父母的敬爱,那么"尊师"、"友爱"、"爱国"等往往都容易落空,因为对自己的生身父母都无"孝心",别的也就无从谈起了,说到底也不过是冠冕堂皇的虚与委蛇而已!这也是为什么国家培养出来的许多中国学生,将出国看成最高目标,而心中很少真正装着国家与人民。更有偏激者,他们在国外不让子女学中文,说中国话,而是要全盘西化。这与"五四"时期的出国留学生有天壤之别!林语堂在美国生活长达30年,但一直念念不忘自己的祖国,并一心为她增光添彩,晚年一定要叶落归根,对别人的不解林语堂这样解释:"我在美国一直不买自己的房子,宁肯出高房租,我不加入美国籍而回归祖国,就因为我是个中国人,因为无论怎样,我也不会变成白皮肤的美国人。"因为对父母有孝心,一个人才能爱家、爱国和爱他的人民,而将"孝"扔掉后,他就必然成为无根的浮萍。中国现代以来教育的失误也正在于此!

商品经济导引下的金钱崇拜对"孝"的消解具有根本性。在重农抑商的社会,"孝"必然被放在很重要的位置;但在商品社会,金钱则被放在首位,对金钱的崇拜在一些人心目中不可否认地存在着。中国许多子女对父母逐渐失了孝心,直接与金钱的异化有关!对那些视金钱为上帝的人来说,不要说没有钱,就是有钱甚至有更多的钱,他们也不会用之于父母,更谈不上爱心了。当钱将人心污染,身为人之子的儿女眼中只认钱而不认人,这也包括其父母在内!总之,现代"孝"之失落,与金钱崇拜在人心中的作祟关系甚大。

从根本的意义上说,"不孝"反映的是人性的异化,反映了社会和文化出了问题。并且这也不是个别现象,而是带有明显的普遍性,只是有的人好些,有的人更差。"不孝"可能既有客观原因,又有主观因素,但关键在我们每个人的内心,如果扪心自问:与给我们生命与至爱的父母相比,我们到底为他们做了什么呢？

如何评价当下"孝"的状况，不同的人肯定有不同看法，但对于怎样走出"孝"之困局，人们的分歧恐怕更大。我们当然无须回到中国古代社会，甚至以所谓的"仁孝"治天下，也不能坐视"孝"的失落和沉沦，使人性逐渐泯灭。在全球化语境中，站在本土的经验立场，既要学习西方有益的价值观，又要寻回宝贵的中国文化传统，从而对"孝"进行新的阐释，恐怕是一条最为重要也是切实可行的道路。

首先，将中国的"孝"与西方的"个性"结合起来，正确处理好父母子女的友爱和谐关系。中国古代的"孝"并非无可挑剔，事实上它确实如中国现代先驱者批判的那样，有异化人性的一面，如"父母在不远游，游必有方"，又如因"身体发肤受之父母"而视如生命，再如"不孝有三，无后为大"，还有祖先崇拜和家庭至上观念。不过，也不能因此看不到"孝"的另一面：仁爱、温暖、安全感与和谐。在现代社会，这些"孝"的因素有利于使一个人向着《论语》所言的"温、良、恭、俭、让"发展，使之成为社会稳定和谐的积极力量。西方的"个性"有助于克服中国"孝"的负面作用，但也不能将之理解为完全自由，而是有益于人类身心的健康发展。其实，西方的个性自由也有限制，如不能不考虑国家、社会、道德与他人的利益。所以，以西方的"个性"克服中国"孝"的局限，同时用中国"孝"的优长制约西方"个性"的膨胀，这是现代中国父母子女关系得以调整和改善的良方。

其次，建立有效的法律制度，确保"老有所养"这一中国传统文化精神长久不灭。在中国古代有着"重老"的传统，这是因为父母生养子女时全力以赴，而他们"老"了无能为力了，子女就应该反哺辛苦一生的父母。另一面，"老"不仅代表生理的长寿，更是智慧的表现。而到近现代以来，由于受到西方文化的影响，这一文化传统受到了彻底冲击，于是"老无所养"已司空见惯。我认为，我们今天的社会必须对赡养老人进行立法，保证老人晚年不受饥寒交迫和虐待之苦，对那些不肖子孙要绳之以法。

再次，重视"孝"的内在特征，避免人性异化的加剧。社会和文化制度毕竟是外在化的，它能保证在物质层面赡养父母，却难改变人的内心，而"孝"最重要的内容是对父母的一片"孝心"，这就显示了教育和文化思想的重要性。就目前中国的现状看，物质上的赡养固然重要，但精神和心灵的相通更为重要，因为现在的儿女对父母的忽略、冷漠甚至虐待是一个普遍现象，这就给教育和文化思想提出了更高的要求。尤其在独生子女渐渐长大成人的情况下，如何让他们理解父母的辛苦和无私的爱心，如何继承中国传统文化的一片"孝"心，如何形成敬老爱老的社会风气，这是避免他们与父母拉大距离甚至进一步异化的关键。

最后，健全立体的社会保障机制和快乐机制，这是让老人能够真正独立和幸福的重要方略。中国传统社会有个特点，即父母子女有着过于紧密的关联，从好的一面说这是血缘亲情的赞歌，从不好的一面说它确实限制了人的自由发展。我认为，在现代中国社会，除了保持"孝"之美德外，引入西方的一些养老机制也是必要的。如老人的保险制度、老人的娱乐机制、老人的服务机制等等。现在中国社会也不乏一些养老机制，但主要限于城市，广大农村根本享受不到；另外，有钱人才有条件享受这些待遇，更多的贫困者则想都不敢想；还有，即使现在的养老机制，也普遍存在单一功能的局限，如生活有保障，而内心快乐往往谈不上。还有一个问题就是，养老机制缺乏立体设计，也缺乏国家行为的参与，更缺乏人性化和文化内涵的考虑。试想，如果国家能启动"老人赡养"行动，除了国家的经济投入外，还可充分调动社会各界的力量，从而使老人晚年的物质、精神和心灵都处于丰足、快乐和满足状态，中国老人就不会有后顾之忧了。

以美国为代表的西方文化相对重视年轻人而忽略老年人，所以人到老年往往感觉生活得并不好，所以许多人不愿言老，而总是拍着胸脯说自己依然年轻。老人曾用美好的青春养育儿女、奉献于国家，如今他们像西下的夕阳，在晚霞的映衬下，透出人生和生命的几度荒凉。作为儿女，作为国家，我们不能以"不孝"和冷漠待之，而应该给他们更多的关爱、温暖与幸福，从而使老人都有一个美好的"夕阳红"。如果功利一点讲，或从生命意义上说，每个人恐怕都有苍老之时，每个人都不能没有光明的希冀。因此，老人就不是可有可无的一个群体，他们是生命链条上不可忽略的一环。

阅读与健康

在人的一生中，有助于身心健康的因素很多，如美食安眠、锻炼健身、外出旅游；又如朋友间快乐的谈话、陶醉于音乐和欢歌之中；还有一点不可忽略，那就是好的阅读。阅读是人生中快乐幸福的几大要素之一，它的重要性有时甚至会超过衣食。一个人在生活上可以所求不多，简朴随意，但在阅读中却投入而苛求，因为他深得阅读之三昧。

今天的阅读大致可分为纸本阅读和网络阅读，这二者同中有异，它们对于健康的作用也是如此。不论哪一种，只要是好的阅读，读者都会从中享受到健康。与拙劣的阅读和非阅读的生活比较，一篇优秀的网络小说或理论文章与一篇纸本的小说或理论文章，给人的欢愉和提升是一样的。不难想象，一个只阅读下流和时尚作品而不喜欢经典作品的人，其心灵会受到多大的污染？而一个没有养成阅读习惯和产生阅读快乐的人，他的生活多么匮乏！

网络阅读和纸本阅读毕竟大为不同，它们对于人的健康也有相当不同的影响。在今天看来，纸本阅读比网络阅读最明显的优点有四：第一，除非是不良习惯，纸本阅读不像网络阅读有损于眼睛及身体。耽于书本伤害眼睛者大有人在，但纸本阅读毕竟不像电脑阅读那样晃动、刺目和姿势单一，从而易患眼疾、颈椎病、肩周炎，也少有辐射，相对说来它是一种比较安全的阅读。第二，网络阅读精品少，平庸之作多，久而久之，它会降低人的境界和品位；而纸本阅读可选择性极大，古今中外的名著取之不尽用之不竭。第三，纸本阅读真实可靠，方便随意。一书在手，实实在在，它的重量、质感、色彩、气味、声音，你都可以尽情领略。试想，网络阅读怎能有纸本阅读者的富足：拥坐书城，一本本地欣赏、抚摸、掂量、嗅闻、倾听，因为每本书都是有生命的。你不需要穿越时空，到网络上查找，书就在身边，读时取来，不读就放下，也可以让它与你为伴。"三更有梦书当枕"是怎样的一种境界和幸福！网络阅读如同身在海上和空中，而纸本阅读则脚踏实地，后者显然是健康的：放松、稳定、宁静、充实。第四，纸本阅读具有美化养颜之功。黄庭坚说："三日不读书面目可憎。"也有人说："书中自有颜如玉。"有人将"颜如玉"理解为美女美色，我倒认为它是指读书有美颜修心之效！当一人常常翻阅好书，手会变得灵巧，眼会变得明亮，脸会有书卷气，心会变得透彻，审美情趣会变得高超，姿态也会变得优雅……这往往是网络阅读难以达到的。

　　当然，纸本阅读也有它的局限，比如居住空间有限，书多成灾；因为是实物，所以最怕水、火、虫、人之侵害；要拥有更多的书就必须花更多的钱。在这方面，网络阅读占尽先机，读者的阅读可以"白手起家"和"来去无牵挂"，所费比纸本阅读也便宜得多。还有，网络阅读在空间上比纸本阅读更自由潇洒和轻灵便捷，因为它毕竟属于海上漂泊和天上翔飞。从这一方面说，它也有益于身心。

　　世上没有绝对好与坏的事物，只是相对而言。对于人的健康来说，关键是掌握好"度"。纸本阅读和网络阅读也是这样：任何一方都有益有害，最要者是如何使用它，如何取长补短，相得益彰。虽然纸本阅读比网络阅读更有益于身心,但前者有时亦害人不浅;今天的网络阅读虽弊端不少,但其中的妙处也不可忽略,更何况将来的情形会怎样,我们不得而知!它的优长是否会渐渐凸现出来?比如,优秀之作会越来越多?

我想强调的是,不要因为网络风靡一时,就忽略甚至抛开纸本阅读,甚至认为后者会渐渐消亡,因为纸本阅读有网络阅读永难代替的长处,就好像书写工具的改变不能取消钢笔和毛笔的价值一样!也不能因为网络阅读是新鲜事物,就看轻了它,不发展和完善它。纸本阅读和网络阅读对于健康是这样,对于别的方面也是一样的!

让我们重视阅读,尤其选择好的阅读,从世俗生活中抽身而出,这样对于健康一定是大有益处的。

做个"好人"

中华文明绵延数千年,"好人"一直受人敬重,也是永恒不灭的灯盏与信念。

而今,这一信念则有些动摇。许多人不敢做好事,而且普遍感到做"好人"难,也有人甘愿堕落成"坏人",甚至还有人发出这样的感叹:"好人不长寿,坏人'活'千年。"

有朋友曾谈到一件伤心事:妻子怀孕期间,从家里到浦东上班,近两小时的车程,只一次有人让过座,其他时间都是一路站着。为此,朋友对人生和人性甚至失去信念!当时,我吃惊之余,十分肯定地说:"在上海是如此,但在北京决不会这样!"不过,北京的情况也令人担忧:在地铁上,不少年轻人稳稳当当坐着,即使白发老人站在面前也无动于衷;如你前面空出位子,就会有年轻姑娘和小伙儿箭般地冲上去,毫不顾及别人;许多妇女都疲惫地站着,男人们却心安理得坐着。当然,我们没理由不给年轻人"自由"和"自私"的权利,也不能让男人用"绅士风度"代替狭小,还不能让女人找回母性的博大与仁慈,但作为社会中人,我们感到,在现实生活中,做"好人"和做"好事"者确实不是随处可见。

现在的女性也面临着异化问题。有的表面看来文雅,但出口就是脏话；有的在地铁中，不顾广众肆意挖掘鼻孔；有的暴露成瘾，这包括那些名人、明星；有的甘做挣钱机器，傍大款、入豪门、找老夫、做性交易，毫无羞耻与廉耻。林语堂当年将中西女性进行区分，他说：中国女性不如西方女性的开放与大胆，但在羞涩和内蕴方面却无与伦比。他甚至提出这样偏激的看法：从某方面说，西方女子很不可爱，就在于她们的暴露无遗。她们甚至不如中国古代的妓女，因为后者知道害羞，会脸红的。今天，我们再也不敢说，中国女性优于西方女性，因为许多人既无羞怯，又无道德，还无廉耻，有的被异化的女性心中只剩下"权"和"钱"了。看到那些面孔被脂粉厚裹，双乳暴露，在舞台上搔首弄姿的女性，我们只有叹息。

以往的小偷和骗子见不得阳光，而今，他们却如春虫般出入自由和自在。我们必须时时小心和警惕，否则就会掉进早已设好的陷阱，仿佛这个世界进入一个智力竞赛和比拼的时代。难怪有人偏激地概括："这是个笑穷不笑娼的时代。""今天，智力平平者难以应付生活，更不要说那些老人和智障者了。"有人甚至赞同这样的说法："男人不坏，女人不爱。"

我不同意这些说法，更不赞同和欣赏社会上一些流行做法，而是坚信做个"好人"的必要性和意义。"好人不长寿，坏人'活'千年"，表面看来不无道理，因为"好人"有时是牺牲了自己，成全了他人；要做"好人"，考虑的事就多，心虑重必伤神也！而"坏人"则往往心狠手辣，吃得饱、睡得着，又能占尽便宜，给人的感觉能"活"千年。这也是不少人愿做"坏人"而对做"好人"毫无兴趣的原因吧？其实，这是一种片面和狭隘的认识和理解。

好人有的固不长寿，但许多坏人也不一定活得长久，更不要说"活"到千年。许多罪犯被枪决；争强好胜甚至好勇斗狠者，多如孔子说的"不得其死"；"坏人"无"好人"的平淡从容、超然物外，而心怀嫉妒、不满、焦虑与暴虐，很难长寿；就是长寿的坏人，也不能"活"得"千年"，而是遗臭万年。相反，许多"好人"包括民族的脊梁，像岳飞、文天祥、袁崇焕、秋瑾、谭嗣同、赵一曼、鲁迅、刘胡兰、雷锋等人，他们虽不寿，但可活"千年万世"，只要人类存在，因为国人有个坚定的信念，那就是"人生自古谁无死，留取丹心照汗青"。而像秦桧、和珅、汪精卫之流，即使有的得以永年，他们及其子孙万代都会背上骂名。

常言道："善有善报，恶有恶报，不是不报，时候未到。"今天，不少人已不信此话，因为现实中有些坏蛋不仅没遭报应，反而活得好着呢！其实，"报"不只从"现世"看，还要从长远看。你很难想象一个做小偷的父亲，能有堂堂正正的儿子；父母为人不良、做尽坏事，子女能健康长寿、得享滋荣。所以，一个父亲可以不正甚至为恶，但少有希望子辈变坏；中国古代一些高官、富贾、贤达也懂得如何治家，像"养子不教如养驴，养女不教如养猪"、"钱财如粪土，仁义值千金"、"恶不在大，心术一坏，即入祸门"、"善欲人知，不是真善，恶恐人知，便是大恶"、"积善之家，必有余庆；积不善之家，必有余殃"。在河南康百万庄园有一匾，上有同治翰林牛暄题的"留余"，其中有："若辈知昌家之道乎？留余忌尽而已。"以此想那些坏事做尽、享尽荣华，甚至过淫荡糜烂生活的人，其子孙能得其福荫吗？

做"好人"，从功利角度说，"失"少"得"多，因为"得道多助，失道寡助"；从有尊严的生活讲，自己会活得开阔豁达、充实自在、怡然自得；从助人的角度说，可显示自己的正能量和价值意义，有时一个笑脸、一句安慰也会给人带来快乐。最重要的是，如在我们的社会中，"好人"多了，"坏人"就会变少，就会形成世风清明、正气充沛、温暖如春的氛围。

至于说，什么叫"好人"，如何做个"好人"，那就无需进一步说明。因为人们的眼睛是雪亮的，一定不会不知道东、南、西、北、中。

情之一字

济南的性格

城市与人一样是有性格的。如果说,我的家乡蓬莱仙气十足,我现在生活的北京城珠光宝气,那么,济南则是温润的。济南就像一块玉石,更像一个谦谦君子,它包蕴着迷人却难以言说的色泽。

泉水与柳树是济南的容颜。20世纪80年代初,我在济南上大学。听老人讲,以前的济南可谓"家家有柳、户户有泉"。你随便在院子里往下挖,即可见水;春光明媚时,折柳一枝,插地成活。所以济南又有个诗意的名字——"泉城"。走在大街小巷,水光潋滟,柳树纷披,仿佛进入梦境和神话中。读描写济南的名句"四面荷花三面柳,一城山色半城湖",仿佛有位温柔贤淑、善解人意、风情万种的女子款款而来。济南以趵突泉闻名,殊不知这只是其一,有名者多达七十二,且从名字和风韵看,最能显济南温柔者不是趵突泉,而是金钱泉、柳絮泉、漱玉泉,不看内容,只辨声韵,就有一种享不尽的柔美。

千佛山是济南的胸襟。济南有两所名校,一是山东大学,二是山东师范大学。在济南时没太多感觉,到了北京才感到它们有"天壤之别"。北京人只知山大,不知有山师。于是,我就读的山东师范大学一下子变得暗淡无光。不过,山大有一万个好,却无山师好之"一个"。因为山东师范大学背靠名胜千佛山，说它是千佛山的肚子或肚脐眼，亦无不可。从这方面讲，山东师范大学是个风水宝地，加之它又坐落在"文化路"上，其有容乃大不可小觑。当然，站得更高一点，说包括山东大学在内的济南市都在千佛山怀中，也无不可。否则你很难理解，济南自古重文化教育，是书画家、文学家、思想家、圣人辈出的地方。

泰山是千佛山的基座。古人云："登东山而小鲁，登泰山而小天下。"纵观济南地理，它是个盆地，周围有"齐烟九点"，即九座山，于是被小山包裹着，极尽内蕴、从容与平和。这也是济南夏热冬暖、春秋明丽之缘由。在火炉般的炎热中，易养成人的耐性与坚韧；在春风和秋阳中，又赋予人以知足常乐。另外，济南北临黄河及其平原，南靠雄伟博大之泰山，自然更加稳固、丰实、饱满。这也是为什么，高度不足三百米的千佛山是那么精气饱满、神采奕奕，令人有"高山仰止"之叹。

我曾到千佛山南面的山中闲逛。周末早起，离开污浊的空气，爬上山巅，一股股清新空气沁人心脾。再往靠近南面的泰山方向走，山涧清流、绿树成荫、鸟语花香、美不胜收。整个山中有时半天不见人影，而泰山方向吹来的微风和着晨曦，将整个天地幻化成一幅山水图卷。多少年后，我方领悟一个真谛：威仪万方的泰山是远大的背景，它成为整个济南城一盏长明不灭的心灯。

曲阜是泰山南面的煦风。曲阜是孔子故里，我曾以景仰之心前去拜见，原以为那里一定有"高山"可以仰止，没想到其周边平旷无垠，所有建筑都舒展平坦，令人想起孔子笔下展翅欲飞的"翼翼然"。而孔子家乡包括尼山在内的所有山都平淡无奇，甚至草木亦不甚滋荣，不过其形体倒多有佛性，正与孔子笔下的君子形象相吻合。有趣的是，在曲阜与济南约150公里的距离中，泰山正好站在中间。因此，我宁愿将泰山理解为一个中介，把曲阜看成济南更远的背景,从而与千佛山、济南的温润文化相联系。这样,济南的性格就更有底蕴了。

温润的性格最突出地表现在济南人身上。如对人的称呼是一门大学问,不同地方各有特点。有的称"先生"和"女士",尊敬有之,但有拒人于外之感;有的称"同志",关系近了,也有平等意识,但总有点含糊;有的称"伙计",显然有居高临下之姿;也有的称"小姐",常常被人误会;更有的无称呼,直接用"哎——",这没有称呼的称呼,易让人反感。但济南人不论对谁,也不管男女、老少、职业,都称"老师",而且那个"师"字是卷舌音,很像甜丝丝、低八度的平音"婶"字,这在其他城市很少见。以至于我到北京后长时间改不过来,常闹笑话。一次向一位年轻人问路,当我称他"老师"时,她很不自在。于是,他竟直言自己是学生,不是"老师"。其实,济南人称呼"老师",是敬称,包含的是善意、好学和感恩,是让人心暖的交流方式。一个"老师"一叫,立马拉近了距离,让对方特别受用。试想,一个没文化的市民,当突然间被温文尔雅的大学老师称"老师"时,他心中有何感想?也从这里,我能理解济南为什么有那么深厚的文化积淀,以及人们对于书籍、读书以及字画的热爱。一个普通之家往往都有书画收藏的雅好,可以无高档家具,但不能没有字画高悬。

济南人无攻击性,和颜悦色者多。你很少能听到市民嘴带脏字,这恐怕也与对知识、文化、老师的敬意有关。当时济南有三个热闹地方:一是我们校门前的文化东路,二是集书店、商店、市场等于一身的大观园,三是像北京动物园一样的金牛公园。每逢课外时间或周末,我们都混迹于海洋般的人流,但从未被盗窃过,也没发生肢体和语言冲突,让座、打招呼或被称为老师成为家常便饭,而且到处都是笑脸与关爱语,一如在家人面前,这对于我们这些远离家乡的学子,真可谓"宾至如归"。读研究生时，我曾接触过地道的济南人，那时我到金牛公园附近一个工人家里做家教，孩子温顺聪慧，其年轻父母话不多，只是微笑和点头，一口一个"王老师"，叫得我不好意思。每逢课时，女主人必备下清茶、水果，课后留我用饭。当我找理由离开时，她总是说："你从学校到我家，几乎穿过整个济南城。我做的都是家常便饭，饭后你就可以从容回校了。"我做家教的时间虽不长，但这家人给我留下了深刻印象，他们的言行让我如沐春风、受用终生。

济南人好客，也喜欢请人到家里吃饭，而且对客人相敬如宾。这与北京人不喜欢带客人回家，多在外吃饭不同；也不像胶东人过于热情和实情，总是让来家的客人喝得一醉方休。北京人太淡，有时同住一楼甚至对门，却谁也不认识，甚至互不理会；胶东人太热烈，像火与烧酒，往往让人受不了。济南人取乎其中，温厚内敛而滋味悠长。一次听人说，他到北京的朋友家里被冷落的故事：没享受到热烈的款待不说，要告辞时，主人要送，他让留步。主人竟说了这句话："没事，反正我要出门送垃圾。"当他与主人分手，走了几步回头再行告别，主人早就不见了。结果气得他半死，从此与朋友恩断义绝！这种事当然与不理解北京文化有关，但其中的味道也确实有点不对。我在济南多年，受邀和被请吃饭的时候很多，一饭之中有促膝而谈，有问候和祝福语，尤其是临别时，济南人总是款款相送，此时一股暖流就会直达内心深处，远远地回头看时，主人还在向你挥手！

像手捧千年瓷器，你会感到济南和济南人有一种说不出来的温润，春夏秋冬都一样。不过，除了温润，济南还有别的性情，像山的雄壮、石的坚实、夏的热烈、冬的威猛，还有辛弃疾的金戈铁马。只是与八百里秦川的秦腔不同，即使是济南的威猛壮烈也是在特殊时候才有，而平日里它则如绵里裹铁般内敛深沉和不事张扬。

我在蓬莱老家长到18岁,在济南生活和工作11年,来北京至今又过了22年。一般而言,济南远不能与另两地比量短长,不过,我人生最美好的时光在济南度过,也是济南的山水培育了我的人生观、价值观及性情。济南就是我的腰椎,也是我跨越人生的桥梁,所以有时连我自己都分辨不出,哪儿是济南,哪儿是我自己。就如同盐与水的关系一样。

风过无痕,雁去留声。我就是那一阵子风和那只孤雁,在飞过、栖过、食过、休息过济南的天空与大地时,现在还能寻到什么呢?不过,在我心灵的底片上,济南永远清新,尤其在夜深人静、孤独寂寞时,一个人与琴音和棋坪相伴——飞去的是超然,落下的是悠然。

寻"根"海门

树有根,矿有脉,水有源,人也不例外,他有"宗"。我的博士生导师林非先生是江苏海门人,他生于斯、长于斯,虽然年轻时就离开家乡,远走天涯,而大半生则生活于北京,但他却永割不断自己与故土"海门"的血脉联系,那里是他永远的"根系"。

在师从林非先生之前,"海门"于我是个相当陌生的地方,后来,别人知道我是林先生的学生,见面时就会问起林先生,也会问我一句:"林先生是哪里人?"我就会告诉他:"先生是江苏海门人。"至于"海门"的具体情况,我却知之甚少,只从林先生的文章中有一个大概、笼统和模糊的印象。

2009年,江苏海门欲举办一次林非先生故乡行的笔会,我也在被邀之列。因为是去老师的故乡,所以倍感亲切和激动,但可惜的是,因工作单位临时有重要事情,我未能如愿!更可惜的是,林非先生也因身体原因,与这次活动失之交臂。好在有赵师母等一行人前去,才稍稍弥补了些许遗憾!不过,那次,我虽未能成行,但自"海门"寄来的请帖却给我留下了深刻印象:它精美大气、通红喜气、热情洋溢、诗意盎然,尤其是有一股典雅的书卷气扑面而来,令人仿佛沐浴在盛大的节日氛围中。

今年是林非先生八十华诞,"海门"又发来邀请。为了使这次采风活动获得圆满成功，赵师母提前数月即打电话来，让我早做安排，避免与其他事情发生冲突！其实，能与老师一同回故乡看看，这既是吾愿，也是学生应该做的，因为师从老师近二十年，虽无血缘、故土之亲，但文化的血脉关联却是深厚坚固的。换言之，在师承和文化传承的意义上，"海门"也是我的"故乡"，因为通过"恩师"，我与老师的家乡"海门"一定有一个精神"通道"和"桥梁"。如果打个比方，那就是：我以前是通过林非先生这面"镜子"来看世界和人生的，那么，这次到"海门"，我要透过江海门户这面更大的"镜子"来看林先生，以及它所映照的世界和人生。

我的家乡在山东蓬莱，那是一个相当美妙的地方。十八岁之前，我生活在蓬莱县南面的山区中，因为封闭，很少外出，眼界是受限和狭窄的。直到考上大学，我才到县城一游，尤其是登上了闻名世界的蓬莱阁。站在阁上，面对北面辽阔的大海，在云雾缭绕中真有凌空欲飞之感！由此，我也深切地体会到了"仙境"的涵义！同理，这次未到"海门"，但思绪早已遄飞和摇荡起来，因为按字面理解，它既可为"上海"之门户，又可成"江海"的门户，那一定是开阔、激荡、诗意、浪漫的一个所在，也是一个宁静、慰藉、理性和智慧的港湾！因为既然是"海门"，就一定有"门内"和"门外"之别。

在上海下飞机后，我们一行人乘车直奔"海门"。一路上交通便利，可谓风驰电掣。当进入海门，我们竟被眼前的景象震撼了：这里不仅有高楼大厦和高级宾馆，更有宽阔得可跑八车的街道。我们进入的仿佛不是一个县级市，而是走在北京的长安街上。由此令人生出这样的感慨：中国的城市发展太快了，仿佛在一夜间，中国的城市便迅速发展起来，而且小城市不小，却有大城市的胸襟、眼光和气魄！值得提及的是，"海门"市容整洁、花草繁盛，到处充满生机，从中可见这里是适合人居的，也可见海门人的管理能力，以及他们对生活的热爱和积极健康的人生观，这让脏、乱、差、吵、闹、堵的北京城相形见绌！比如，我生活的北京回龙观大社区有个二拨子桥，我从未见人打扫过，上面不仅尘土铺地，而且垃圾遍地，桥上的护围则被各种广告粘贴和充塞，如彩旗般飘扬，人行其中，根本不会相信是在首都北京。林非先生曾在《记忆中的小河》中，一面写到大海，一面又写到小河。而且，他在表现这二者时，有主次、浓淡之分，比较的手法也是明显的。如作者极力描绘小河的肮脏，但又描画童话中"流着淡青色的水，明澈得可以瞧见底下的草茎和碎石，两岸还荫盖着碧绿的大树"的小河，描绘母亲背诵唐诗的"人行明镜中，鸟渡屏风里"的句子，因为林非分明地感到母亲"她也曾梦见过一条青青的小河吧？"于是，作者有了要建造自来水的梦想。还有，与浑黄色的小河形成鲜明对比的是大海，在作者笔下，它辽阔浩瀚、波光粼粼、汹涌澎湃，是博大、洁净和生命力的象征。可以说，曾经的"海门"赋予了林非"小河"与"大海"这两个意象，它们以不同的方式内化在他的血液中，从而以不同的方式塑造着他的人生观、价值观和文化观。如今，那条记忆中的小河早已不在，代之而起的是高楼林立、街道纵横、林木滋荣，一种现代气息将这座海滨城市打扮得更加楚楚动人、摇曳生姿。

最令我心满意足的是，此次参观了张謇纪念馆，并从张謇的大量资料中全面了解了其人，还从中感悟到了包括林非本人在内的海门人的某些精神气质。以前，我对张謇其人虽早有耳闻，对其事迹也略知一二，但没想到的是，这个状元郎竟是海门人，还为国为民做了那么多轰轰烈烈的大事，真可谓一代英雄豪杰！我认真审视过纪念馆里张贴的张謇巨像，这是一个头角峥嵘的人物，从面相上看，他与林非先生的圆满大为不同；另外，与一介书生和作家、学者的林非也不同，张謇可谓是冲锋陷阵的商业巨子、官场大员，所以我们似乎很难将他们二人联系在一起。不过，透过现象却又能发现海门人所具有的内在关联。我认为，在张謇和林非之间，至少有五点可以贯通：一是聪慧。张謇和林非都有一个广额，饱满的天庭说明他们都是极其聪明与智慧的。林先生读书甚多，也很快，确有一目十行的功夫。我曾与他出差时共居一室，一本书他一会儿就翻阅一过，且能详细与我讨论书中的内容，而我则要假以数日才能读完一本书。看完张謇的事迹介绍，我得到的第一个印象就是他的聪明才智，他能成为状元需要智慧，能转向实业并取得开天辟地的业绩也非常人可比。常言道："一方水土养一方人。"我们不能说，海门人个个聪慧，但透过张謇和林非这些海门人，说"有江海厚土聚集的海门可谓地灵人杰，养育了不少聪慧之士"，总是不会错的！二是关心民瘼的大丈夫情怀。在林非笔下充满对于社会尤其是民间疾苦的关爱，从而显示了其人道主义的情怀。这在张謇的人生历程中表现得也十分明显，他的实业救国、注重教育、忧国忧民都可作如是观！如张謇有言："天之生人也，与草木无异。若遗留一二有用事业，与草木同生，即不与草木同腐。"这种铮铮铁骨的大丈夫豪情，让我想到林非赞颂荆轲精神的散文名篇《浩气长存》。三是现代的思想意识。林非受西方文化的影响较大，所以在他的文化思想中有一个关键词就是"现代意识"，不论是对封建专制的批判，也不论在生活上还是对是非曲直的判断上，林非总是将西方的民主、平等、自由等作为标准，从而显示了他对于西方思想的亲和力与内在化理解。而在张謇身上，向西方学习，尤其是在观念的超前上是前所未有的，像在中国的股票、电信、商标、修建铁路等事业上，张謇都具有引入和开拓之功！四是海纳百川的雅量！林非先生游历天下，朋友遍及海内外，他的好客好游是有名的。我师从林先生多年，他能包容万有，很少批评别人，总能看到他人的长处，这是"海纳百川"和"天容地载"精神的体现！张謇也是如此，他三教九流，无所不交，且都能化合为一，这是他"海纳百川，张毅力行"精神的生动写照！因为江海就是一个范例，它成为海门人的精神向导和文化楷模。五是大方之家。林非先生素有重义疏才之德，家中常常是高朋满座，他还总喜欢请人吃饭，有时出门讲学就将讲课费捐给了希望工程。据江西高校出版社出版的《林非论散文》一书的"出版者言"说："林非先生乃大方之家，当提出编辑出版他的散文论集，以便给广大在校师生、文学爱好者和研究工作者学习参考时，他慨然放弃酬资以相助。人常说，方家难觅。看来不尽然了，方家或许就在你的身边呢。"当我看到张謇的"状元鬻字"雕塑时，了解到这位实业家一生十分重视慈善公益事业，为了筹措资金，他卖字竟然长达十八年，每日写字四小时，这不由得让我想到林非先生的功德。看来，在海门人身上流淌着一种宝贵的精神，那就是"给予"和"淡泊"。

在"海门"叠石桥有个家纺城，它被称为"中华之最"，主要经营床上用品，因为当时正在展览，所以各种花色、款式、面料等作品可谓争奇斗艳、美不胜收！我曾用手抚摸过，那种质感仿佛是海水和云霞般沁人心脾，也像读纪伯伦的散文一样令人陶醉！我们还参观了沈寿及其传人的刺绣，那是艺术的结晶，其细腻的工笔作品可谓"神针"所为，非人工可比！它也让我想到林非为人为文的细腻、委婉和柔情，这在《庐山的云》《知音》《九寨沟纪行》《武夷山九曲溪小记》和《离别》等文章中可见一斑。当然，"海门"的风土人情也值得一提，像林非喜爱的香芋吃起来细腻、柔软、滑润、干甜，他自小受过熏陶的吴音温软绵长，它们都给我留下了深刻的印象。可以这样说，在如林非这样的海门人身上，除了"剑胆"之外，还有"琴心"，有那种如水般的融通、儒雅、温润和亮丽，这在许多北方人身上往往是比较缺乏的。据说，海门人非常重视知识和文化，所以教育也相当发达，海门中学就是在全国家喻户晓的著名中学。林非是海门中学的老校友，当时正值海门中学建校一百周年，所以林非被海门中学邀去演讲，同台演讲的还有王充闾、雷抒雁和赵丽宏。在演讲中，林非讲的是"读书"和"读好书"，从中可见海门文化的流风遗韵！

我们还参观了东灶港围垦新区，走上了长达千米的"天下第一龙桥"。这是一条由钢筋水泥建成的形似巨龙的大桥，其龙尾在海岸，而龙头则一直探入大海。在龙头的开阔平地，我们可看到远处朦朦胧胧出现的蛎蚜山，据说那上面既无石又无土，完全是由蛎蚜经千年百代附着和累积而成。在海水退潮时，蛎蚜山露出水面，而当海水涨上来，它又变成礁石。最奇怪的是，蛎蚜山并不是附生于坚硬的地基上，而是坐落于松软的淤泥中，且坚如磐石，并不随狂暴的海风和海浪而动。这令我想起林非先生的人生，一面是身居飘摇不定的人生之海，一面又是心定如山、从容淡定的内心世界，一种对于静中有动、动中有静的辩证理解。我发现，林非先生深得"万人海中一身藏"的人生智慧，这不论与蛎蚜山的特性有无直接关系，都会让我对于蛎蚜山和林非先生有一种新的理解和感悟。顺着龙头的石阶，我与王充闾、李晓虹更靠近海水，那是一种幽深的晃动，凉风不断从远处飘来，带着大海的辽阔、虚渺和逍遥，我们于是感叹和谈论人生！此时，充闾先生发现水泥柱子上有无数的蛎蚜聚集，我们就由此及彼议论起蛎蚜山的奇妙：如果没有坚实的物体，只靠蛎蚜本身，山是如何形成的，又是怎样能够不断增长呢？常言道：一个人若无坚实的基础，他的所有努力都无异于"沙上聚塔""滩上建厦"。然而，面对眼前的蛎蚜山，这条人生格言似乎发生了动摇！看来，天下无奇不有，世上的万事万物也不能一言以蔽之。但转念一想，蛎蚜山的智慧不正在于"聚沙成塔""积羽沉舟""合抱之木始于微末"吗？如果从这一角度观之，整个的"海门"不也是这样形成的吗？它一面得长江挟带的泥沙所赐，一面又受惠于大海滩泥的奉献。从这个意义上说，"海门"本身就是中国的一座"蛎蚜山"啊！而更有意义的是，江海以"损"天地的方式"补"就了"海门"，而"海门"又以"给予"的方式造福于人，这种相互作用既可视为"海门"的人文精神，也可看成是一种机缘与天意。看着一平如镜的平原，欣赏着郁郁葱葱的林木，盘桓于成群的各式建筑，回味着温和雅致的一个个神情，我都会对于"海门"及其海门人做这样的遥想：进得"门"来是"纳福"，出得"门"去是"给予"。海之门一如大诗人韦应物所言："海门深不见，浦树远含滋。"就如同有大道藏身的宽厚大地，虽背负着千山万壑与江海百川的重压，却能轻松、自如、快乐、幸福地"坐地日行八万里"，并且每年它都会开放出五彩的生命之花，结出累累的硕果。

　　林非先生原计划晚上八点去看望他在"海门"的姐姐，但因一天的游历晚了行期，只得在深夜前去造访，以释亲人的思念和等待！林先生多年有个不成文的习惯，几乎是雷打不动，即每天晚上八九点钟即上床睡觉。经一天的奔波，我们年轻人都有些吃不消，何况是年已八十的林先生呢？但今非昔比，夜再深，人再累，路再远，林先生知道那头还有比自己更年长的姐姐在焦急地等待呢！我看到林先生和赵师母上了车，很快消失在夜色之中。对于林先生这次与姐姐久别重逢的感受，后来我没有问及，但可以想象他那激动和压抑的心情。曾记得，我去年回家，年过六十的大哥和四十五岁的弟弟，一看到我眼圈立刻红了，眼泪不停地往下落。回京那天，大哥和弟弟与我紧紧地拥抱，哭得泣不成声，见时不易、别时更难的兄弟之情啊！作为亲情，我一直认为，除了母子之情，最伟大的可能就是姐弟情谊，那是像春花一样带着晨露般的纯洁与美好，但在许多人那里它往往并不长久！林先生能在八十岁与高寿的姐姐于故乡重逢，这是何等的不易和珍贵！那一定是一首温暖、绵长而又带着伤感的歌。我相信，这是林非先生此次家乡行的一个重要动力，是他能寻到的一条牵扯着自己生命的坚韧的"根"。曾记得有个并不有名的人写过这样几句诗："炼得身形似鹤形，千株松下两函经。我来问道无余说，云在青天水在瓶。"林非先生与姐姐的晚年相见，重要的不是说了什么，也不是做了什么，而是要从"青天"上飘动的"白云"和"慧瓶"里蓄着的"清水"中寻找答案，这可能是海门人不同于我们蓬莱人的情感表达方式吧？

　　在我的学术人生之路上，林非先生如灯如镜，我经常拿他来照亮自己。此次的"海门"之行，时间虽然匆促，可谓走马观花，不过，我仍能看到在林非先生后面有一面更大的镜子，那就是由江、海、天、地辉映而成的"海门"。是"海门"这块风水宝地孕育了林非先生，而他却又桃李不言、下自成蹊。于是，包括我们这些学生在内，许多人都受到他的栽培，得到他有声与无声、有言与无言的赐福！

后记

与那些生活在大都市的优裕者不同，我出身于偏僻落后的乡村，曾处于社会的最底层，用一贫如洗和家徒四壁来形容并不为过。

记得，在恋爱时，女友第一次到我家里，土炕上只有半张破碎的竹席，全家连件值钱的物件都没有。童年和青年岁月，一日三餐多是以地瓜和玉米为食，久而久之，胃里承受不起，消化不良、酸水上涌，难受极了！

自打小起，我就抱定要走出大山，到外面的世界闯荡和生活的决心。像一只小鸡儿，我多少次看着天空飞翔的鸟儿、雄鹰以及白云，也梦想着自己能飞上天，周游世界！在当时的乡村，不要说村里的大人、孩子，就是我的家人，连同我自己都觉得这是痴人做梦。因为一只烤熟的鸭子是不可能飞起来的，一只山鸡永远也不能变成金凤凰的。

然而，天时、地利、人和，我这个农民之子最后还真的实现了自己的愿望：我不仅从乡村走进了都市，而且来到北京这个大都市生活和工作；我不但考上了大学，还读了硕士和博士研究生，并且还出版了很多著作。就像一个攀登者，我从悬崖深渊一直攀上山峰，虽然历经磨砺，却算得上一个成功者！至少在精神上可称为胜利者。因为对于今天的我来说，障碍、挫折、失败已变得不重要，都不能改变我对人生的达观、快乐、美好和幸福感受。如春天深山里的红花，经过了漫长的严冬后，它将积蓄的所有元气都尽情地开放出动人的灿烂和美丽来。

今年我年过半百，如果能活百岁，我刚过其半，如果能活九十岁，我还有四十年人生。当然，生命的长度并不是首要的，最重要的是精神的高度和心灵的品质，是一个经过很多艰难困苦后的百炼成钢。站在知天命的年岁，我所寄望于年轻人的，更多的是祝福，而这所有的祝福集成一句话，那就是："永不放弃梦想和追求，天底下什么事情都会发生。"

为此，我感恩于那些与我相关及不相关的人与事，以及一草一木和一沙一石。

感谢广东人民出版社出版此书，感谢肖风华社长的大力支持，也感谢责编梁茵老师、廖志芬老师给我订正出不少错处，感谢所有为本书付出劳动的人。

2016年10月6日于北京
2019年5月20日补正